Klaus-Peter Walter

Sherlock Holmes, Sisi und das Erbe des Karl Marx

Klaus-Peter Walter, Dr. phil., geb. 1955 in Michelstadt/ Odw., studierte Slawistik, Philososophie und osteuropäische Geschichte in Mainz und promovierte 1983. Er lebt als freier Autor in Bitburg/Eifel. Von 1993 bis 2014 war er Herausgeber des *Lexikons der Kriminalliteratur LKL* und schrieb neben zahlreichen Kurzgeschichten in diversen Anthologien auch für *FAZ, Kindler* und *Reclam*. Seit 2008 schreibt er Sherlock-Holmes-Romane, -Erzählungen und -Hörbücher.

Klaus-Peter Walter

Sherlock Holmes,
Sisi und das Erbe des Karl Marx

Aus den Aufzeichnungen von John Hamish Watson, Medical Doctor

KBV

Originalausgabe

www.kbv-verlag.de
E-Mail: info@kbv-verlag.de
Telefon: 0 65 93 - 998 96-0
Fax: 0 65 93 - 998 96-20
Umschlaggestaltung: Ralf Kramp
Lektorat: Volker Maria Neumann, Köln
Druck: CPI books, Ebner & Spiegel GmbH, Ulm
Printed in Germany
ISBN 978-3-95441-415-4

Anni und Willi
für die vielen wunderbaren
Momente der Freundschaft

»Wie Darwin das Gesetz der Entwicklung der organischen Natur, so entdeckte Marx das Entwicklungsgesetz der menschlichen Geschichte; daß also die Produktion der unmittelbaren materiellen Lebensmittel und damit die jedesmalige ökonomische Entwicklungsstufe eines Volkes oder eines Zeitabschnitts die Grundlage bildet, aus der sich die Staatseinrichtungen, die Rechtsanschauungen, die Kunst und selbst die religiösen Vorstellungen der betreffenden Menschen entwickelt haben, und aus der sie daher auch erklärt werden müssen – nicht, wie bisher geschehen, umgekehrt.

Damit nicht genug. Marx entdeckte auch das spezielle Bewegungsgesetz der heutigen kapitalistischen Produktionsweise und der von ihr erzeugten bürgerlichen Gesellschaft. Mit der Entdeckung des Mehrwerts war hier plötzlich Licht geschaffen.«

Friedrich Engels am Grabe von Karl Marx

I.

Wir hatten unsere Freundschaftsbande noch nicht lange geknüpft und unsere gemeinsamen Räume in der Baker Street noch nicht lange bezogen, als mich einige schwer erträgliche Eigenarten meines Mitbewohners Sherlock Holmes zu ärgern begannen. So blendend organisiert sein Gehirn war, so unerträglich erschien mir seine Unfähigkeit, Ordnung in seinen Siebensachen zu schaffen und zu halten. Dies betraf nicht nur ihn selbst, sondern vor allem seine Bibliothek, die gleichzeitig unsere gemeinsame Bibliothek war und die auf verschiedene Schränke, Regale und Tische in unserem Wohnzimmer verteilt war. Das heißt, einige Dutzend Bände stapelten sich auch in bedenklicher Schräglage neben seinem Bett auf seinem Nachtschränkchen, aber das sei hier nur am Rande vermerkt.

»Eines Tages werden Sie noch im Schlaf von dem umstürzenden Bücherturm erschlagen werden«, warnte ich deshalb besorgt, als ich der absturzgefährdeten Literaturlawine einmal zufällig ansichtig wurde.

»Was kann es Schöneres geben, als sein Leben unter einem Berg von Büchern auszuhauchen?«, erwiderte er gelassen. »Irgendwie habe ich mir das Paradies immer als eine große Bibliothek vorgestellt. Und eigentlich wollte ich auch gar nicht Detektiv werden, sondern Leser.«

»Kein sehr einträgliches Gewerbe, wenn man nicht gerade der oberste Literaturkritiker der *Times* ist! Trotzdem kenne ich außer Ihnen niemanden, der für Bücher mehr ausgibt als für Kleidung! Vom Essen ganz zu schweigen!«

»Da mögen Sie recht haben! Aber …« Er brach ab, um kritisch, mit hochgezogener rechter Braue, die Zeitschrift zu beäugen, in der ich gerade las. Es war ein illustriertes Journal voller Klatsch- und Tratsch-Geschichten aus der europäischen High Society. Mrs Hudson hatte es mir überlassen, nachdem sie gemerkt hatte, dass ich mich für so etwas mehr interessierte, als sich ein Gentleman anmerken lassen sollte. »Ich wusste gar nicht, dass Sie sich so sehr für den Sittenverfall des europäischen Hochadels interessieren, Watson!«

»Tue ich das?«, fragte ich, Arglosigkeit vortäuschend. Kein Zweifel: Holmes spielte wieder das Spiel *Was denkt Doktor Watson?*, das mir damals, am Anfang unserer Freundschaft, noch nicht so vertraut war. Heute beherrsche ich es so gut, dass ich es jederzeit mit mir selbst spielen könnte.

»Natürlich tun Sie das, Watson! Sie lasen wie gebannt, vom Text fasziniert und regelrecht gefesselt. Dann fiel Ihr Blick auf die patriotischen Initialen VR, die ich, wie ich zu meiner Schande gestehen muss, im Kokain-Rausch in die Wand geschossen habe. Sie schüttelten den Kopf, fassten sich an Ihre Schulter. Dann lächelten

Sie und lenkten Ihren Blick wieder in das Journal zurück. Sie dachten also zuerst an unsere verehrte Queen und kamen kopfschüttelnd zu dem Schluss, dass sie niemals solche Dinge tun würde wie die habsburgischen Damen in Österreich. Dann betasteten Sie Ihre Schulter, in der noch immer eine Taliban-Kugel steckt. Zweifellos dachten Sie an die Verteidigung von Gaeta, die Franz II. von Sizilien und seine wackere Gemahlin Königin Marie, heldenhaft bis zum Ende, durchstanden. Und von der handelt, wie wir wissen, der Hauptartikel dieser Hausmädchen-Postille. Habe ich recht?«

»Sie haben wie immer recht, Holmes. Ja, der Artikel *Sisis böse kleine Schwester* handelt von Marie von Sizilien. Sie ist eine begeisterte Jägerin und besitzt ein Jagdschloss hier in England. Dorthin lud sie auch ihre Schwester Kaiserin Sisi von Österreich ein. Wussten Sie eigentlich, Holmes, dass ich damals die Kaiserin leibhaftig mit eigenen Augen gesehen habe?«

»Und Sie sind nicht spornstreichs erblindet vor Glück?«

»Spotten Sie nur, Holmes, spotten Sie nur! Mein Großonkel Ebenezer hatte mich gegen Ende meiner Studienzeit auf ein längeres Wochenende eingeladen. Ich arbeitete gerade in Edinburgh an meiner Dissertation. Die Abwechslung kam mir gelegen, um auf andere Gedanken zu kommen, und so fuhr ich zu ihm nach London. Sisi weilte ebenfalls gerade hier in England. Sie war auf dem Weg zum Buckingham Palace, wo ihr zu Ehren ein Empfang stattfinden sollte. Ich ging zufällig mit meinem Verwandten die Straße entlang, auf der sie unterwegs war, was ich aber nicht wusste. Verwundert waren wir nur über die vielen Leute, die da in der Sonnenhitze auf wen oder was auch immer warteten. Plötzlich kam Unruhe auf, weil einige offene Kutschen heranbrausten. Sie wären sicher in hohem Tempo an uns vorübergehuscht, hätte es nicht plötzlich eine Verzögerung gegeben. Irgendetwas zwang den Konvoi zum Anhalten. Genau vor uns kam die Kutsche des Prinzen von Wales zum Stehen. Er lächelte, während ihm eine schöne Frau gerade angeregt etwas erzählte. Man könnte sogar sagen, sie tuschelten miteinander. ›Die Kaiserin von Österreich‹, erklärte mir Onkel Ebenezer. ›Sisi.‹«

Ich hatte natürlich von ihr gehört. Sie galt schon damals als eine Art Märchenprinzessin. Als sie bemerkte, dass ich sie direkt anblickte, verbarg sie hastig ihr Gesicht hinter einem Fächer. Obwohl sie sehr schnell war, konnte ich gerade noch ihre grauen, unansehnlichen Zähne erkennen.

»Wenn ich solche Zähne hätte wie die Kaiserin, würde ich sie auch den Blicken der Öffentlichkeit zu entziehen trachten«, sagte ich zu meinem Onkel, doch den interessierte das wenig.

»Mein eitler Watson!«

»Nun ja! Dann setzte sich die Kolonne wieder in Bewegung. Offenbar war das Verkehrshindernis beseitigt. Im nächsten Augenblick waren die Wagen auf und davon.«

»Das war alles?«

»Das Eigentliche stand erst später in den Zeitungen. Es war ein Skandal!«

»Davon weiß ich gar nichts!«

»Es dürfte auch nicht zu den Dingen gehören, die Sie interessieren. Das provokante, despektierliche Betragen der Kaiserin war tagelang wichtigstes Thema selbst der seriösen Blätter. Sie hatte den Unmut von Königin Queen Victoria auf sich gezogen, deren Gehör bekanntlich schon damals mit den Jahren stark nachgelassen hatte. Sisi hatte es gewagt, mit voller Absicht so leise zu ihr zu sprechen, dass sie kaum ein Wort verstanden hatte.«

»Nein gar! So etwas aber auch!«

»Nicht wahr? Aber viel schlimmer war Sisis Konflikt mit ihrer Schwester Marie. Sisi war die weitaus bessere und elegantere Reiterin und obendrein eine famose Jägerin. Füchse und sogar Hirsche! Da war sie ja bei uns in England genau richtig. Marie konnte da nicht mithalten. Aus Verärgerung darüber, dass alle Engländer Sisi statt sie bewunderten, soll Marie Sisis Sohn, dem Kronprinzen Rudolf, erzählt haben, seine Mutter habe ein Verhältnis mit Captain Bay Middleton, dem Vorreiter. Seitdem, so wird erzählt, sprächen die beiden Damen kein Wort mehr miteinander.«

»Nicht auszudenken, was das für den Fortgang der Weltgeschichte bedeutet!«, spottete Holmes.

»Lachen Sie nur! Aber interessant ist es schon! Zudem schadet mein kleines lasterhaftes Interesse an ausländischen Royals niemandem. Aber wo wir gerade bei der Weltgeschichte sind: Ich vermisse eines meiner Bücher. Ein militärmedizinisches Fachbuch. Ganz neu. Dieses Jahr in Edinburgh und London erschienen. Der Verfasser heißt Brown. Dugald Blair Brown. Er diente in derselben Einheit wie ich, nur früher. Etwas älter als ich. Er hat es mir schon vor der Auslieferung geschickt, noch ohne Einband. Außen drauf hat er eine Widmung geschrieben. Es lag hier auf dem Rauchtisch. Jetzt ist es weg. Wissen Sie, wo es geblieben ist?«

»Wie lautet der Titel?«

»*Als Oberst-Arzt und Kriegs-Chirurgus in Zulu-Land und Transvaal 1879 und 1881.* Wie gesagt, es hat keinen Einband.«

»Ja, der fehlende Einband war es auch, der mir ins Auge stach. Ich nahm es zur Hand blätterte es durch. Eine Illustration erweckte mein besonderes Interesse, und ich begann ein wenig darin zu lesen. Ohne Sie vorher um Erlaubnis zu bitten, wie ich einräumen muss, aber Sie weilten in der Praxis bei Ihren Patienten. Als ich wusste, was ich wissen wollte, schlug ich das Buch zu und legte es wieder irgendwohin.«

»Geht das auch ein bisschen genauer? Wo liegt es denn jetzt?«

»Es kann durchaus sein, dass ich inzwischen das eine oder andere Buch obendrauf gelegt habe. Warten Sie … Es war am Montag voriger Woche, nicht wahr? Sie halfen, Zwillingsbuben auf die Welt zu bringen. An jenem Nachmittag befasste ich mich mit den folkloristischen Elementen in der *Schottischen Symphonie* von Felix Mendelssohn-Bartholdy. Gleich nachdem ich mich mit den Padaung der Shan befasst hatte.«

Nun wusste ich, dass mein Freund sich prinzipiell für alles interessierte. In diesem Fall aber hatte ich keine Ahnung, wovon er sprach. »Den was?«

»Na, diesen mit Metallringen verlängerten Hälsen der Shan-Frauen. Auch Kayan genannt.«

»Die Hälse?«

»Nein, die Frauen. Der Tai-Stamm der Kayan umfasst vier Clans, die …«

»Verschonen Sie mich mit weitschweifigen Erklärungen. Ich weiß, was Padaungs sind. Ich wusste nur nicht, wie man sie nennt. Würden Sie mir jetzt gütigst mein Buch zurückerstatten?«

»Selbstverständlich! Verzeihen Sie, dass ich mich an Ihren Schätzen gütlich getan habe. Die Lektüre war übrigens sehr hilfreich. Ah, hier ist es ja!« Sein langer Zeigefinger wies auf einen windschiefen Stapel von vielleicht acht oder neun Büchern verschiedenster Formate auf seinem Labortisch.

Hoffentlich hat er keine Säureflecken darauf hinterlassen, dachte ich für mich. Aus den meisten Büchern ragten Zettel, auf denen Holmes seine Gedanken oder Verweise notiert hatte. Er hob die fünf oder sechs obersten Exemplare ab, legte sie achtlos auf irgendwelche Zettel und Manuskripte neben dem Stapel und erstattete mir mein Buch mit einer offenkundig ironisch gemeinten, weil viel zu tiefen Verbeugung zurück. Leicht verstimmt brummte ich einen knappen Dank.

»Ich hatte schon einen Bücherdiebstahl befürchtet!«

Holmes lächelte maliziös. »Bücherdiebstahl? Moment, da hätte ich etwas für Sie!« Er blickte einen Moment lang suchend auf sein Bücherregal. »Ah, hier!«, rief er aus und zog ein Buch aus dem obersten Regalbrett. Es hatte mit dem Rücken zur Wand im Regal gestanden – eine typische Achtlosigkeit, mit der mein Freund seine – und leider oft auch meine – Bücher zu behandeln pflegte.

»Hier!«, verkündete er voller Stolz. Claude-Pierre Gautier, *De libris furtivis*! Trier 1880. Ein instruktives Werk! Instruktiver zumindest als die Klatschgeschichten aus Mrs Hudsons Postille. Sie brauchen wegen des Titels keine Angst zu haben, der Autor protzt nur ein wenig mit seinen Lateinkenntnissen. Der Rest des Buches ist recht brav auf Deutsch geschrieben.«

Ich überhörte die boshafte Anspielung.

»Über gestohlene Bücher? Hört sich interessant an! Ich wusste gar nicht, dass Sie so etwas Interessantes besitzen. Aber warum stellen Sie es verkehrt herum ins Regal?«

»Sie kennen mich doch! Ich bin eine Art Büchervampir. Sobald ich ein Buch ausgesogen, sobald ich sein Wissen in mir aufgenommen habe, interessiert mich die materielle Hülle nicht mehr sonderlich. Da kann es passieren, dass ich es mit dem Rücken zur Rückwand ins Regal stopfe.«

»Und wenn Sie es wider Erwarten noch einmal brauchen?«

»Dann finde ich es wieder, weil ich mir den Platz eingeprägt habe, an dem ich es abgelegt habe. Ich habe ein geradezu fotografisches Gedächtnis. Ich finde die Stelle instinktiv wieder.«

»Na schön! Und worüber schreibt dieser Monsieur Gautier?«

»Na, über Bücherdiebe. Was sonst?«

»Im Einzelnen, meine ich.«

»Über François-Émile Chauvin de Malan zum Beispiel, über Wilhelm Bruno Lindner oder den Grafen Guglielmo Libri. Alle drei haben im großen Stil Bücher gestohlen. Wie die Raben, könnte man sagen. Graf Libri – *nomen est omen* – hat unter anderem das Ashburnham-Pentateuch aus dem siebten Jahrhundert aus der *Bibliothèque nationale de France* mitgehen lassen.«

»Beachtlich!«

Wir unterhielten uns an jenem Nachmittag sehr angeregt. Von den Bücherdieben *en gros* gingen wir über zu dem prachtvollen Luxuskaufhaus *Harrods* in Knightsbridge, das es schon seit fast fünfzig Jahren gab. Noch ahnten wir nicht, dass es im Dezember 1883 vollständig niederbrennen würde und dass das Schadensfeuer, das seine Ursache in einer perfiden Brandstiftung haben würde, meinem Freund Holmes und mir einige spannende, anstrengende Wochen bescheren sollte.

Und wir ahnten nicht, dass in diesem Moment, von der anderen Seite des *Regent's Park,* ein Fall an uns herangetragen wurde. Und wie es der Zufall wollte: Auch dieser Fall – bei dem es sich vielleicht um einen der schönsten, aber auch einen der delikatesten in Holmes' detektivischer Laufbahn handeln sollte – hatte mit geraubten Büchern beziehungsweise Manuskripten zu tun. Es handelte sich um einen Bücherdiebstahl von internationalem, weltliterarischem und sogar weltpolitischem Ausmaß. Außerdem lernten wir einige der Herrschaften aus Mrs Hudsons Klatsch-Zeitung persönlich kennen. Aber ich will der Reihe nach berichten.

II.

Ich habe selten einen Fall mit mehr Vorbehalten übernommen als diesen«, gestand mir mein Freund Sherlock Holmes ein paar Jahrzehnte später. »Nie war mir ein Klient auf Anhieb unsympathischer als dieser Doktor Aveling. Nicht nur, dass er den Sozialisten spielte, aber dem Wohlleben frönte auf Kosten der Frau, die ihn selbstlos und trotz seiner notorischen Untreue ohne Vorbehalte liebte. Nein, er bestahl darüber hinaus ausgerechnet den Menschen, dem er nahezu alles verdankte und von dem er finanziell völlig abhängig war. Hätte ich nur im Entferntesten geahnt, dass dieser Aveling jahrzehntelang mit Eleanor die freie Liebe propagierte und praktizierte, um dann heimlich, noch dazu unter falschem Namen, einer kleinen Aktrice das Jawort zu geben – ich schwöre, ich hätte ihn nicht nur hinausgeworfen, sondern vorher auch noch eigenhändig die Prügel verabreicht, die er in reichem Maße verdient hatte!«

»Und ich hätte Wache gestanden«, versicherte ich meinem Freund, »damit uns niemand überrascht, bevor Sie mit ihm fertig gewesen wären. Wegen seiner bigamistischen Ehe hat diese Eleanor Marx – wurde sie nicht Tussy genannt? – schließlich Gift genommen. Sie hatte im Gegensatz zu ihm noch Ehre im Leib!«

»Sie war eine schöne Frau mit Geist und einer großen Seele. Als Lieblingsbeschäftigung gab sie, so las ich nach ihrem Tode, das Stöbern beim Bouquinisten an. Und ausgerechnet dieser intelligenten, belesenen und politisch so befähigten Frau wurde so übel mitgespielt! Liebe macht eben doch blind! Wohl dem, der nicht liebt! Wer anderer Meinung ist, der blicke auf ihr Leben! Und ihren Tod! Aber der Fall selbst war einfach sensationell, gab er uns doch Gelegenheit, einmal rettend in den Verlauf der Literatur- und Geistesgeschichte einzugreifen. Ein Fall von epochaler Tragweite, obwohl er wie eine kleine Betrugsgeschichte begann.«

Und die begann folgendermaßen: Eines schönen, sonnigen, aber trotzdem noch winterrauen Nachmittags im März 1883 führte Mrs Hudson einen sehr vornehmen Herrn mit einem kolossalen, eisgrauen Rauschebart in seinem von der Frühlingsluft geröteten Gesicht in unsere Wohnung. Der Gentleman hatte die Grenze zum siebenten Lebensjahrzehnt längst überschritten, war etwa ein Meter siebzig groß und von ausgesucht höflichem Benehmen. Seinen Zylinder trug er in der Hand.

»Mister Frederick Oswald wünscht Sie zu sprechen, meine Herren. Sein Begleiter hat seinen Namen nicht genannt.«

»Danke sehr, meine Gnädigste«, sagte geradezu unangemessen unterwürfig der Mann, den Mrs Hudson als Frederick Oswald vorgestellt hatte.

Der Begleiter schwieg. Statt sich irgendwie zu äußern, blickte er nur verschämt zu Boden.

Mrs Hudson nahm beiden ihre Wintermäntel ab und verschwand mit einem Knicks. Unser neuer Klient wartete, bis sie die Wohnungstür hinter sich geschlossen hatte. Dann öffnete er sein Jackett, um sich, Holmes' Geste folgend, auf unserem Besucherstuhl niederzulassen, der nicht selten auch als Beichtstuhl dienen musste.

Der namenlose, stumme Begleiter war ein nicht mehr ganz junger Mann mit ovalem Gesicht. Sein schwarzes Haar war hoch oben auf dem Kopf gescheitelt und über die kahlen Stellen abwärts gebürstet. Jede Menge Brillantine sorgte für sicheren Halt des Haarkunstwerkes. Der zurückgewichene Haaransatz ließ die Stirn höher und gelehrter erscheinen, doch die unsteten, tiefliegenden Augen, die uns kaum anzublicken wagten, standen einem positiven Gesamteindruck im Wege – genau wie die schmalen Lippen mit den heruntergezogenen Mundwinkeln. Mir stieg der Duft eines süßlichen *eau de toilette* in die Nase, mit dem die Jacke des traurig dreinblickenden Mannes förmlich getränkt schien. Sein Blick streifte Holmes und mich und wanderte dann zurück zu Mr Oswald.

»Ich warte lieber draußen«, schlug der Begleiter vor und schickte sich an, sich zu erheben.

»Du bleibst hier!«, herrschte ihn Oswald an und klopfte ihm heftig auf den Unterarm. »Setz dich hin!«

Schicksalsergeben nahm der Begleiter wieder Platz. Er hockte sich so auf die vordere Sesselkante, als ob er gleich wieder aufspringen und gehen wollte. Ich wusste nicht recht, was ich von diesem ungebührlichen Auftritt halten sollte.

Holmes ergriff gleich das Wort, bevor unsere Klienten noch mehr sagen konnten.

»Herzlich willkommen, meine Herren! Mein Name ist Sherlock Holmes, und das ist mein Freund und Kollege Doktor Watson. Ich komme ohne seine Mitarbeit schwerlich aus. Bitte bringen Sie ihm dasselbe Vertrauen entgegen wie mir!«

Holmes machte eine kurze Kunstpause, in der er die beiden Herren streng musterte. Dann begann er sein Lieblingsspiel.

»Mein herzliches Beileid, Sir! Sie haben, wie ich sehe, einen guten Freund verloren! Ich hoffe jedoch, das schöne Wetter hat Sie auf Ihrem Fußweg durch den *Regent's Park* zu uns einigermaßen entschädigt. Nun, auch ein Angehöriger der schreibenden Zunft braucht ab und an frische Luft. Aber ich bin doch betrübt, dass Sie bezüglich Ihres Namens die Unwahrheit sagen und hier unter einem Incognito auftreten.«

Der alte Mann reagierte einigermaßen verblüfft. »Wie können Sie das alles wissen, Mister Holmes?«

»Nichts einfacher als das! Fangen wir vorne an! Wären Sie mit einer Kutsche oder einer Droschke gekommen, hätte ich das Gefährt draußen vorfahren hören. Es war jedoch nichts dergleichen zu vernehmen. Ihre frische Gesichtsfarbe deutet auf einen Spaziergang hin, bei dem Sie sich die Freiheit nahmen, eine Zigarre zu rauchen. Da die Sonne die Luft schon erwärmt hat, schlossen Sie die Mantelknöpfe nicht. Etwas Asche auf Ihrer Jacke und Ihren Hosenaufschlägen lässt keinen anderen Schluss zu. Sie findet sich übrigens auch an den Hosenbeinen Ihres werten Begleiters.«

Der sah betreten auf seine Halbstiefel und begann sich mit schuldbewusster Miene seine Hosenbeine über unserem Teppich abzuklopfen.

Holmes ließ sich nicht beirren. »In einem Wagen hätten Sie sicherlich nicht geraucht. Außerdem weisen die Sohlen Ihrer Schuhe leichte Verschmutzungen auf. Etwas feuchter Sand, ein Grashalm. Was in einem Park eben so am Sohlenleder hängen bleibt.«

Nun blickte auch Mister Oswald erstaunt auf seine Stiefel. Zu dieser Zeit übte mein Freund seinen Beruf erst zwei Jahre offiziell aus. Sein fabelhafter Scharfblick hatte sich noch nicht überall herumgesprochen.

»Die Frische Ihrer Wangen wäre ausgeprägter, hätten Sie einen weiteren Weg zurückgelegt. Ich vermute, Sie wohnen lediglich auf der anderen Seite des *Regent's Park*. Auch Ihre Kleidung passt dorthin. Aber geboren sind Sie, wie ich höre, nicht in England. Niederlande? Deutschland?«

»Barmen, um genau zu sein. Im Reich. Aber ... merkt man mir meine Herkunft immer noch an? Ich dachte ...«

Er sprach zwar ein ausgezeichnetes, grammatisch überkorrektes Englisch, war aber seinen deutschen Akzent nicht völlig losgeworden. Sogar ich bemerkte sein hartes L und die leicht unenglische Sprachmelodie.

»Und woran erkennen Sie meine Zugehörigkeit zur ... wie sagten Sie ... zur schreibenden Zunft?«

»Dass Sie zumindest viel schreiben, sehe ich an Ihren tiefblauen Fingerspitzen. Schauen Sie, Doktor Watson, der oft der Muse Kalliope zu huldigen pflegt, ist die verräterischen Spuren seines Nebenerwerbs trotz der täglichen penibeln Verwendung medizinischer Seifen und Waldkiefernöls, auch als Terpentin bekannt, nicht völlig losgeworden.«

Zur Bestätigung öffnete ich meine rechte Hand. Tatsächlich waren an Daumen und Zeigefinger noch ein paar dunkelblaue Verfärbungen. Ich nahm mir allerdings vor, bei passender Gelegenheit einmal mit Holmes ein ernsthaftes Wörtchen über den Ausdruck ›Nebenerwerb‹ zu sprechen, dem ich angeblich nachging.

Oswald fuhr aber zunächst einmal fort. »Ja, ich wohne tatsächlich in 122, *Regent's Park Road*. Schon seit 1870. Aber der Verlust, von dem Sie sprachen? Wie kommen Sie darauf? Natürlich, der Trauerflor, aber ...«

Er berührte leicht seine Jacke, an deren Revers ein breiter Samtstreifen den stattgehabten Trauerfall bekundete. Der Begleiter trug einen ebensolchen Samt am Jackenkragen.

»Es gibt ein paar Unwägbarkeiten, aber ich schließe dennoch Irrtümer aus. Vom Verlust einer Ihnen nahestehenden Person durch den Tod kündet mir in der Tat der Trauerflor an Ihrem Jackett. Da Sie aber keinen Ehering tragen, schließe ich einen familiären Verlust, der natürlich möglich sein könnte, zunächst einmal aus. Bei Ihrer Krawattennadel handelt es sich um einen von einer Art goldenem Zahnrad eingefassten Rubin. Dieses technische Symbol scheint mir ein für Nichteingeweihte schwer erkennbarer Hinweis auf Ihre Sympathien für die Arbeiterklasse zu sein. Zahnräder, Hämmer, Sicheln und Zirkel sind bekannte Symbole derer, die sich die Rechte der Arbeiter auf ihre Fahnen geschrieben haben. Wahrscheinlich steht Ihre Trauerbekundung im Zusammenhang mit dem Tod des deutschen Philosophen und Kommunisten Karl Marx, von dem ich vor ein paar Tagen in der Zeitung las. Ich hege weder Interesse noch Sympathie für seine Art der Politik und kenne auch, vom *Kommunistischen Manifest* abgesehen, nicht mehr als die Titel seiner Werke. Trotzdem ist mir die weltweite Bedeutung dieses Deutschen natürlich bekannt. Und Sie heißen gar nicht Oswald. Habe ich recht?«

Oswald machte eine unbestimmte Geste. Holmes zeigte mit ausgestrecktem Finger auf einen kleinen Anhänger an der Uhrkette Oswalds. Es war ein buntes Abzeichen oder Wappen aus Emaille. Auch mir war es aufgefallen, als Mr Oswald sich gesetzt hatte.

»Dieser Anhänger aus Emaille! Es zeigt einen silbernen Engel mit geflügeltem Helm und einem Palmwedel in der Hand auf blauem Grund. Ein beinahe religiöses Motiv, das in direktem Gegensatz zu Ihrer Krawattennadel steht. Wie, frage ich mich, passt ein sozialistisches Symbol mit dem Wappen zusammen? Das Konservative mit dem Progressiven? Ihre teure und sehr gepflegte Kleidung weist Sie nicht als Mitglied der Arbeiterschaft aus. Eher im Gegenteil. Auch Ihre Hände zeugen nicht von körperlicher Arbeit. Die Rubin-Nadel erst recht nicht. Das Wappen an Ihrer Uhrkette ist alt, an den Rändern abgestoßen. Ein Familienerbstück, zweifellos. Es liegt Ihrem Herzen vermutlich näher als die Krawattennadel. Wäre Ihr Name wirklich Oswald, würde sich das Wappen mit großer Wahrscheinlichkeit auf den Heiligen Oswald beziehen, den König von Northumbria im 7. Jahrhundert. Er ist Schutzpatron der englischen Könige, der Kreuzfahrer, der Schnitter und des Viehs und wird nicht nur in England, sondern auch auf dem Kontinent bis tief in die Schweiz hinein als Nothelfer verehrt. In der Regel wird er mit königlichen Insignien dargestellt und meist von einem Raben begleitet. Sie aber tragen als Wappen das Bild eines Engels mit sich herum. Ich darf daher annehmen, dass Sie jener Doktor Engels sind, der am Grab die ergreifende Eloge auf den verstorbenen Karl Marx gehalten hat. Der Wortlaut war einigen meist sozialistischen Blättern zu entnehmen. Er fiel mir bei meiner kursorischen Presseschau in der *British Library* auf. Ohne dass ich ihn zur Gänze zur Kenntnis genommen hätte.«

Der angebliche Oswald machte eine Kopfbewegung, die andeutete, dass er das auch nicht erwartet hätte.

So fuhr Holmes fort. »Wer aber nun ein Pseudonym wählt, behält gerne den Vornamen bei. Das scheint fast eine anthropologische Konstante zu sein. Sagen Sie nichts! Ich habe recht, nicht wahr?«

Solchermaßen ertappt, wurden die Wangen des Mannes noch röter.

»Ich bin überrascht, Mister Holmes. Sie haben recht! *En tout et pour tout.* Sie haben mich geradezu ausgerechnet. Ja! Mein Name ist Friedrich Engels. Doktor Friedrich Engels. Karl Marx, mein Freund, und wenn ich das sagen darf, mein Kampfgefährte durch viele Jahrzehnte hindurch, starb in der Tat am 14. dieses Monats, und ich hatte die Ehre, in Highgate seine Grabrede halten zu dürfen. Der Verlust betrifft nicht nur mich persönlich, sondern auch den gemeinsamen Kampf um die Rechte der Arbeiterklasse. Insofern spricht diese Nadel Bände – *d'ailleurs* ein mir teures *souvenir* an die Erste Internationale. Karls Bedeutung als Denker kann gar nicht überschätzt werden. Sein Verdienst liegt in der Entdeckung des speziellen Bewegungsgesetzes der heutigen kapitalistischen Produktionsweise und der von ihr erzeugten bürgerlichen Gesellschaft. Mit der Entdeckung des *plusvalue*, des Mehrwerts, war mit einem Mal klar verständlich, was sich zuvor dem Verständnis von politischer Ökonomie entzogen hatte.«

»Wieso aber glaubten Sie mich in die Irre führen zu müssen, *Herr* Engels?«

»Verzeihen Sie bitte gütigst! Wie Karl immer sagte! Sein Lebensmotto war *De omnibus dubitandum*, man muss an allem zweifeln! Er hatte recht, wie immer. Schuld an diesem zugegebenermaßen dummen Streich waren wohl nicht zuletzt meine Vorbehalte gegen einen Angehörigen der bürgerlichen Schicht, der seine Arbeitskraft als eine Art Spion verkaufen muss. Ich … ich habe mich noch nie an einen *détective consultatif*, einen beratenden Detektiv, gewandt. Und hatte keinen Plan, wie mit Ihnen umzugehen sei. Ein Detektiv, das ist so etwas Ähnliches wie Polizei. Wenn ich da an den preußischen Polizeirat Stieber denke, der Karl damals in Preußen so zugesetzt hat … *abominable*! Aber das ist eine andere Geschichte! Wie auch immer, aus einem tief verwurzelten Misstrauen heraus glaubte ich, Ihre Qualität auf den Prüfstand stellen zu dürfen, ja dies tun zu müssen. Wenn Sie nun aber nicht mehr für mich tätig werden wollen, so habe ich das größte Verständnis dafür. Ich bin aufs Höchste überrascht, wie durchsichtig meine kleine Camouflage gewesen zu sein scheint … *Habe nun, ach! Philosophie,*

Juristerei und leider auch Theologie durchaus studiert mit heißem Bemühn …«

Das Zitat kannte ich auch! Es stammte aus Goethes *Faust*!

»*Hier steh' ich nun, ich armer Tor*«, fuhr Holmes, ebenfalls auf Deutsch, fort, »*… und bin so klug als wie zuvor!*«

»Genau! Verzeihen Sie nochmals einem alten, verzweifelten Mann, Mister Holmes!«

»Aber ich bitte Sie! Jedoch kann ich Ihnen versichern, dass ich mit den Methoden und dem Geist weder der preußischen noch der britischen Polizei das Geringste zu tun habe. Aber die Camouflage, von der Sie sprachen, oder der Streich und Ihr Besuch bei uns hat doch sicherlich einen tieferen Grund als die Überprüfung meiner Kenntnisse der deutschen Literatur?«

»Natürlich nicht! Verzeihen Sie *encore une fois*! Es ist so …« Er machte eine Pause, um die richtigen Worte zu finden.

»Es geht *de fait* um Literatur. Ich bin, müssen Sie wissen, Karls Nachlassverwalter. Also, was seine Werke betrifft. Auch wenn Sie unserer Bewegung fernstehen, Mister Holmes, brauche ich einen Mann wie Sie. Einen, der ebenso klug wie diskret und findig ist. Von Ersterem habe ich mich überzeugen können. Letzteres dürfen Sie gerne unter Beweis stellen. Es soll Ihr Schaden nicht sein. Ich verfüge über die Mittel, nicht nur Ihre Mühe in reichem Maße zu entlohnen, sondern auch alle Ihre Ausgaben zu ersetzen.«

»Da wir nun Ihren Test, wie mir scheint, mit Erfolg bestanden haben, erlaube ich mir nun zu fragen, was Sie zu mir führt.«

Dr. Engels bewegte den Kopf hin und her, als ob ihm die Antwort schwerfiele. Dann blickte er seinen Begleiter an, der sofort den Blick senkte.

»Eine Zigarre macht die Sache vielleicht leichter!«, meinte Holmes begütigend und hielt den beiden seine Zigarrenkiste mit den besonders guten Havannas hin. Engels' Gesichtszüge entspannten sich, verfinsterten sich aber gleich wieder, als der Begleiter ebenfalls zugreifen wollte. Seine Geste war die eines erzürnten Vaters, der seinem vorwitzigen Sohn auf die Finger klopft, weil er sich unerlaubterweise am Konfekt der Mutter vergreifen will. Resigniert ließ der Gemaßregelte die Hand sinken.

Sorgfältig wählte Engels eine Zigarre aus und zündete sie mit dem goldenen Feuerzeug an, das er aus der Westentasche gezogen hatte. Holmes ließ sich nichts anmerken und zündete sich seine Zigarre mit einem Streichholz an. Ich war befremdet. Ein Zigarrenliebhaber, der ein Benzinfeuerzeug benutzt! Na, dachte ich, vielleicht fehlt den Sozialisten doch das letzte Quäntchen *savoir vivre*...

»Ja«, sinnierte Engels nach dem ersten Zug, den Rauch ausblasend und mit einem Blick auf die Zigarre anerkennend nickend. »Der gute Karl liebte die Zigarren. Ich möchte fast sagen, nicht eine einzige Seite seiner Werke wäre ohne pfundweisen Tabaksgenuss überhaupt möglich gewesen. Leider besaß er nur selten die Mittel, sich vernünftige Zigarren zu leisten. *De mortibus nihil nisi bene,* aber wahre Tabakfreunde ertrugen seine Gegenwart nur schwer ... jedenfalls, wenn er sein fürchterliches billiges Kraut rauchte. Eher Unkraut!« Engels schwieg einen Augenblick. »Die Sache ist die …«, fuhr er fort. »Wie gesagt, ich bin Karls Nachlassverwalter. Also von seinen Schriften. Finanziell ist bei ihm wenig zu holen, wenn ich so sagen darf. Eher im Gegenteil, aber das ist ebenfalls eine andere Sache. Wie Sie vielleicht wissen, oder auch nicht, hatte Karl sieben Kinder. Die Mädchen heißen alle Jenny, nach der Mutter Jenny. Jenny von Westphalen: Jenny Caroline, Jenny Laura und Jenny Eleanor. Eleanor nennt sich selbst nur Tussy und wird auch von uns allen nur so genannt. Wahrscheinlich erinnert sie sich gar nicht mehr an ihren tatsächlichen Vornamen. Nun ja! Zwei Söhne, Charles Louis und Heinrich Edward starben bereits im Kindesalter, Eveline wurde Monate vor Karls Tod von einer heimtückischen Krankheit elendiglich dahingerafft. Dieser Verlust hat Karls Ende stark beschleunigt. Er hat ihn förmlich das Leben gekostet. Anders kann man es nicht ausdrücken. Die Töchter sind beziehungsweise waren treue Anhängerinnen der Lehren ihres Vaters. Eveline war mit dem Sozialisten Charles Longuet und Laura ist mit Charles Longuet verheiratet. Letzterer hielt ebenso wie ich eine Rede bei Karls Begräbnis.«

»Und Eleanor? Tussy?«

»Ja, Tussy ist nicht das Problem, Mister Holmes. Das eigentliche Problem sitzt, wie ich leider bekennen muss, hier neben mir. Vor Ihnen. Das Problem ist Doktor Edward Aveling.«

»S-s-sehr angenehm!«, flüsterte Aveling mit einem kurzen Kopfnicken, das mehr einem Genickeinziehen glich. Endlich erfuhren wir den Namen der schweigsamen Verdrussgestalt!

»Er ist seit Karls Tod der Mann von Eleanor Marx.«

»Aber Sie sind nicht wirklich verheiratet, nicht wahr?« Es war eher eine Feststellung als eine Frage.

Aveling erbleichte. »Wie …?«, wollte er wissen.

»Ihr Anzug ist teuer, Ihre Schuhe sind es auch. Ebenso Ihre rotgoldene Uhrkette. Sie hätten sicherlich über die Mittel verfügt, bei einer Wiederverheiratung einen neuen Ehering anzuschaffen, aber Ihr Ehering ist alt und aus – verzeihen Sie! – geringwertigem Material. Vermutlich sind Sie Ihre erste Ehe noch als nahezu mittelloser Student eingegangen. An den Rändern ist die Vergoldung abgerieben, wie das Emaille am Rande von Dr. Engels' Familienwappen. Da Karl Marx vor einigen Tagen gestorben ist und Sie nach Dr. Engels' Worten erst danach wieder zum Ehemann wurden, sich aber keinen neuen Ehering geleistet haben, bleibt nur der Schluss, dass Sie und … Miss Marx praktizierende Anhänger der freien Liebe sind – was unter Sozialisten bekanntlich nicht unüblich ist. Wer den russischen Schriftsteller Turgenjew – oder Monsieur Charles Fourier – liest, weiß das.«

Aveling lief puterrot an. »Ich …«

Engels wischte weitere Einlassungen mit der Hand, die noch immer die Zigarre hielt, beiseite. Aveling sank erneut in sich zusammen. Engels verfügte wirklich über eine erstaunliche Autorität. Erst später erfuhr ich, dass er von seinen Getreuen »der General« genannt wurde!

Dennoch kam etwas Leben in Aveling. Er antwortete nun sogar in ganzen Sätzen. »Eine Heirat war … Elly – also Tussy – und ich, wir sind keine gesetzlichen Eheleute. Ich … ich bin noch nicht von meiner ersten Frau geschieden. Bell – sie heißt eigentlich Isabel – verweigert die Einwilligung in eine Scheidung. Wir …«

Engels unterbrach ihn. »Wer hier welche Einwilligung verweigert, wollen wir *quand même* einmal dahingestellt sein lassen! Vor Karls Tod hast du nicht gewagt, dich zu Tussy zu bekennen und ein unwürdiges Versteckspiel inszeniert. Aber ob deine erste Frau *vraiment* die Einwilligung in eine Scheidung verweigert... *Je ne sais pas.* Wenn ich mir deine ganzen Affären betrachte ...«

Aveling sagte nichts, sondern kniff die Lippen zusammen.

Engels fuhr fort. »Tussy spricht nicht darüber. Sie nennt sich Mrs Aveling und verteidigt Edward als ihren Mann« – Engels zeichnete mit den Zeige- und Mittelfingern beider Hände Anführungszeichen in die Luft – »mit Klauen und Zähnen, auch weil wir leider in der Bewegung auf sein rhetorisches Talent und seine literarischen Gaben weder verzichten wollen noch verzichten können. *Hélas.*«

»*Désolé*!« flüsterte Aveling kaum hörbar.

Holmes machte eine unwillige Geste. »Mister Engels, augenscheinlich geht es hier um Kabale und Liebe, um einmal die Worte Ihres Nationaldichters Friedrich Schiller zu verwenden. Noch dazu um Kabale und Liebe in Künstlerkreisen. Damit befassen sich nur Detektive minderer Klasse.« Er machte eine bedeutungsvolle Pause. »Nicht ich!«, setzte er dann hinzu.

»Unsinn, Mister Holmes. Wegen solch einer degoutanten Lappalie wäre ich nicht zu Ihnen gekommen. Das könnte ich selber mit leichter Hand regeln. Nein, das Problem ist Karls Nachlass. Sie haben selbst das *Kommunistische Manifest* erwähnt, unser vielleicht bekanntestes gemeinsames Werk. Von Karls Hand alleine stammt *Das Kapital*. Es ist 1867 erschienen und stellt *véritablement* für die politische Ökonomie – das zu behaupten zögere ich keine Sekunde – dasselbe dar wie Kants *Kritik der reinen Vernunft* für die Philosophie der Erkenntnis. Selbst wenn das Buch leider viel zu wenige Leser gefunden hat, die verstehen, was Karls Entdeckung, der Mehrwert, bedeutet.«

»Na schön, Doktor Engels. Eleanor Marx – Eleanor Aveling, wie sie sich offenbar selbst nennt – oder auch Tussy lebt mit einem verheirateten Mann zusammen, und von ihrem Vater stammt eines der ungelesensten Bücher über politische Ökonomie, die es gibt. Ich kenne übrigens *à vrai dire* selbst nicht mehr als den Titel, und was beim Kapital der Mehrwert ist, ist für mein Leben nicht einmal ansatzweise von Belang. Nationalökonomie im Allgemeinen und die Mehrwert-Theorie im Besonderen haben mit meinem Beruf nicht das Geringste zu tun. Und wenn Sie mir jetzt nicht auf der Stelle sagen, warum Sie mich aufgesucht haben, betrachte ich das Gespräch als beendet.«

Holmes' wachsenden Ärger konnte ich schon daran erkennen, dass er Engels' Tic nachahmte, französische Ausdrücke in seine Rede einzuflechten. Gleich würde er die beiden hinauswerfen.

Doch dann sprach Engels endlich aus, was er meinte. »Die Manuskripte sind weg!«

»Welche Manuskripte?«

»Na, die Manuskripte vom *Kapital*!«

»Wie kann das sein? Meines Wissens nach ist *Das Kapital* bereits 1867 erschienen? Oder brauchen Sie die handschriftlichen Originale noch?«

»Ja, das auch. Selbstverständlich! Aber die Rede ist von den Bänden zwei und drei! Die lang erwarteten Fortsetzungen! Darin ist nicht vom Produktionsprozess des Kapitals die Rede, sondern von der Zirkulation beziehungsweise vom Gesamtprozess der kapitalistischen Produktion.«

»Endlich sind wir *au fond du problème*! Aber was haben Eleanor Marx und Doktor Aveling mit dem *Kapital* zu tun?«

Aveling seufzte tief. »Doktor Engels spielt auf meinen unseligen Hang zum Chemmy an. Baccara«, erklärte er etwas umständlich. »Ich habe bei Hasardspielen viel Geld verloren.«

»Charakterlich ist das für einen Sozialisten und Revolutionär ... *ma foi!*« Engels musste sehr an sich halten.

»Und?«, fragte Holmes.

»Und? Ich habe die Manuskripte von Band zwei und drei als Pfand für meine Spielschulden hinterlegt, und obwohl ich noch am selben Abend das Geld überbrachte, war der glücklichere Spieler mit den Pfändern auf und davon. Noch weiß meine Frau nichts davon, und ich möchte eigentlich auch lieber nicht, dass sie es erfährt.«

»Am besten wäre«, mischte sich Engels ein, »wenn Sie die Manuskripte wiederbeschaffen könnten, bevor die Sache ruchbar wird. Auch ich wäre nämlich bis auf die Knochen blamiert. *Violemment.* Ich habe nämlich schon das Erscheinen der beiden Bände öffentlich angekündigt und werde in den nächsten Jahren viel für die Herausgabe arbeiten müssen. Entziffern, sortieren, ordnen, überarbeiten. Karl war als Schriftsteller, äh ...«

»Ein wenig unsystematisch und unordentlich?«, wagte ich einzuwerfen. Das kannte ich nur zu gut, denn schließlich war das Schreiben ja mein angestammtes Metier!

»*Au bas mot*. Gelinde gesagt, ja.« Engels zog noch einmal an seiner Zigarre.

»Ich spreche von einer chaotischen Zettelsammlung ohne Seitenangaben, verfasst in einer derart unleserlichen Schrift, dass selbst Karls Töchter Probleme mit der Entzifferung haben werden. Von mir selber gar nicht zu reden. Sicherlich werde ich erblinden über diese Fronarbeit. Aber darf ich *pourtant* sagen, dass ohne meine Hilfe eine derartige Arbeit heute nicht anders als lückenhaft und mangelhaft sein kann. An der ich anders als der Lohnarbeiter, der seine Arbeitskraft verkaufen muss, sicherlich nicht einmal etwas verdienen werde.«

»Was mein Honorar betrifft ...«

»Keine Sorge, Mister Holmes, das werden Sie bekommen. Und mehr als das. Der Dank der Arbeiter der ganzen Welt für die Rettung des größten Werkes der Arbeiterklasse wird Ihnen gewiss sein!«

Holmes hob die linke Augenbraue an und verzog den Mund zu einem ironischen Lächeln. Das habe ich mir schon immer gewünscht, sollte das sagen.

»Wie schön! Können wir jetzt zu den Details kommen? Wann haben Sie, Doktor Aveling, die Manuskripte verpfändet? An wen? Und wo befinden sie sich jetzt? Hat es womöglich einen Erpressungsversuch gegeben?«

»Gespielt habe ich im CC, also im *Carolus Club*. Das ist ein Treffpunkt all derer, die sich der Sache von Karl Marx verpflichtet fühlen. Carolus ist die lateinische

Form von Karl, verstehen Sie? Deshalb heißt der *Carolus Club* so, nach Karl Marx. Dort spielte auch Alexej Neshdanow. Ein Genosse aus Russland. Wir verdanken seinen Berichten über die Lage dort sehr viel, obwohl … eigentlich ist er da eher der Fraktion der Anarchisten zuzurechnen. Er hatte keinen klaren Standpunkt. Ein Flüchtling aus der sibirischen Verbannung. Ein Spieler und obendrein hochgradig trunksüchtig. Absinth, wenn Sie verstehen. So dachte ich, ich hätte leichtes Spiel mit ihm und ließ mich auf eine Partie mit ihm ein. Wie hätte ich wissen können, dass er selbst in betrunkenem Zustand um Klassen besser spielt als ich, wenn ich nüchtern bin?«

»Sie verloren?«

»Haushoch. Mehr Pfund als ich bei mir trug. Ich sagte, ich würde nach Hause gehen und das Geld holen. Er bestand jedoch auf ein Pfand. Ich hatte nur die Manuskripte bei mir.«

»Wieso hatten Sie sie dabei? So etwas trägt man doch nicht einfach spazieren?«

»Ich hatte sie am Nachmittag von einem Buchbinder abgeholt. Er hatte zwei Archivkästen maßgefertigt. So kam das.«

»Und dann?«

»Dann? Ich wusste natürlich, dass ich gegenüber der Familie Marx und der Bewegung einen gewaltigen Vertrauensbruch begangen hatte. Darum eilte ich so schnell ich konnte nach Hause, um Geld zu holen. Ich sagte meiner Frau ganz offen, dass ich Spielschulden hätte und dringend Geld bräuchte. Sie gab es mir sofort von ihrem Haushaltsgeld. Ich weiß, sie hätte es für anderes dringender gebraucht, aber nicht einmal geschimpft hat sie, wie sie es sonst tut. Sie küsste mich sogar zum Abschied und lachte nachsichtig. ›Du bist und bleibst unverbesserlich.‹ Ich war nicht länger als eine halbe Stunde fort. Aber als ich wieder in den *Carolus Club* zurückkehrte, war Neshdanow verschwunden. Mitsamt den Manuskriptkästen.«

Holmes begann wieder, Zeichen der Ungeduld zu zeigen. Er interessierte sich weder für Politik noch für Karl Marx. Der Tod des deutschen Komponisten Richard Wagner in Februar jenes denkwürdigen Jahres hatte ihn viel mehr bewegt als der Tod von Marx ihn je bewegen würde. »Wissen Sie denn nicht, wo dieser Neshdanow wohnt?«

»Er hatte einmal etwas von einem Zimmer in der Cort Street erwähnt, aber besucht hat ihn dort anscheinend nie jemand.«

»Entschuldigen Sie mich bitte einen Moment!«

Während Avelings Bericht hatte ich versucht, mich zu besinnen, wo ich den Namen Neshdanow schon einmal gehört hatte. Jetzt war es mir wieder eingefallen! Ich trat zu meinem Bücherregal. Ah, hier! In der russischen Abteilung. Iwan Turgenjew, *Virgin Soil*. Ins Englische übersetzt von Ashton W. Dilke. 1878 erschienen, natürlich bei Macmillan, wo sonst? Der Held hieß – ich schlug den Roman auf – natürlich! Alexej Neshdanow.«

»Ich gratuliere, Doktor Aveling! Sie haben gegen den Helden eines Romans von Weltrang gespielt und verloren. Schauen Sie selbst!« Ich hielt Engels und Aveling den aufgeschlagenen Band hin.

Vor Zorn lief Engels tiefrot an.

»Sag bloß, du hast wieder einmal keine Ahnung! Karl wäre das nie passiert! Ich sage immer, ein Revolutionär muss zuallererst gebildet sein. Gebildet und nochmals gebildet.«

»Ich … ich habe keine Zeit, Romane zu lesen!«

»Aber zum Kartenspielen, da hast du Zeit! Gütiger Himmel! Noch nie hat Unwissenheit jemandem irgendetwas genützt! Karl würde sich im Grabe herumdrehen! Mit welchen Menschen habe ich nur zu tun!«

Holmes versuchte, durch eine Frage dem Gespräch eine andere Wendung zu geben. »Danke, Watson! Wenn ich Sie nicht hätte! Die Namen der Figuren waren mir wirklich entfallen. Aber wenn ich mich recht erinnere, ist dieser Neshdanow der Revolutionär?«

Ich nickte bescheiden.

»Da hat sich Ihr Gegner, Doktor Aveling, also eines Pseudonyms bedient, und eines gar nicht so abwegigen. Und wir jagen jetzt eine Romanfigur. Das ist interessant! Aber sie scheint sich ja nicht nur in diesem Buch aufzuhalten, sondern auch irgendwo da draußen in London. Beginnen wir die Suche im *Carolus Club*. Wo, sagten Sie, befindet sich dieser Club?«

Aveling nannte die Adresse.

»Und wer verkehrt dort? Außer Ihnen?«

Aveling druckste herum, während Engels außer sich vor Ärger immer wieder den Kopf schüttelte und voller Zorn schnaubte. Dann fiel Engels etwas ein. »Ich war einmal kurz dort. Wurde sogar den Anwesenden vorgestellt. Auch einem gewissen Alexej. Nachnamen wurden nicht genannt. Die Konspiration, *savez-vous*?

Ich wechselte sogar einige Sätze auf Russisch mit ihm, wenn ich mich recht erinnere.«

»Sie sprechen Russisch, Doktor Engels?«, erkundigte sich Holmes.

»Wie auch einige andere Sprachen, die ich mir *au fil du temps* aneignen konnte. Anders erhält man keine zuverlässigen Informationen aus fremden Ländern. Für viele besteht das kyrillische Alphabet nur aus ephesischen Buchstaben. Mir aber bereitet es – dem Himmel sei Dank! – keinerlei Schwierigkeiten.«

»Und Neshdanows Russisch war korrekt?«

»Soweit ich das beurteilen kann, machte er keinerlei Aspektfehler. Sie wissen vielleicht: jedes russische Verb existiert im vollendeten und im unvollendeten Aspekt, je nachdem, was Sie zum Ausdruck bringen wollen. Einen bereits vollendeten Tatbestand oder etwas, das … sozusagen im Fluss ist. Am richtigen oder falschen Gebrauch der Verben allein können Sie Russen und Nichtrussen *aisément* voneinander unterscheiden.«

»Dann sind Sie sicher«, fragte Holmes, »dass dieser angebliche Alexej Neshdanow aus Russland stammt? Nicht vielleicht aus Polen? Oder Kleinrussland? Ich frage deshalb, weil eine falsche Bestimmung der Nationalität möglicherweise einen unwiederbringlichen Zeitverlust bei meinen Nachforschungen nach sich ziehen könnte.«

»Das verstehe ich, Mister Holmes«, versicherte Engels. »Es gibt keinen berechtigten Anlass, an Alexejs russischer Provenienz zu zweifeln.«

»Und die meisten Genossen«, ergänzte Aveling, »sprechen diese Sprache.«

»Außer dir bekanntlich!«, knurrte Engels. »Leider!«

»Wer war am besagten Abend noch im CC?«

Aveling seufzte gequält auf. »Anwesend waren Carl Schorlemmer, Ray Lankester, Wilhelm Liebknecht, Charles Longuet, Paul Lafarge, Friedrich Leßner, Georg Lochner und natürlich Gottfried Lemke. Alles gestandene Anhänger der Bewegung. Für die lege ich meine Hand ins Feuer!«

Mit einer Geste deutete Engels an, dass sich diese gestandenen Anhänger schämen sollten für ihre Mitgliedschaft in diesem Club.

Einigermaßen unbeirrt fuhr Aveling fort. »Von den Damen natürlich Tussy«, erklärte er, »weil sie mich oft nach Hause holen muss, und Helena Demuth. Lena oder Lenchen.«

»Das war Karls Dienstmädchen und Schachpartnerin«, erläuterte Engels. »Jetzt ist sie meine Haushälterin. Sie hat keinen Mann, aber einen Sohn, Harry Frederick. Wir nennen ihn Freddy.«

»Verkehrt dieser Freddy auch im CC?«, wollte Holmes wissen.

»Nein, der ist ein grundsolider Mensch«, knurrte Engels. »Tussy bezeichnet ihn manchmal zum Spaß als ihren Halbbruder. Er ist so solide wie seine Mutter. Trotz ihres Fehltrittes damals. Sie würde jetzt mit mir Karls Nachlass ordnen, wenn dieser nicht spurlos verschwunden wäre.«

Holmes' Interesse war schier unersättlich. »Sagen Sie, Gentlemen, gibt es ein Bild von diesem Alexej Neshdanow? Respektive von der Person, die sich so nennt?«

Engels blickte Aveling scharf an.

»Ich habe … äh … Friedrich hat die Frage kommen sehen, Mister Holmes. Ja, es gibt ein Bild. Es ist ein Gruppenbild von Tussys Hand. Sie ist neben allem anderen eine begabte Zeichnerin und hat einmal die Mitglieder des CC porträtiert, während sie auf mich wartete. Und beim Zeichnen noch alle unter den Tisch diskutierte. Ich habe mir erlaubt, das Blatt aus ihrem Skizzenblock herauszutrennen.«

Er nahm eine Papprolle aus der Innentasche seines Jacketts. Darin steckte ein Blatt Papier. Das zog er heraus und übergab es Holmes.

Der nahm es mit ernster Miene in die Hand. »*En passant*: Ich nehme an, Sie haben vorher die Einwilligung der Eigentümerin eingeholt, Doktor Aveling?«

Engels verzog den Mund zu einem maliziösen Lächeln, worauf sich Aveling zu einer Antwort bequemte. Dabei trommelte er nervös mit der Pappröhre auf seine Hand. »N…ein, Mister Holmes. Ich habe nicht gefragt. Und ich wäre Ihnen auch dankbar, wenn ich das Blatt bald wiederbekäme, um es wieder in den Block zurückzulegen. Eleanor ist sehr eigen mit ihren Werken. Ich … ich hätte jetzt schon Schwierigkeiten, eine Erklärung für das Verschwinden der Skizze zu finden. Sehen Sie her!« Mit der rechten Hand ergriff er das Blatt, um es zu sich zu drehen. Mit der Papprolle aus der Linken wies er auf eine der dargestellten Personen. »Der hier. Alexej. Der ist es. Der Halunke!«

»Nun, lieber Doktor, Licht und Schatten scheinen mir hier nicht sehr strikt geschieden zu sein. Aber ich will nicht rechten! Die Skizze werde ich fotografieren und den Gesuchten vergrößern lassen. Danach werde ich sie Ihnen umgehend zurückerstatten. Der Hausbursche wird sie Ihnen bringen. *Eh bien*!«

Engels hob gespannt die Augenbrauen.

»Ich übernehme den Fall. *Habeunt sui fati libelli,* wie mein Freund Doktor Watson an dieser Stelle sagen würde. Ich will versuchen, die Manuskripte wiederzubeschaffen. Die Aufgabe scheint mir reizvoll.«

Engels' Augenbrauen senkten sich erleichtert wieder ab. Nachdem der Ökonom und Philosoph sich mit Holmes über das Honorar geeinigt und für unsere Auslagen einen geradezu fürstlichen Vorschuss überreicht hatte, verließ er uns wieder, den höchst unglücklichen Dr. Aveling im Schlepptau, der uns zum Abschied einen letzten, am gesamten Elend der Welt verzweifelnden Blick über die Schulter zuwarf.

III.

Am nächsten Morgen war ich mit Holmes in der Cort Street verabredet. Mein Freund wollte in der *British Library* vorbeischauen und danach die Ausschnittvergrößerung von Eleanors Porträtzeichnung vom Fotografen abholen.

Die Cort Street gibt es heute nicht mehr. Sie lag in Burlington nahe der Universität von London und gehörte sozusagen zum *Quartier Latin* Londons. Zwischen zahlreichen Kunstgalerien konnten hier Durchreisende und Studenten, aber auch Maler, Schauspieler und Sänger, Quartier finden. Fast in jedem Fenster hing ein Zettel, der entweder Gesangs- oder Malunterricht oder Mietzimmer anbot. Auch Mädchen und Frauen priesen ihre Dienste als Modelle an. Beliebt war hier die Formulierung »Alle Positionen«. Ich hegte den Verdacht, dass hier nicht nur Modell *gestanden* wurde. Wie auch immer, hier wollte mich Holmes um zehn Uhr treffen.

Zu meiner nicht geringen Verwunderung verspätete er sich. Ein Blick auf meine Taschenuhr verriet mir, dass die Verspätung bereits mehr als eine Viertelstunde betrug. Er scheint sein akademisches Viertel zu nehmen, dachte ich in stillem Spott für mich.

Um mir die Zeit nicht lang werden zu lassen, beobachtete ich die Menschen in der Cort Street bei ihren alltäglichen Verrichtungen. Hauswirtinnen fegten Eingänge und Stiegen, Lieferanten brachten Kohlen oder Holz in die Keller, Hausmädchen in den oberen Stockwerken schüttelten Bettzeug aus, und hin und wieder brachen sogar müde junge Herren mit Büchern, Noten oder Malutensilien unter dem Arm zum Unterricht auf. Frauen und Männer, gerade erst aus süßem Schlummer erwacht, blickten mit einem, manchmal sogar schon mit zwei offenen Augen aus den Fenstern. Sicher fragten sie sich, was dieser angefangene Tag ihnen wohl bringen würde. Einige Betrunkene stolperten bereits – oder immer noch – durch die Straße. Einer entleerte ohne jede Scham seine volle Blase an einer Hausecke. Niemanden schien das zu stören, denn außer mir sah jeder rasch in eine andere Richtung. Als ich schließlich den Blick von dem unkultivierten Menschen abwandte, sah ich zwei Trunkenbolde. Es handelte sich um zwei besonders schmutzige Exemplare in abgerissenen Kleidern, mit schief sitzenden Schiebermützen auf den Köpfen. Arm in Arm wankten sie ausgerechnet auf mich zu, wobei sie lauthals ein ausländisches Lied grölten, dessen Text so ähnlich klang wie »Schpi, schpi, schpi!« Den richtigen Ton traf keiner mehr. Das merkte sogar ich, obwohl Holmes mich gelegentlich eine Ausgeburt der Unmusikalität schimpft. Um einer Begegnung mit den beiden zu entgehen, wich ich immer mehr zurück, bis ich vor einer Hauswand stand und nicht mehr weiterkonnte.

Das könnte Holmes in einer seiner Verkleidungen sein, schoss es mir durch den Kopf. Bevor ich der Sache auf den Grund gehen konnte, sprach mich der eine Saufbruder an. Vorher nahm er einen alten, vielfach geflickten Seesack von der Schulter.

»Briederchen, bitte gib arme russische *studenty* paar Kopeken. Fier Biecher!«

»Da, da!«, bestätigte der andere Saufkopf. »Fier Biecher!«

Weil ich keine Lust verspürte, den beiden die Fortsetzung ihres Gelages mitzufinanzieren, schüttelte ich energisch den Kopf. »Genauso wie euch stelle ich mir zwei vor, die gerade zum nächsten Bouquinisten wollen. Ich glaube alles!«

»Aber Briederchen! Warum so bese?«, begann der erste zu insistieren. »Bittä gieb! Nur paar Kopeken!« Dann fiel ihm ein, wo er war. »Penny«, verbesserte er sich.

Wo blieb nur Holmes? Oder war er es doch? Bis zur Unkenntlichkeit geschminkt und verkleidet?

»Holmes«, versuchte ich einen Frontalangriff. »Sie sind erkannt. Ich habe Sie durchschaut!«

Das Lachen meines Freundes bestätigte meinen Verdacht.

»Gut gemacht, Watson! Allmählich lassen Sie sich durch meine Methoden nicht mehr verblüffen!« Er gab dem Mann, der mit ziemlicher Schlagseite an seinem Arm hing, eine Münze.

»*Spasibo, Golubtschik*! *Doswidanja*!«

Der solchermaßen Angesprochene nahm die Münze in seine schmutzige Hand, zog artig die Mütze vom Kopf, brabbelte ehrerbietig etwas von »Barin« und schwankte davon. Ich hoffte für ihn, dass der Weg in die nächste Spelunke nicht mehr weit war. Seinem Gang nach zu urteilen, würde er kaum mehr als zweihundert, dreihundert Meter schaffen.

»Verzeihen Sie die kleine Komödie, Watson! Sie war nötig, um die Adresse von diesem Neshdanow herauszufinden. Es war nicht ganz einfach. Hier wohnen viele Russen, und jeder zweite behauptete steif und fest, Neshdanow sei eine Figur aus *Virgin Soil*. Den gäbe es hier gar nicht in Wirklichkeit. Respekt!«

»Respekt? Wovor?«

»Vor der Belesenheit der Russen. Jeder scheint Turgenjew zu kennen und die Namen seiner Helden. Oder wissen Sie auf Anhieb, wie die männliche Hauptfigur von, na sagen wir, *Vanity Fair* heißt?

»Sie erwischen mich leider völlig unvorbereitet, Holmes! Hindley?«

»Daneben, Watson! Nicht sehr weit daneben, aber daneben! Hindley stammt aus *Wuthering Heights*. Sedley wäre richtig gewesen! Joe Sedley!«

»Ah ja! Joe Sedley! Da sehen Sie mal, wie assoziativ das Gedächtnis arbeitet! Beide Namen enden mit der Silbe -dley. Wollen wir jetzt gleich rüber in die Universität gehen? Wenn wir uns beeilen, kommen wir vielleicht gerade noch recht zu einer literaturhistorischen Vorlesung oder einem Seminar zur russischen Literatur.«

Holmes lächelte über meine ärgerliche Bemerkung.

»Unsere universitäre Weiterbildung hat Zeit. Mein unbekannter Saufkumpan und ich, wir haben jedenfalls die Adresse von Alexej Neshdanow herausbekommen.«

»Na, immerhin! Und wo wäre er wohnhaft?«

»Gleich dort drüben! Kommen Sie! Ich bleibe sein Landsmann, und Sie spielen einen besorgten Angehörigen. Sie heißen ab jetzt Doktor Yannik.«

»Doktor Yannik. Doktor Yannik.« Rasch versuchte ich mir den Namen zu eigen zu machen. »Aber wieso Doktor Yannik?«

»Ganz einfach! Ich bat Sie doch vor einigen Monaten anlässlich unserer Ermittlung nach dem Diebstahl von Fürst Radziwiłłs Briefmarkensammlung, sich zwar als Arzt, aber nicht unter Ihrem richtigen Namen vorzustellen. Und wie nannten Sie sich damals?«

»Doktor Hamish!«

»Sie wählten also spontan einen Ihnen vertrauten Namen, nämlich Ihren zweiten Vornamen. Wer ein Pseudonym wählt, bleibt gerne im Bereich des Vertrauten. Niemand erfindet sich gerne ohne Not eine völlig fremde Identität, deren Details er womöglich im unrechten Augenblick vergisst. Doktor Yannik entspricht dem Doktor Hamish. Hamish ist die schottische Form von James, das slawische Gegenstück zu James ist *cum grano salis* Yan oder Yannik.«

»Immerhin gut zu merken!

»Aber Sie sagen am besten gar nichts.«

Das war mir recht. *Küns_lerp_nsion Desdemona* stand in nicht mehr ganz vollzähligen Lettern über der Eingangstür. Die Künstlerpension *Desdemona* sah, gelinde gesagt, nicht sehr vertrauenerweckend aus. Die Fassade des dreistöckigen Hauses war rissig, die Fensterscheiben fast blind vor Schmutz, und den Zugang zur steinernen Vortreppe versperrte eine riesige, braune Pfütze. Nachdem wir diese, ohne unsere Schuhe darin zu baden, umgangen und die windschiefen, ausgetretenen Stufen erklommen hatten, blieben wir einen Moment stehen. Ich blickte mich skeptisch um.

»Unheil beklagen, das nicht mehr zu bessern, heißt umso mehr das Unheil nur vergrößern«, zitierte Holmes, mit Blick auf die Beinahe-Ruine, ich glaube *Othello*. Ansonsten schaute er lauschend nach oben. Irgendwo im Haus sang nämlich eine Sängerin mit einer wunderschönen Stimme ein französisches Lied, das sogar ich kannte.

»*Plaisir d'amour*«, stellte ich fest. »An diesem Ort, der Desdemona gewidmet ist. Seltsam!«

»Gar nicht seltsam!« Holmes trat einen Schritt zur Seite. Damit gab er mir den Blick auf ein kleines, stark angelaufenes Messingschild frei. *Pénélope Arachon. Opernsängerin. Gesangsstunden nach Vereinbarung.*

»Das erklärt manches.« Sonst fiel mir nichts dazu ein.

»Pénélope Arachon ist Österreicherin. Sie sang die Titelpartie in Johann Nepomuk Schretzmairs *Tabou,* einer Oper nach Motiven von Herman Melvilles *Typee*. Das war etwa um 1855 herum und ein Riesenskandal. Eigentlich heißt sie, wenn ich mich nicht irre, Schinagl. Margarete Schinagl. Apropos! Aufgemerkt, Doktor Yannik! Ich werde mich übrigens jetzt als Igor Domaschnik vorstellen.

»Domaschnik?«

»Nun, ich heiße bekanntlich Holmes. Das klingt wie unser Wort *homes,* Häuser. Russisch heißt Haus *dom*. Domaschnik wäre so eine Art Äquivalent zu Holmes.«

»Igor Domaschnik«, memorierte ich, »und Doktor Yannik.«

Dabei beließ ich es. Ich kannte und liebte zwar die Werke Herman Melvilles, aber ich hatte weder von dem

Komponisten Schretzmair noch von seiner Oper *Tabou* gehört. Holmes zog am Klingelzug. Kaum hatte er das getan, brach der Gesang ab. Dann polterten eilige Schritte eine Stiege herunter, und eine Frau rief etwas.

»Ja doch! Komm' ja schon. Komm' schon!« Und dann, regelrecht geträllert: »*Tout de suite*!«

Wer würde uns jetzt öffnen?, dachte ich, da ging auch schon die Türe auf. Vor uns erschien, eine Zigarette im Mund, eine überstark geschminkte, ältere Dame in einem tief dekolletierten, schwarzen Kleid und feuerrot gefärbten Haaren. Was mir sofort auffiel, war ihr sagenhaft breiter Mund. Ich hatte das Gefühl, die Mundwinkel würden sich jeden Augenblick mit den Ohren vereinen. Die Dame hatte eine ehemals weiße Schürze umgebunden, aus deren Tasche ein Kochlöffel ragte. Genau so stellte ich mir eine ehemalige Schauspielerin vor, die einmal die Desdemona gespielt und die ihre besten Zeiten schon lange hinter sich hatte. Der Kochlöffel in der Schürzentasche sollte uns sicher zeigen, bei welch wichtiger Verrichtung wir sie gerade gestört hatten.

»Sie wünschen, meine Herren?« Sie streckte ihre Hand aus, in der Hoffnung, sie geküsst zu bekommen.

Während Holmes sie geflissentlich übersah, überwand ich mich höflich. »Doktor Yannik«, stellte ich mich vor. »Und das ist mein Freund … Igor!«

»*Enchanté, messieurs*«, jubilierte die alte Dame. »Und ich bin Pénélope Arachon. Opernsängerin. Meine Freunde sagen Penny zu mir. Suchen Sie Zimmer, *Messieurs*?«

»*Priwjet*, Madame«, begann Holmes mit dem russischen Akzent, mit dem er zuvor mich zu täuschen versucht hatte.

»Keine Zimmer. Kein Unterricht! Nicht netig! Verzeihen Sie bittä sähr Sterung! Mein Name ist Domaschnik. Igor Domaschnik. Doktor Yannik und ich, wir suchen Freund. Heißt Alexej Neshdanow.«

»Seid ihr von der Polente?«, wollte Pénélope Arachon, plötzlich Tonfall und Ausdrucksweise wechselnd, misstrauisch wissen. Das wollte so gar nicht zu einer Desdemona passen!

»Nix Milizija!«, antwortete Holmes. »Keine Polizei. Wir nur Freinde. Freinde von Alexej. Alexej ist seit ein paar Tagen weg. Verschwunden. Womöglich ihm etwas zugestoßen! Wir voller Sorge. Wohnt nicht hier?«

»Alexej? Doch, doch! Aber er ist nicht da. Seit zwei Tagen schon nicht.«

»Ist er das?«

Holmes zeigte die Fotografie von Eleanors Zeichnung.

»Das muss ein Missverständnis sein. Dieser Herr wohnt zwar auch bei mir. Aber das ist nicht Alexej. Das ist Heinrich Heigo. Er ist eine Art Politiker oder so etwas. Er ist ebenfalls seit vorgestern nicht nach Hause gekommen. Das heißt, wo Sie fragen, Alexej und er sind eigentlich gleichzeitig verschwunden, am selben Abend. Beides sehr gebildete, junge Herren. Verstehen so viel von Kunst! Aber sie waren wie Hund und Katz miteinander. Immerzu haben sie gestritten. Was wollt ihr denn von ihnen?«

»Wie gesagt, wir vermissen Alexej. Cheinrich Cheigo wir nicht kennen. Wahrscheinlich hat Alexej wieder Dummheiten gemacht und musste Hals über Kopf … *ujeschat*. Abreisen. Die vielen schönen Mädchen von London, *ponimajetje*? Sie verstehen? Wahrscheinlich hinterlässt jede Menge offene Rechnungen. Die wir wollen natirlich bezahlen!«

Das gefiel Madame Pénélope sichtlich. »Er hat noch 15 Schilling für den letzten Monat. Und ... und 12 Pence für das Frühstück.«

»Wir geben das Geld, Madame! Hier! Ein Pfund genügen?«

»Das ist mehr als Alexej mir schuldet.« Madame Pénélope ließ das Pfund in ihrer schmutzigen Schürzentasche verschwinden. Ein triumphales Lächeln machte sich unter der dicken Schicht Schminke auf ihrem faltigen Gesicht breit. Wenn eine Schlange, die gerade ein Kaninchen verspeist hat, lächeln könnte – genauso würde das Reptil wahrscheinlich lächeln.

»Ist gut! Dürfen wir hereinkommen? Zimmer sehen? Suchen, wo er könnte sein?«

»Natürlich, Mister Do... Domaschnik! Kommen Sie nur! Kommen Sie! Ich zeige Ihnen sein Zimmer! Vielleicht finden Sie unter seinen Sachen einen Hinweis, wo er abgeblieben sein könnte. Die meisten seiner Sachen sind ja russisch, das verstehe ich nicht. Ich hätte mal die Ludmila in Glinkas *Ruslan und Ludmila* singen sollen, aber da hatte ich leider schon meinen Abschied von der Opernbühne genommen. Aber ich fürchte ohnehin fast, Alexej kommt nicht wieder. Wenn schon seine Freunde nicht wissen ... Herr Doktor! Bitte schön!«

Sie öffnete die Tür weit, um uns eintreten zu lassen. Der Geruch, nein der Gestank nach ungelüfteten Räumen, ungewaschenen Menschen, verkochtem Gemüse und abgestandenem Rauch billigster Zigaretten empfing uns.

»Hier ist es. Er besaß aber nicht viel. Nur Bücher. Schauen Sie sich ruhig alles an. Ich muss jetzt kochen für meine Gäste! Das Mädchen hat gekündigt.«

Fast wäre mir die Frage »vor wie viel hundert Jahren?« herausgerutscht, denn die Schichten vielfarbiger Flecke auf der Schürze legten lebhaftes Zeugnis davon ab, dass der Auszug des Mädchens schon mindestens zehn Jahre zurückliegen musste.

»Haben Sie eigentlich vorhin so entzückend gesungen, Madame?«, erkundigte ich mich stattdessen, um noch ein wenig verbindliche Konversation zu machen. Erst dann fiel mir ein, dass ich ja hätte stumm bleiben sollen.

»Nein, nein, Doktor! Ich singe schon lang nicht mehr. Obwohl, früher, ja da war ich Sängerin. Vielleicht haben Sie einmal von Pénélope Arachon gehört. Ich wurde an allen großen Bühnen gefeiert. Berlin, Unter den Linden, Mailand, die Scala, Wien, die Staatsoper. Dresden. Venedig. Überall. Aber das ist lange her. Da müssen Sie noch ein Kind gewesen sein.«

»Sicherlich schon ein ziemlich altes Kind!«

»*Charmant,* Doktor, *charmant*! Nein! Vorhin hat Cito gesungen.« Sie sprach den Namen *Tschito* aus.

Sicher Italiener, dachte ich bei mir.

»Ist Frau?«, schaltete sich Holmes ein.

»Nein, mein Lieber! Cito ist ein Mann. Er ist ein Sänger. Aus Italien. Leider zurzeit ohne Engagement. Wenn er die Miete nicht zahlen kann, singt er, während ich arbeite.«

»Aber warum singt so hoch? Wie Frau?«

»Er ist ein Countertenor. Das werden Sie nicht kennen. In Russland singen ja die Männer alle mindestens

Bariton oder Bass. In Italien gibt es viele Countertenöre, aber wenig Arbeit für sie. Aber in England hat man noch Bedarf an diesem Stimmfach!«

»*La donna è mobile*«, begann Holmes mit einer Opernsängerstimme, die ich nie von ihm gehört hatte, »*qual piuma al vento*!«

»*Rigoletto*!«, erkannte Madame Pénélope. »Eine meiner Lieblingsopern! Ich habe damals in Mailand die Gilda gesungen. Achtzehnhundert… na egal! Es war ein großer Erfolg. Wir hatten fünfundzwanzig Vorhänge! Ach, da kommt ja Cito! Seine Stimme erinnert mich immer an meine eigene. So wie sie früher war. So hoch und klar. Wie ein Silberfaden. Keine Angst, er spricht wunderbar Englisch. Er hat ja hier in England studiert. Cito, sag den Herren guten Tag! Sie sind Freunde von Alexej. Offensichtlich aus Russland. Aber sie verwechseln ihn mit unserem Heinrich.«

Cito war ein dunkelbärtiger, überschlanker, junger Mann in einem dunklen Gehrock. Seine Stimme war hoch und sanft, sein Englisch untadelig.

»*Buon giorno, Signori*. Ich bin Cito. Concito Cabanossi. Sänger. Countertenor. Wir sind die modernen Kastraten. Zu Hause, auf dem Kontinent, werden heute hohe Männerstimmen, für die früher Verschnittene eingesetzt wurden, durch Frauen oder von Knabenalt ersetzt. Hier in England gibt es noch genügend Kathedralchöre für Bass, Tenor, Countertenor und Knabensopran. Daheim kann man heutzutage als Countertenor nur noch auf Jahrmärkten neben Kunstfurzern, die die Marseillaise, äh, intonieren, Schlangenmenschen und siamesischen Zwillingen auftreten. Deshalb bin ich hier. Was wollen Sie von Alexej, wenn ich fragen darf? Und warum verwechseln Sie ihn mit Heinrich? Das verstehe ich nicht.«

Holmes holte tief Luft. Dann blickt er mich kurz an. Ich verstand. Das Spiel war aus! Ich wurde wieder Doktor Watson.

IV.

»Wir müssen unsere Tarnung aufgeben, Signore Cabanossi, und die Karten auf den Tisch legen. Madame Pénélope – oder soll ich sagen Frau Schinagl? –, verzeihen Sie die kleine Komödie! Vorhin war sie notwendig, um Ihre Adresse herauszufinden. Jetzt hilft sie uns leider nicht mehr weiter. Im Gegenteil. Ich hätte sie viel früher beenden sollen. Mein wirklicher Name ist Sherlock Holmes, und ich bin Engländer. Mein Beruf ist der eines beratenden Detektivs. Das ist mein Freund und Kollege Doktor Watson. Die Namen, die wir gebrauchten, dienten der Tarnung. Nehmen Sie bitte meine tausendfältige Entschuldigung entgegen! Ich würde es verstehen, wenn Sie uns nun hinauswerfen. Aber vielleicht mögen Sie uns zuerst zuhören.«

Madame Pénélopes Reaktion war überraschend. »Mein Gott, Sie kennen sogar meinen richtigen Namen? Ich bin gerührt!«

»Es ist mein Beruf, solche Dinge zu wissen. Außerdem ist Musik ein kleines Hobby von mir.«

»Offenbar nicht nur ein kleines! Endlich treffe ich einmal einen Fachmann, der wahre Kunst zu schätzen versteht! Nein, ich werde Sie natürlich nicht hinauswerfen! Einen solchen *Connaisseur*! Noch dazu solch einen begabten Schauspieler, Mister Holmes. Ich hätte Ihnen den Russen jederzeit abgenommen. Und wie Sie die Arie des Rigoletto angestimmt haben! So leicht und mühelos! An Ihnen ist wirklich ein Schauspieler oder ein Musiker oder beides verloren gegangen! Wer über solche Begabungen verfügt, soll seine Geschichte erzählen dürfen. Gehen wir in mein Wohnzimmer! Kommen Sie!«

Beim Hinausgehen stieß sie noch begeistert etwas hervor. Obwohl sie versuchte, leise zu sein, verstand ich es trotzdem. »Ein Detektiv! Ist das aufregend! Und er kennt mich!«

Cito gefiel das alles sichtlich nicht, aber Madame Pénélope war schon unterwegs. Sie führte uns in ein Wohnzimmer voller Erinnerungsstücke an ihre Karriere. Stiche berühmter Opernhäuser und alte Plakate, die Madame Pénélope in jungen Jahren zeigten, zierten die Wände. Wir lehnten die »Likörchen« ab, die uns angeboten wurden. Auch Cito hielt die Hand über das hochstielige Kristallglas, das Madame Pénélope vor ihn hingestellt hatte. Sie füllte sich achselzuckend ihr Glas und trank es in einem Zug leer, nur um sich gleich noch einmal zu bedienen.

»Erzählen Sie, meine Herren Detektive! Was führt Sie zu mir? Alexej ist abgängig, Heinrich leider gleichfalls. Das ist zwar nicht ungewöhnlich für ihn. Er ist viel auf Reisen. Aber ich habe das Gefühl, als käme er nicht wieder! Sein Aufbruch war so – einzig!«

Holmes holte tief Luft. Dann begann er zu erzählen. »Wie gesagt, ich bin beratender Detektiv und arbeite im

Auftrag eines deutschen Industriellen, Gesellschaftstheoretikers und Philosophen, der seit Langem hier in London lebt. Sein bester Freund und Mitstreiter, Karl Marx, verfasste seinerzeit ein bedeutendes wirtschaftstheoretisches Werk: *Das Kapital*. Ich weiß nicht, ob Sie je davon gehört haben. Es ist bislang jedoch nur der erste Band erschienen. Vor fast zwei Jahrzehnten. Zwei weitere Bände sind geplant, doch die Manuskripte wurden entwendet, und zwar von dem Herrn, den wir zunächst für Alexej Neshdanow hielten. Unseren Nachforschungen zufolge wohnt er hier. Nun teilten uns aber Sie, Madame Pénélope, freundlicherweise mit, dass der Herr, den wir unter dem Namen Neshdanow zu kennen glaubten, in Wirklichkeit mit einem anderen Ihrer Mieter identisch ist, einem Doktor Heigo. Heinrich Heigo. Stimmt das bis hierhin?«

»Das stimmt ganz genau, Mister Holmes«, bestätigte Madame Pénélope.

»Und beide verschwanden vor etwa zwei Tagen und sind bis jetzt nicht wieder aufgetaucht?«

»Das stimmt ebenfalls ganz genau!«

»Sie erwähnten Streitigkeiten zwischen Ihren beiden Mietern, Madame Pénélope?«

»Ja. Sie hatten sich in einem fort in den Haaren. Es waren politische Streitgespräche, für die ich mich nicht interessierte.«

»*Scusi*, Penn«, schaltete sich der Countertenor nun ein. »Es ging zwar um Politik, aber nicht nur. Heinrich hatte sich Alexejs Namen sozusagen ausgeliehen, war in seine Rolle geschlüpft und hatte unter diesem Namen Bekanntschaften geschlossen. In einem Club … CC …

Corolus Club oder so ähnlich. Alexej gefiel das natürlich ganz und gar nicht. Er verlangte Geld für die Inanspruchname seines Namens.«

Holmes spitzte die Ohren. »Bekam er es?«

»Heinrich vertröstete ihn auf später. Er habe derzeit keine Mittel zur freien Verfügung. Darauf ließ sich Alexej sogar zu Drohungen hinreißen. Er werde zur Polizei gehen, sagte er.«

»Wie können Sie das alles so genau wissen?«

»Ich wohne zwischen den beiden. Und die Zimmer«, er blickte Madame Pénélope trotzig an, »sind recht hellhörig.«

»Erzählen Sie weiter, Signore Cabanossi. Was wissen Sie sonst noch von den beiden? Wo kommen sie her, was machten sie? Wovon lebten sie?«

»Heinrich ist ein Deutscher oder Halbdeutscher aus dem Baltikum. Also aus Russland. Letztlich. Dort hat er, soweit ich weiß, Sprachwissenschaft studiert. Aber damit beschäftigte er sich in London nicht mehr. Er agitiert für seine Idee, eine Art christlichen Sozialutopismus. Die besteht, wenn ich es recht verstanden habe, daraus, die Welt, oder zumindest Europa, unter der Sonne der Vernunft, wie er immer sagt, zu einen. Er will keine Fürsten, Kaiser und Könige mehr, keine Nationalstaaten, keine Grenzen. Vom Grenzüberschreiten und von Paneuropa spricht er immer wieder. Seine Vorbilder sind neben anderen Peter der Große, warum auch immer, und dieser Deutsche, dessen Tod vor ein paar Tagen gemeldet wurde.«

»Karl Marx.«

Cabanossi nickte.

Weil dessen Bericht an dieser Stelle ins Stocken geriet, stellte Holmes eine Zwischenfrage. »Und wie kam Heinrich nach London?«

»Ach so, ja! Er musste aus Russland fliehen, weil der Zar ihn nach Sibirien verbannen wollte. Oder verbannt hatte, ich weiß nicht mehr.«

Madame Pénélope wusste auch etwas. »Er landete zunächst in meiner Heimat. Österreich, wie mein richtiger Name Schinagl schon sagt. Ach ja! Soviel ich weiß, lebte Heinrich in Südtirol. Er hat es nicht direkt gesagt, aber einmal erzählte er, wie sehr er hier in London das Tiroler Kümmelbrot vermisse.«

Nun setzte der Sänger seinen Bericht fort.

»Er besitzt dort sogar ein Anwesen oder wohnt dort zumindest, und dort schart er auch seine Anhänger um sich. Viele scheinen es jedoch nicht zu sein.«

»Wie kommen Sie darauf?«

»Weil er, wie er sagt, rastlos von Gasthaus zu Gasthaus, von Saal zu Saal gezogen ist, um die Leute von seinen Ideen zu überzeugen. Aber die fielen auf keinen sehr fruchtbaren Boden. Die Menschen, vor denen er sprach, wollten lieber aus dem sogenannten Völkergefängnis, der K.u.k.-Monarchie, ausbrechen. Oder seien gleich Kommunisten.«

»Sie sagten, dass Karl Marx eines von Heinrich Heigos Vorbildern sei. Wieso nannten Sie seinen Sozialutopismus christlich verbrämt?«

»Naja, so genau weiß ich das gar nicht. Marx ist eher vom Denkansatz her ein Vorbild. Ich habe von Marx nicht viel gelesen oder gehört, aber irgendwie scheint es so zu sein, dass er wirtschaftliche, gesellschaftliche und politische Systeme durchdenkt und die zugrunde liegenden Strukturen herausarbeitet. Wie ein Medizinstudent, der die Nerven eines Leichnams herauspräparieren lernt. Er sucht das Immergleiche in den unterschiedlichen Ländern, das Abstrakte, die Quintessenz, ungeachtet der jeweiligen Nationalität. Darin scheint das Vorbildhafte zu liegen. Vom Inhalt der Ideen her dürften sich Marx und Heinrich so fernstehen wie sonst nichts auf der Welt.«

»Ich bewundere Ihre Gabe zur hochauflösenden Analyse, Signore Cabanossi. Sie erstaunt mich umso mehr, als Sie Sänger sind.«

»Glauben Sie, Sänger seien dumm?«

Mit dieser Replik provozierte er Madame Pénélope. »Nein, nein, nein, Cito ist nicht dumm. Er weiß alles und ist ein ganz, ganz Lieber. Nicht wahr, Cito, mein Schatz?« Sie tätschelte Cito vertraulich die Schulter.

Cito schüttelte den Kopf. »Nein, ich weiß nicht alles, Penn. Und lass das mit dem Schatz.«

»Wie auch immer«, schloss Holmes diesen Teil des Gesprächs ab. »Wenden wir uns nun diesem Alexej Neshdanow zu. Er ist offenkundig Russe, aber er mag es nicht, wenn man sich seines Namens bedient. So wie es Heinrich tat.«

Cabanossi überlegte kurz. »Alexej Neshdanow war, glaube ich, ein Pseudonym. Ein *nom de plume* oder *nom de guerre*, wenn Sie so wollen. Ich hörte einmal, wie ihn Heinrich nicht mit Alexej ansprach, sondern anders. Tolja, glaube ich.«

»Eine Kurzform von Anatolij«, erklärte Holmes.

»Ob Tolja oder Anatolij bleibt sich gleich. Er ist ein Säufer. Die wenigen Gedanken, zu denen er fähig ist, gelten stets der Frage, wo er die nächste Flasche herbekommt.«

»Ich habe ihm nie etwas gegeben«, beeilte sich Madame Pénélope zu beteuern. »Weil er nicht zahlen konnte. Wenn ich nicht so eine mitleidige, alte Frau wäre, hätte ich ihn längst hinausgeworfen.«

Holmes begann ungeduldig zu werden. »Ich denke, wir sehen jetzt ein wenig klarer. Heinrich hegt, wie Sie, Signore Cabanossi, sagen, eine tiefe Verehrung für Karl Marx und hat sich des Namens seines Mitbewohners bedient. Ich kann Ihnen verraten, dass Heinrich sich unter diesem Namen in die Kreise der Londoner Marxisten eingeschlichen und unter anderem einen Herrn kennengelernt hat, der beim Glücksspiel gegen ihn, das heißt Heinrich, verlor. Dieser Mann verpfändete, und damit plaudere ich im Gegenzug für Ihre Informationen ein wenig aus dem Nähkästchen, dieser Mann verpfändete wertvolle Buchmanuskripte aus dem Nachlass des verstorbenen Karl Marx und verschwand damit. Der Mitbewohner ist gleichfalls verschwunden. Wir vermuten, dass die beiden Komplizen waren. Ich soll im Auftrag von Karl Marxens Familie und Freunden die Manuskripte wiederbeschaffen. Ich möchte nun einmal die Zimmer der beiden Verschwundenen ansehen. Natürlich werde ich nichts mitnehmen, mir aber vielleicht Notizen machen. Sie beide, Signore Cabanossi und Madame Pénélope, wollen bitte als Zeugen mitkommen. Doktor Watson wird natürlich ebenfalls zugegen sein. Ich hoffe, gegen dieses Vorgehen bestehen keine Einwände?«

»Aber was werden die anderen Mieter sagen, wenn ich einem Detektiv erlaube, Zimmer zu durchsuchen?«

»Na, immerhin sind zwei Ihrer Mieter verschwunden. Sie müssen finanzielle Verluste befürchten. Außerdem möchten Sie wissen, ob sie wiederkommen oder ob Sie Ihre Räumlichkeiten weitervermieten können. Das ist Ihr gutes Recht als Hausbesitzerin. Ich handele also sozusagen in Ihrem Interesse und in Ihrem Auftrag. Sie müssen nicht einmal etwas dafür bezahlen! Was meinen Sie? Sind Sie einverstanden?«

Cabanossi blickte Madame Pénélope an und nickte. »Ich denke, niemand kann etwas dagegen haben, wenn Mister Holmes nach dem Verbleib zweier abgängiger Mieter forscht.«

»Das finde ich auch«, stimmte Madame Pénélope zu. »Gehen wir, meine Herren! Wenn Sie mir folgen wollen!«

V.

Madame Pénélope ging, eine Petroleumlampe zur Hand nehmend, voraus. Wir folgten.

Neshdanows Zimmer war das erste. Madame Pénélope hatte nicht ohne Grund die Lampe mitgenommen. Die fast blinden Scheiben ließen viel zu wenig Tageslicht herein, als dass wir uns hätten umsehen können. So konnte ich im Licht der Lampe neben einem ungemachten Bett in der Ecke einen Tisch mit vier ungleich langen Beinen und entsprechend abschüssiger Platte ausmachen, der offenbar als Wasch-, Ess- und Schreibtisch gleichzeitig sowie als Bücherregal diente. Davon zeugten ein gebrauchtes Teegeschirr mit einem russisch anmutenden Blumenmuster, ein Teller mit einem halb gegessenen, braunen Apfel darauf sowie eine Waschschüssel und eine Wasserkanne mit abblätterndem Blumenmuster offenbar englischer Provenienz. In der Waschschüssel lag blass ein schon lange totes, langbeiniges Insekt. So viel zur Körperhygiene des Bewohners! Außerdem lagen auf dem Tisch zahlreiche Hefte, Bücher und Blöcke sowie ein leeres Tintenfass und eine zerfledderte Schreibfeder.

Vor diesem einladenden, akademischen Stillleben stand als einzige Sitzgelegenheit ein dreibeiniger Holzschemel, und rechts neben der Tür mit einem Kleiderhaken, an dem noch ein grauer Kittel hing, versuchte ein kleines Wandregal, nicht unter den zahlreichen Büchern zusammenzubrechen, die Alexej offenbar besessen und hinterlassen hatte.

Links neben der Tür stand ein schmaler Kleiderschrank. Statt eines Schlosses mit Schlüssel besaß die Tür nur einen Knauf zum Aufziehen.

Holmes blickte kurz in das Innere des Schrankes. »Alles da!«, stellt er fest, bevor er die Tür wieder zuschob.

»Frischauf ans Werk!«, rief er dann und trat an den Tisch, um das Schrifttum durchzusehen.

»Madame«, bat er, »mehr Licht, bitte!«

»Das waren Goethes letzte Worte«, flüsterte sie Cabanossi zu, als sie die Lampe auf den Tisch stellte. Es klang, als würde sie ein wichtiges Geheimnis lüften.

Der Angesprochene nickte. Ob ihn die Bemerkung interessierte oder nicht, war nicht zu erkennen.

Da lagen Bücher in deutscher, russischer, französischer und englischer Sprache. Mein Blick fiel kurz auf den Namen Proudhon und auf einen zwanzig Jahre alten russischen Roman, als dessen kyrillischen Titel ich etwas mühsam die Worte *Schto delatj?* entziffern konnte. Von dem Autor, einem gewissen Tschernyschewskij, hatte ich irgendwann, irgendwo etwas gelesen. Und zwar hatte man ihn, weil er die Autokratie beseitigen wollte, einer Scheinhinrichtung unterzogen – eine Grausamkeit, die ich zutiefst missbillige, selbst wenn sie gegen Sozialisten gerichtet ist. Die meisten anderen Bücher waren ebenfalls der Lage von Arbeitern und Gewerkschaften oder dem Kampf um gerechte Löhne und Ähnlichem gewidmet. Auch ein zerlesenes Exemplar von Ibsens *Ein Puppenheim* besaß der Verschwundene. Heute kennt man diesen Roman unter dem Titel *Nora*. Hier hatte eindeutig ein sehr gebildeter, vielseitig interessierter Sozialist, Anarchist oder Kommunist gelebt. In fast allen Büchern lagen eng beschriebene Zettel als Lesezeichen. Holmes schlug jedes der Bücher auf und unterzog die Papiere darin einer genauen Prüfung.

Als ich schon mindestens dreißig Bücher aus Holmes' Händen entgegengenommen und in zwei Stapeln Bücher vor dem Regal abgelegt hatte, stieß mein Freund einen kleinen Pfiff aus. »Na, da schau her! Wie lange wohnt Alexej oder Tolja schon bei Ihnen, Madame?«

»Seit Mai des vorigen Jahres. Warum? Was ist das?«

»Das ist ein Fahrausweis vom Mai vergangenen Jahres auf den Namen Alexandr Newiarow für eine Passage mit dem Fährschiff *Pontifex* von Hoek van Holland nach Harwich. Was meinen Sie dazu, Watson?«

»Nichts. Das kann irgendwem gehört haben und in das Buch gelegt worden sein.«

»Ich dagegen bin überzeugt, dass der Fahrausweis dem Bewohner dieser, äh, Stube gehört hat. Er kam im Mai 1882 aus den Niederlanden nach London und wohnt seitdem hier. Interessant aber ist, dass Alexej Neshdanow und Alexandr Newiarow ein und dieselbe Person sind.«

»Ja, ja, ich weiß, Ihre Sprachspielchen! Aber erklären Sie mir es trotzdem!«

»Alexej ist eine Kurzform von Alexander. Außerdem machen mich die Wortbedeutungen und der Einblick in die menschliche Psyche so sicher! Sie wissen schon, der Doktor Hamish! Der Name Neshdanow kommt von dem russischen Wort *shdat* – warten, erwarten. Das habe ich gestern nachgeschlagen. *Ne shdat* bedeutet: nicht warten. Warten und Erwartung sind sehr emotionale Worte, genau wie das polnische Wort *wiara*. Es bedeutet Glaube. Im Russischen klingt es nur wenig anders: *wera*, ebenfalls der Glaube. Newiarow ist also so etwas wie ein Ungläubiger, ein Nichtglaubender.

»Ach, und Sie meinen, dieser, wie heißt er, Newiarow, der hat sich als Pseudonym ein Wort aus dem gleichen lexikalischen Feld geholt? Erwartung und Glaube?«

»Ganz genau! Wobei ihm hier noch zupasskam, dass dieser Alexej Neshdanow aus Turgenjews *Virgin Soil* wie er ein Revolutionär ist. Das gefiel ihm und passte ganz wunderbar zu seiner Selbstwahrnehmung. Ich bin ganz sicher, dass es sich so verhält!«

»Na gut! Sonst noch irgendwelche Erkenntnisse?«

»Leider nein. Seine Hinterlassenschaften hüllen sich leider in tiefes Schweigen. Gehen wir zu Heinrich!«

Heinrichs Zimmer sah im Prinzip genauso aus wie das von Alexej. Genauso klein, genauso schmutzig, mit demselben Wust von Büchern und Papieren.

Gleich beim Hereinkommen zog Holmes bereits den ersten Schluss. »Im Gegensatz zu drüben, wo der Schrank voller Wäsche ist, sieht hier alles nach einem überhasteten Aufbruch aus.«

»Für mich sieht das zwar eher nach völliger häuslicher Unordnung aus, aber wenn Sie den offenen Kleiderschrank meinen mit der einzelnen Jacke darin, dann muss ich Ihnen recht geben.«

»Ich meine eher den auf dem Bett ausgebreiteten Berg Schmutzwäsche. Der Bewohner nahm etwas Größeres mit, als er den Raum verließ.«

»Was denn, wenn ich fragen darf?«

»Na, vermutlich die Manuskripte von Karl Marx. Stellen Sie sich folgendes Szenario vor: Heinrich spioniert die Familie Marx und Marxens Freundeskreis aus – Menschen, die er aufs Höchste verehrt, und er möchte Karl Marx nicht nur nacheifern, sondern sich dessen Werk – aus welchen Gründen auch immer – aneignen. Er hat Glück, ein Mitglied der Familie ist dem Spielteufel verfallen und verliert eine hohe Summe gegen ihn. Heinrich zwingt den Verlierer, zwei wertvolle Manuskipte als Pfand zu hinterlegen. Der Verlierer geht nach Hause, um Geld zu holen für die Auslösung des Pfands. Bis er zum Ort des Spiels zurückkehrt, ist Heinrich mit den Manuskripten verschwunden. Ob er es auf die Manuskripte abgesehen und auf ihre Erbeutung langfristig hingearbeitet hatte oder ob ein unwahrscheinlicher Zufall ihm in die Hände spielte, wissen wir derzeit nicht. So viel scheint mir klar: Er muss so schnell wie möglich seine Beute in Sicherheit bringen. Wahrscheinlich will er sie sogar außer Landes schaffen und hat dies schon getan. Zu diesem Zweck leert er einen Koffer aus, in dem er seine schmutzige Wäsche aufzubewahren pflegt. Dort hinein packt er die Manuskriptkästen. Dann verschwindet er unter Hintanlassen zahlreicher Habseligkeiten, darunter Bücher, Briefe und Manuskripte, deren Inhalt wir mangels gründlicher

Russischkenntnisse leider kaum zur Kenntnis nehmen können.« Holmes sah die Schriftlichkeiten durch. »Sagen Sie, Madame Pénélope«, wandte er sich nun an die frühere Sängerin, »haben Sie je einmal nach Heinrichs Papieren gefragt?«

»Nein, nie! Warum auch? Er hat immer pünktlich seine Miete gezahlt. Und mit der Polizei hatte er nie etwas zu tun. Warum hätte ich nach seinen Papieren fragen sollen? Wir sind in England und Gott sei Dank nicht in der K.u.k.-Monarchie. «

»Ich frage, weil Heinrich Heigo offenbar gar nicht Heinrich Heigo hieß.«

»Nicht?«

»Sehen Sie selbst! Hier! Ein Briefumschlag, aus Russland geschickt! Empfänger ist zwar Heinrich Heigo, aber der Umschlag enthält ... Moment! Aha! – eine Verlagsabrechnung aus dem Jahr 1882. Von dem Verlag *Dorpat* in der gleichnamigen Stadt. Über den Verkauf von 22 Exemplaren der Inaugural-Dissertation *Smejatsja: Russkaja woswratnaja glogolja kak wosproiswedenie starogretscheskogo srednego vida*. Autor ist ein gewisser Heigo von Tarkus.«

»Und Sie meinen, Heinrich Heigo heißt in Wirklichkeit Heigo von Tarkus?«

»Anders kann ich mir das Auftauchen der Verlagsabrechnung nicht erklären. So etwas hat, wenn man es vernünftig bedenkt, nur der Autor der Dissertation.« Holmes hielt die beiden Papiere gegeneinander. »Die Tinte und die Schrift auf dem Umschlag und auf der Abrechnung sind identisch. Ich darf also füglich behaupten, dass Heinrich Heigo und Heigo von Tarkus eine und dieselbe Person sind. Das Auftauchen des Namens Heigo auch im Pseudonym bestätigt meine hinreichend bekannte Theorie. Ich wiederhole nur Doktor Hamish!«

»Ja, ja, schon gut! Ich habe es verstanden. Aber über was hat dieser von Tarkus seine Dissertation verfasst? Ich kann kein Russisch.«

»Ich auch nicht, Watson, ich auch nicht. Aber ich kann die Schrift entziffern, und wenn mich meine Polnischkenntnisse nicht allzu sehr in die Irre führen, dann ist er tatsächlich ein Sprachwissenschaftler. Sein Thema dürfte Ihnen als begeisterter Altphilologe gefallen. Es ging um reflexive Verben zur Wiedergabe des altgriechischen medialen Aspekts im Russischen, aufgezeigt offenbar am Wort *lachen,* was im Russischen genau wie im Polnischen tatsächlich reflexiv ist. Sich eins lachen. So in etwa.«

»Die Wiedergabe des medialen Verbalaspekts in modernen Sprachen ist immer eine umständliche Angelegenheit, denn es gibt keine Entsprechung dafür im Englischen. Man muss da umschreiben. Zum Beispiel *poeomei.* Ich tue etwas in meinem Sinne oder zu meinem Nutz und Frommen.«

»Ganz genau«, meinte Holmes. Die leichte Ironie in seiner Stimme verhinderte einen längeren Exkurs meinerseits ins Altgriechische. Holmes fuhr fort. »Signore Cabanossi hat ja bestätigt, dass Heinrich, also von Tarkus, wie er offenkundig heißt, seines Zeichens Sprachwissenschaftler ist. Aber schauen wir erst einmal weiter!« Er wedelte mit einem Packen Karten aus Pappe. »Abgefahrene Eisenbahnfahrscheine! Der Mann war offenbar viel unterwegs. Hier! Sankt Petersburg-Meran, vergangenes Jahr. Meran-Bozen, ein Vierteljahr später. Wien-Trier, ebenfalls im vergangenen Jahr.«

»Wurde dieser Marx nicht in Trier geboren?«, erinnerte ich mich. »Irgendwo am Rhein?«

»An der Mosel«, korrigierte Holmes.

»Dann eben Mosel!«

Unter unseren erwartungsvollen Blicken ging Holmes alle Schriftlichkeiten einzeln durch. Schließlich hielt er uns noch ein Blatt Papier hin. Darauf waren mit Bleistift die Umrisse Europas gezeichnet, von Portugal im Westen, die Nordküste Afrikas im Süden und dem südlichen Teil Großbritanniens im Norden bis zum Ural im Osten. Und mittendrin, umrandet von einem Strahlenkranz, prangte ein seltsames Symbol. Es war ein aus Blitzen gebildetes Kreuz. Ein Blitzkreuz.

»Das gefällt mir gar nicht!«, sagte ich. »Wenn das Kreuz ein Halbmond wäre, würde ich denken, da will jemand das Osmanische Reich auf ganz Europa ausdehnen! Ansonsten habe ich solch ein Blitzkreuz noch nie gesehen. Ist hier ein neues christliches, abendländisches Reich gemeint?«

»Könnte sein. Oder so etwas Ähnliches«, bestätigte Holmes. »Das Kreuz ist natürlich das Symbol des Christentums. Außerdem symbolisiert es die Sonne wie zum Beispiel das Swastika, das Hakenkreuz. Es gibt darüber hinaus Pfeilkreuze, Radkreuze, Keltenkreuze und vieles mehr, in hunderterlei Variationen. Vieles impliziert nicht nur religiöse, sondern auch politische Absichten. Von Blitzkreuzen habe ich allerdings wie Sie noch nie gehört!«

»Aber ich!« Der Sänger war offensichtlich besser informiert. »Das ist Heinrichs Wappen oder wie man das nennt. Unter diesem Zeichen will er siegen. Er hat zum Beispiel einen Siegelring mit einem eingravierten Blitzkreuz!«

»Verbindet er auch politische Absichten damit?«

Cabanossi wollte etwas sagen.

»Ja?«

»Heinrich gibt sich sehr gläubig. Er scheint viel zu beten. Aber er hat auch politische Ziele. Sein Lieblingsbuch ist *Politeia* von Platon. Immer wieder hat er davon gesprochen, ich möchte fast sagen geschwärmt.«

»Er scheint es mitgenommen zu haben! Halten wir das einmal fest, ebenso wie die Tatsache seiner zahlreichen Reisen, wenngleich wir konkrete Details seiner Pläne noch nicht kennen.« Holmes blätterte in einem Buch, dessen Titel nicht *Politeia* lautete. Daraus zog er einen kleinen, kolorierten Stahlstich hervor.

Ich warf einen Blick darauf. »Jesus am Kreuz. Orientalisch. Mit langem Bart und Kaftan. Na und? Aber wenn die Art der Darstellung nicht auf eine Entstehung vor mehreren Hundert Jahren schließen ließe, würde ich bei allem Respekt sagen, das sei Cito Cabanossi!«

Der machte eine unwillige Geste. »Das ist kein Mann!«

»Sie haben einen scharfen Blick«, pflichtete Holmes ihm bei.

Auch ich sah noch ein zweites Mal hin. »Donnerwetter! Sie haben recht, Holmes! Das soll eine Frau sein. Aber warum trägt sie einen Bart?«

»Gestatten Sie einen kleinen Ausflug in die Kunstgeschichte. Darstellungen von bärtigen, gekreuzigten Frauen sind nicht so selten, wie Sie vielleicht glauben mögen. Das Ganze beruht auf einem kulturellen Missverständnis. Irgendwann im Laufe der Geschichte ging nämlich das Wissen um vorderorientalische Kleidungsstücke verloren, und Kaftane und Tuniken wurden als reine Frauenkleider identifiziert. Manchmal gab es sogar sieghafte Darstellungen des Gekreuzigten in langen Prunkgewändern. Und plötzlich machten unwissende Künstler aus dem gekreuzigten Christus eine bärtige Frau am Marterholz. Das einfache Volk, das damit nichts anfangen konnte, entwickelte sich zur Erklärung die fromme Legende von der Königstochter, die sich, ich glaube um das Jahr 130 herum, zum Christentum bekannt haben soll. Sie habe, so erzählt die Legende weiter, die von ihrem heidnischen Vater befohlene Ehe mit einem nicht minder heidnischen Prinzen verweigert, worauf ihr erzürnter Vater sie angeblich erst in den Kerker werfen und später ans Kreuz schlagen ließ. Um weniger attraktiv für das andere Geschlecht zu wirken, habe sie Gott um eine Entstellung gebeten. Daraufhin soll ihr ein Bart gewachsen sein. Der Volksglaube machte aus dem Bildwerk eine Volksheilige und nannte sie aufgrund des vermeintlichen Schicksals ›Kümmernis‹. Eine andere Namensüberlieferung lautet ›Wilgefortis‹, ›die mit dem festen Willen‹. Es gibt zahlreiche Darstellungen dieser sicherlich bemerkenswerten Frau, unter anderem in St. Étienne in Beauvais. Bei der hier Dargestellten handelt es sich, wie wir einer handschriftlichen Notiz auf der Rückseite entnehmen dürfen, um ein Bildwerk aus Santo Domingo de la Calzada.«

Der kleine Exkurs erfreute vor allem Madame Pénélope. »Wie schön, einen derart gebildeten Menschen zu Gast zu haben! Wollen Sie nicht bei mir einziehen, Mister Holmes? Ich bin überzeugt, wir könnten viele interessante Gespräche führen!«

»Das wird leider kaum möglich sein, Madame«, beschied Holmes knapp.

»Aber Sie wissen über so viele ungewöhnliche Dinge Bescheid!«

»Wenn es sich um solch bizarre Informationen wie über gekreuzigte Frauen handelt, kenne ich mich sogar auf dem Gebiet der Kunstgeschichte aus. Selbst wenn das in diesem Falle gegen mich sprechen sollte! Ach was!«

»Was was?«

Er zog ein Lichtbild auf dickem fotografischen Karton aus dem Buch heraus und hielt es mir hin. Auf dem Lichtbild war ein überschlanker, bärtiger Mann mit langen Haaren in einer Art Priestergewand zu sehen. Seine rechte Hand war wie zum Segenspenden erhoben. Um den Hals trug er eine dicke, goldene Kette, an deren Ende genau solch ein Blitzkreuz hing, wie wir eines auf der Landkarte gesehen hatten.

»*Parbleu*!«, entfuhr es mir. »Signore Cabanossi! Mit einem Blitzkreuz auf der Brust! Sie scheinen uns nicht alles zu sagen, was Sie wissen!«

»Der Doktor hat recht! Sind Sie Heinrichs Gesinnungsgenosse? Oder sein Komplize?«

»Nonsens, Mister Holmes, Nonsens!« Cabanossi machte eine wegwerfende Handbewegung. »Heinrich hat eine gewisse Neigung für gekreuzigte Frauen mit Bart. Zugegeben. Er ist in dieser Beziehung etwas seltsam, um es vorsichtig zu formulieren. Einmal kam er zu mir, als ich gerade ein Kleid anprobierte, um es ändern zu lassen. Ich bin stärker geworden, seit ich in England lebe. Manchmal singe ich nämlich Frauenpartien. Nur um Geld zu verdienen. Meine Stimme macht das möglich. Früher spielten Männer die Frauenrollen bei Shakespeare. Daran ist nichts Unziemliches. Da ich aber allein wegen der Änderung meinen Bart nicht abrasiert hatte, geriet Heinrich sofort aus dem Häuschen. Und deswegen schenkte er mir dieses Priestergewand und ließ die Aufnahmen von mir machen.«

»Aufnahmen? Welche noch?«

»Es war eine ganze Serie. Er hat sie wahrscheinlich mitgenommen. Aber mit dem ganzen politischen Schwulst, den er bei jeder Gelegenheit von sich gibt, will ich nichts zu tun haben.«

»Ich muss Ihnen das zunächst einmal glauben, auch wenn es nicht sehr plausibel klingt. Haben Sie eine Ahnung, wohin von Tarkus geflüchtet sein könnte?«

»Er hat einen Besitz in Österreich. Tirol. Oder wohnt dort zumindest. Aber ich weiß nicht, wo das genau ist. Andererseits hat er mir einmal von einem Panzerzug vorgeschwärmt, in dem er gerne wohnen und durch die Lande fahren würde. Wie Karl der Große, der von Pfalz zu Pfalz zog, um Gericht zu halten. Ruhelos von Ort zu Ort, immer im Zentrum des Geschehens. Halt machen und eingreifen, wo es erforderlich ist. Der Politiker der Zukunft müsse überall sein, stets präsent und immer da, wo er gebraucht werde. Völlig wahnsinnig!«

»Dann habe ich vorerst keine Fragen mehr. Madame Pénélope, ich danke Ihnen für das Vertrauen. Sollten sich Alexej oder Heinrich wider Erwarten hier einfinden, schicken Sie mir bitte ein Telegramm. Baker Street 221B. Das ist kein Verrat an Ihren Mietern, sondern dient der Gerechtigkeit. Schließlich ist wertvoller Besitz der Familie Marx verschwunden. Ich lasse Ihnen meine Visitenkarte da.«

Madame Pénélopes Abschied war theatralisch und überschwänglich. Da sie sich Holmes nicht zu umarmen traute, ließ sie ihre Begeisterung an mir aus. Sie herzte mich und gab mir drei Küsse auf die Wangen, eins links, eins rechts und wieder eins links. »Kommen Sie bald wieder, *Messieurs,* und seien Sie meine Gäste. Sie müssen mir unbedingt erzählen, wie die Geschichte ausgegangen ist. Nicht wahr, Cito?« Sie rüttelte Cito begeistert am Arm.

Der rührte sich nicht. Offenbar teilte er die Begeisterung seiner Vermieterin nicht.

Es dauerte gut zehn Minuten, bis wir endlich wir wieder auf Straße standen! Nachdem wir die Pfütze vor dem Eingang glorreich überwunden hatten, gingen wir ein paar Schritte.

Dann hielt ich es nicht mehr aus. Ich stieß Holmes an. »Ich habe es genau gesehen! Sie haben doch etwas mitgenommen! Diese Broschüre.«

»Watson, Sie laufen zu großer Form auf. Sie meinen sicher diese hier. Seien Sie getrost! Der Stapel umfasste mindestens zehn Exemplare. Auf eines mehr oder weniger wird es nicht ankommen.« Er holte eine kleinformatige Broschüre von vielleicht sechzehn Seiten Umfang mit einem Umschlag aus gelblichem Pappdeckel aus seiner Manteltasche. Auf dem Umschlag prangte dick und fett das nun schon bekannte Blitzkreuz. *Das Erste Buch Tarkus* stand auf Deutsch darunter. Holmes schlug das Büchlein auf. »Jetzt wissen wir endlich, mit wem wir es zu tun haben, Watson«, meinte er. »Der Abdruck eines fotografischen Autorenporträts sollte in jedem Buch zur Pflicht gemacht werden.«

Ich beugte mich über die Fotografie auf der ersten Seite. Ein langhaariger, junger Mann mit Vollbart und langem, mittig gescheiteltem Haupthaar blickte mich, vor einer Bücherwand stehend, halb hochnäsig, halb verächtlich von der Seite an. Seinem Schnauzbart fehlten die Enden, er war nicht breiter als seine Nase. Das sah irgendwie unfertig aus. Der Mann trug ein Priestergewand, auf dessen Brust ein mächtiges Blitzkreuz prangte. Ganz ähnlich hatte Cito auf der Fotografie ausgesehen. Unter dem Bild stand in schwungvollen, einer Handschrift nachempfundenen Lettern der Name *Dr. Heigo von Tarkus*. Und darunter empfahl das Fotoatelier Bresslmair Lorenz, Meran/Südtirol, Berglauben Nr. 52 seine Dienste.

»Uu-ha!«, entfuhr es mir. »Der Kannibale als junger Mann!«

Holmes lächelte zustimmend.

»Tarkus klingt wie der zoologische Name eines Gürteltiers.«

»Sicher nicht! Nehmen Sie das Heft mit und lesen Sie es daheim. Ihre Deutschkenntnisse dürften ausreichen. Versuchen Sie herauszufinden, was darin steht. Ich werde meine Verkleidung als Muschik anbehalten und mich noch ein wenig umhören. Vielleicht finde ich heraus, wohin Neshdanow, Tarkus, die Manuskripte oder alle zusammen verschwunden sind. Notfalls erfahren wir es über das Fotoatelier Bresslmair, wenn ich herausgefunden habe, wo sich das befindet. Warten Sie also nicht mit dem Essen auf mich!«

»In Ordnung!«

»Ach, noch eine Bitte: Verlassen Sie von jetzt an das Haus nicht mehr ohne Ihre Webley!«

»Dann soll sie ab heute meine ständige Begleiterin sein!«

»Sehr gut! Viel Glück, alter Junge!«

VI.

Ich wartete den ganzen Abend vergeblich auf Holmes' Rückkehr. Zwischendurch brachte ein Bote einen Briefumschlag aus geschöpftem Büttenpapier. Der Absender war der Duke of Devonshire auf Chatsworth, einer der größten Büchersammler unseres Landes, und seine von Sir Jeffrey Wyattville gestaltete Bibliothek ist ein bekanntes Schmuckstück seiner Art. Was mochte der Duke von Sherlock Holmes wollen? War ihm etwa ebenfalls ein wichtiges Manuskript abhandengekommen? Das wäre mehr als ein Zufall! Vielleicht ging da ein Bücherklau um? Ich brannte vor Neugier. Dann tröstete ich mich mit dem Gedanken, dass Holmes mich sicher über das Anliegen des Duke informieren würde. Der Duke von Devonshire! Hoffentlich, phantasierte ich, würde Holmes den Fall übernehmen. Dann fände sich vielleicht die Gelegenheit, diese berühmte Bibliothek einmal persönlich zu betreten!

Bis es so weit war, vertrieb ich mir die Zeit mit der Lektüre des *Ersten Buches Tarkus*. Als Erstes legte ich einen Zettel zwischen die Seiten am Ende des Vorwortes. Dort stand nämlich die Ortsangabe *Schloss Runkelstein/*

Bozen, wo der Autor sein Werk geschrieben haben wollte. Das würde Holmes interessieren! Vielleicht würden wir auf diesem Schloss mit dem merkwürdigen Namen unseren Mann, diesen Tarkus, finden!

Dessen erklärtes Vorbild war das Osmanische Reich. Allerdings nicht das Osmanische Reich des Jahres 1878, das auf dem Berliner Kongress jenes Jahres so starke Gebietsverluste hatte hinnehmen müssen. Seine Begeisterung galt dem Osmanischen Reich Süleymans des Prächtigen, der im 16. Jahrhundert halb Europa eroberte, einen einheitlichen muslimischen Staat schuf und ein überall gültiges Gesetz über die Grenzen der eroberten Nationen hinaus erließ. Wie Süleyman nannte Tarkus sein Reich »erhabener Staat«.

Die großen Monarchien sind dem Untergang geweiht: Russland, Österreich, England, das britische Empire, von Frankreich gar nicht zu reden, denn die Aristokratie hat abgewirtschaftet. Sie lebt von den Verdiensten der Vorfahren, ist fett, faul und bequem geworden, unfähig zu kulturschöpferischen Leistungen.

Sie ist auch außerstande, eine Welt zu einen. Sie lässt zu, dass die Nationalitäten sich zu eigenen Gottheiten erheben und glauben, ihr Interesse ginge dem Gesamtnutz vor.

Und Gott ist aus den Gedanken und Herzen der Menschen verschwunden.

Deshalb ist es notwendig, die Grenzen hinwegzureißen, um ein heiliges Reich zu schaffen, ohne Grenzen, ohne Eigennutz, ohne Nationalstaatlichkeit. Es gilt, alle Grenzen niederzureißen, sie ein für alle Mal zu überwinden. Die moderne Technik ist dazu das beste Mittel. Nie konnte der Mensch sich schneller fortbewegen als heute, von hinnen nach dannen eilen. Das neue Reich wird nicht unregierbar wie das römische Reich mit seinen zwei Hauptstädten, ein unbeweglicher Koloss. Ich nenne dieses Reich einen »erhabenen Staat«. Er ist erhaben nicht durch Eroberungen, sondern durch die Einsicht der Politiker wie der Bürger in die Vernünftigkeit seiner Anlage. Symbol und gleichsam die Sonne dieser Vernunft ist das Blitzkreuz. Es ist Ausdruck der Einheit allen politischen und religiösen Wollens und Wirkens.

Der Politiker der Zukunft – der Politiker unter dem Blitzkreuz – darf nicht in irgendwelchen Palästen hocken und mit tatterigen Staatsoberhäuptern parlieren, nein, er muss wie weiland Karl der Große, der von Kaiserpfalz zu Kaiserpfalz, um zu regieren und zu richten, schnell und beweglich überall in seinem Reich präsent sein. Dazu wird ihm die Eisenbahn dienen. Er wird in keinem Palast wohnen, sondern in einem Eisenbahnwaggon. Darin wird er von Ort zu Ort eilen, mit den Menschen sprechen und wissen, was in seinem Reich geschieht.

Der Politiker unter dem Blitzkreuz muss ein gebildeter Mann sein. Er muss sich für alles interessieren, muss alles wissen und alles erforschen wollen, ein Wissenschaftler sein des Hohen wie des Niedrigen, systematisch in seiner Sammelleidenschaft und unbestechlich in seinem Urteil. Niemals darf sich sein Urteil von der Willkür einer Emotion trüben lassen.

Der Politiker unter dem Blitzkreuz will einen erhabenen Staat schaffen, das ist eine Internationale der wissenschaftlichen Christlichkeit – oder der christlichen Wissenschaftlichkeit – über alle Ländergrenzen hinaus, so wie Marx und Engels eine Internationale des Sozialismus zu errichten versuchten.

In diesem Stil ging das noch über viele Seiten weiter. Mir fielen bald die Augen zu. Wenn das das *Erste Buch Tarkus* war, dann wollte ich nicht wissen, was in dem

Zweiten oder gar dem *Dritten Buch Tarkus* stand! Gegen Mitternacht wurde mir allmählich klar, dass ich meinen Freund in dieser Nacht wohl nicht mehr zu Gesicht bekommen würde, und ich begab mich zu Bett. Ich schlief noch tief und fest, als jemand brutal und gnadenlos den Vorhang meines Schlafzimmers aufriss. Tageslicht riss mich aus meinen Träumen.

»Genug geschlummert, mein Freund!« Es war die Stimme von Holmes, der unangenehm ausgeschlafen klang. »Ein Mann Ihrer Profession wird gebraucht!«

Im Nu war ich glockenwach. »Ist jemand erkrankt?«

»Der Patient braucht keine Hilfe mehr. Aber ich möchte nicht ohne Ihren fachmännischen Rat bleiben!«

»Ich verstehe kein Wort.«

»Ziehen Sie sich an! Ich habe bei Mrs Hudson eine Kanne Kaffee und einen Teller Sandwiches bestellt. Trinken Sie den Kaffee. Die Sandwiches können Sie unterwegs essen. Beeilen Sie sich!«

»Aber wenn der Patient doch völlig gesund ist …!«

»Ich sagte, er brauche Ihre Hilfe nicht mehr, Watson. Er ist nämlich tot. Deshalb müssen wir auch nach St. Bart's. Möglichst schnell, sonst beginnt Doktor Galsdale die Leichenöffnung ohne uns.«

Ich unterdrückte eine Bemerkung über Holmes' eigenartigen Humor, absolvierte eine Katzenwäsche, trank zwei Tassen Kaffee aus der Untertasse, damit ich mir nicht den Mund verbrannte, und packte die Sandwiches in den Sportteil einer alten Zeitung ein. Draußen wartete schon eine Droschke. Während sie uns zum Krankenhaus St. Bartholomew brachte, lauschte ich kauend Holmes' Bericht.

Er war, so kam heraus, der Rolle des Igor Domaschnik treu geblieben, um sich unter den örtlichen Nichtsesshaften nach Alexej Neshdanow umzuhören. Da er wie kein Zweiter das London der Abseitigen und Ausgestoßenen kannte, hatte er rasch mit einigen Flaschen Alkoholika der preiswerteren Kategorie in die Treffpunkte und Schlafstätten der Säufer und Nichtsesshaften gefunden. Tatsächlich habe er, so berichtete er, ein paar alte Trinker getroffen, die sich zum Wärmen um das Feuerchen in einer alten Tonne scharten. Nachdem er ihnen eine Flasche Feuerwasser spendiert hatte, hätten sie schließlich erzählt, dass ein paar Dockarbeiter auf dem Weg zur Nachtschicht am Themseufer einen Ertrunkenen mit einer Tätowierung auf dem Unterarm gefunden hätten. Die Tätowierung habe aus »komischen Buchstaben« bestanden. Daraufhin habe sich Holmes so rasch es möglich war, ohne Verdacht zu erregen, davongemacht.

»Komische Buchstaben waren mit größter Wahrscheinlichkeit kyrillische Lettern. Wenn es denn keine chinesischen waren. Ich durfte keine Zeit verlieren, sonst wäre der Tote womöglich beerdigt und damit unwiederbringlich meinem Zugriff entzogen worden.«

Noch am Morgen sei Holmes in seiner Verkleidung zu Inspector Lestrade bei Scotland Yard geeilt. Er sei zunächst nicht weiter als bis vor das Büro des Lestrades gelangt. Dessen Constable habe den schmutzigen, nach Schnaps riechenden Besucher um ein Haar davongejagt, hätte ein übermüdeter Lestrade nicht nach der Ursache für den Lärm vor seiner Tür gefragt und in dem »Penner« – das sei der Ausdruck des Polizisten gewesen! – Sherlock Holmes erkannt. Der wurde vorgelassen, und der Constable erhielt trotz des gegenteiligen Bemühens meines Freundes seinen allfälligen Rüffel.

Noch während seines Gesprächs mit Lestrade habe ein anderer Constable einen Bericht über den morgendlichen Leichenfund gebracht.

Was mit dem Toten geschehen solle, habe der gefragt.

»Trotz seiner Übermüdung war Lestrade sehr konziliant«, berichtete Holmes weiter. »Und deshalb dürfen wir jetzt in den Sektionsraum vom St. Bart's fahren und der Leichenöffnung zusehen.«

Nun war ich endlich im Bilde! »Gut, dass ich wenigstens etwas gefrühstückt habe. Auf nüchternen Magen sehe ich nicht gerne dem Aufschneiden von Wasserleichen zu.«

Nach einer herzlichen Begrüßung durch meinen alten Studienfreund Doktor Galesdale, der an diesem Tag die Neuzugänge begutachten durfte, überreichte Holmes ihm ein von Lestrade unterzeichnetes Schriftstück, das uns zum Zuschauen berechtigte.

»Muss alles seine Ordnung haben«, lautete Galsdales Kommentar. »Sonst erschrecken unsere Patienten womöglich, wenn sie Fremde an ihrem Lager entdecken!« Dann knüllte er das Papier zusammen und warf es in die Tonne für Obduktionsabfälle. Das war der für diese Leichenschnippler typische Humor. Er sei Medizyniker von Beruf, hatte uns Galesdale bei einem früheren Treffen einmal erklärt. Wo er recht hatte, hatte er recht!

Der Tote, dem unser ausschließliches Interesse galt, war nicht der einzige Neuzugang des Morgens, aber der einzige Mann. Außerdem lagen auf den metallenen

Tischen nur zwei Frauen, die ebenfalls in der Themse ihr Ende gefunden hatten. Die eine, die vielleicht zwanzig oder fünfundzwanzig Jahre alt geworden sein mochte, war jung und recht hübsch. Sie wies einerseits überdeutliche Zeichen der Unterernährung auf, andererseits aber auch überdeutliche Zeichen einer Schwangerschaft. Vermutlich war diese Schwangerschaft der Anlass gewesen, in den Armen von Mutter Themse den Tod zu suchen. Die andere war eine Greisin. Auf ihrer Unterlippe ruhte ein einzelner, schwarzer Zahn. Ich ahnte, dass es womöglich ihr letzter Zahn überhaupt sein könnte. Auf dem rechten Oberarm war eine obszöne Tätowierung.

»Eine Prostituierte«, bestätigte Galsdale, der meinen Blick verfolgt hatte, meinen Verdacht. Das runzlige, gedunsene Gesicht der Frau war genau wie ihre Arme und ihr Oberkörper voller Hämatome und kleinerer Wunden.

»Wahrscheinlich hat sie irgendein Wüstling verprügelt und ins Wasser geworfen.«

»Oder jemand, der sich bei ihr angesteckt hat. Was ich alles in ihren Schleimhäuten gefunden habe, das wollen Sie gar nicht wissen!«

Während ich noch schauderte, welch grausige Schicksale unser geliebtes London für manche seiner Bewohner bereithielt, trat Galsdale zu dem männlichen Toten. Dieser war bereits aufgeschnitten, die Organe waren zur Untersuchung entnommen. Sie lagen in Metallschüsseln auf einem Rollwagen.

»Das Interessanteste dürfte die Tätowierung sein«, meinte er und wies auf den rechten Unterarm. »Altgriechisch ist es nicht. Eher Russisch, aber genau weiß ich es natürlich nicht.«

»*Umri sh i ty*«, entzifferte Holmes. »Auf Polnisch heißt *umierać* ›sterben‹, das russische Gegenstück klingt fast genauso. *Ty* heißt in den meisten slawischen Sprachen ›du‹, und *i* ›und‹ oder ›auch‹. Der Laut *sh* ist eine Verstärkung. Ich würde also als Übersetzung vorschlagen ›stirb nun auch du‹. Die Worte stehen unter dem russischen Zarenwappen, das aber auf dem Kopf steht. Nun, ich denke, das dürfte die Gesinnung des Verstorbenen deutlich machen. Er war vermutlich ein Umstürzler.«

Ich hegte noch einen Einwand.

»Das sehe ich noch nicht so. Der Spruch klingt wie ein Todeswunsch auf einem Säbel oder einer Pistole. Ich hatte einen Kameraden. Auf den Lauf seiner Pistole hatte er die Worte *Suivez-moi!* gravieren lassen.«

»Folget mir nach!«, übersetzte Holmes, der das Französische so fließend wie keine andere Fremdsprache beherrschte. »Ja, das können wir im Moment nicht klar entscheiden. Wenn ich diese Russen richtig einschätze, ist das ein Zitat. Ich werde Professor Everheart von der Universität hier in London konsultieren, unseren besten Russlandforscher. Dann wissen wir vielleicht mehr.«

Jetzt wollte auch ich einen Beitrag leisten. Schließlich war ich vom Fach! »Aber wie ist er gestorben, Galsdale? Ich sehe keine Verletzungen.«

»Auf jeden Fall hätte ihn der Alkohol früher oder später umgebracht.« Er hielt mir eine Schale mit etwas hin, das wohl einmal eine Leber gewesen war. »Seine Leber – Watson, du siehst es ja – ist die eines schweren Trinkers. Er war ganz schön bezecht vor seinem Tod. Der Mageninhalt stinkt nach Absinth, da fallt ihr um, wenn ihr dran riecht. In seinen Lungen war Wasser, also ist er ertrunken. Aber er ist nicht einfach besoffen in die Themse gefallen. Schaut her!« Er hielt mir eine benutzte Kaffeetasse hin. Darin lagen vier Münzen. »Das war in seiner Backentasche, in seiner Luftröhre und in seinem Magen.«

Holmes machte sich sofort mit der Pinzette darüber her. »Österreichische Ein-Kreuzer-Münzen. Alle aus dem Jahr 1851. Also vor der Münzumstellung 1853.«

»Wie kommen die in seinen Mund?«, wollte ich wissen. »Und vor allem warum?«

Holmes gab sich ironisch. »Na, na, Watson. Diese Fragen von einem Lateinschüler wie Ihnen? Erinnern Sie sich an Crassus, den Freund von Julius Caesar?«

»Im Moment nicht so recht!«

»Crassus, dem eine unversiegbare Gier nach Gold nachgesagt wurde, verlor im Krieg gegen die Parther nicht nur die entscheidende Schlacht, sondern auch den Kopf. Die Sieger sollen ihm flüssiges Gold in die Kehle gegossen haben. ›Nach Gold hat es Dich gelüstet, jetzt sauf es!‹«

»Pfui Teufel!«

»Ja, nicht eben nett! Aber aussagekräftig. Jemandem den Mund mit Gold – oder Geld – zu stopfen ist ein Symbol. Du warst zu gierig, Freundchen, soll das heißen.«

»Ach, und Sie meinen, Neshdanow habe sich seinem Mörder gegenüber zu gierig gezeigt?«

»Warum würden Sie jemandem Geldmünzen in den Schlund drücken?«

»Ich würde das überhaupt nie tun! Aber Sie haben recht. Mir fällt auch kein anderer Grund ein. Schließlich sind Zahlungsmittel keine Nahrungsmittel! Und in welchem Zusammenhang zeigte sich seine Gier Ihrer Meinung nach?«

»Nehmen wir an, dies ist wirklich der Mann, der die Manuskripte an sich gebracht hat. Vielleicht hat er sie weiterverkauft, forderte aber mehr. Ein Stärkerer – sein Mörder – hat dafür gerichtet, ihm die Münzen zur Strafe in den Hals gestopft und ihn ins Wasser geworfen.«

»Klingt plausibel.«

»Hatte er etwas in seinen Taschen?«, wollte Holmes wissen.

Osborne schüttelte den Kopf. »Nicht einmal ein Sacktuch hatte er bei sich.«

»Die Taschen wird der Spender der Münzen ausgeleert haben«, folgerte Holmes.

Nachdem mein Freund sich bei Dr. Galsdale bedankt hatte, machten wir uns auf den Heimweg. Unterwegs gab Holmes ein Telegramm an Professor Everheart auf.

»Interessant ist, dass Neshdanow österreichische Münzen im Mund hatte. Wir sollten uns auf eine kleine Reise in die K.u.k.-Monarchie gefasst machen.«

»Nach Tirol?«, freute ich mich. »Wo unser Freund wohnen soll?«

»Vorher müssen wir nach Wien. Aber von dort aus weiter nach Tirol. Wir brauchen keine weiteren Anhaltspunkte mehr. In Tirol werden mir mehr erfahren!«

»Was wollen wir in Wien?«

»Jemandem einen Besuch abstatten. Doktor Engels hat uns einem Kollegen empfohlen.«

»Einen Kollegen von Ihnen oder von ihm?«

»Zuerst einem Kollegen von ihm. Er besitzt eine einträgliche Jutespinnerei und ist Präsident der Allgemeinen Bauunternehmungsbank.«

»Ein Bankier?«

»Ein Bankier! Aber einen Bankier mit einem allerbesten Freund: einem Detektiv. Er heißt Dagobert Trostler. Bevor wir irgendetwas unternehmen, sollten wir die beiden konsultieren. Das meint auch Doktor Engels. Niemand kenne sich so gut mit der österreichischen Gesellschaft aus wie Trostler. Doktor Engels nannte ihn gar einen Schutzengel der Oberen Zehntausend.«

»Da schau her, der Doktor Engels! Der sich nicht mit beratenden Detektiven auskennen will. Na denn! – *By the way*«, fiel mir ein, »der Duke of Devonshire hat Ihnen einen Brief geschrieben. Hat er einen Auftrag? Ich meine, nur wenn es kein Geheimnis ist!«

»Er hat einen Auftrag, aber leider muss ich ablehnen. Sie sehen ja, dass wir mitten in einem schwierigen Fall stecken. Jemand hat sein Exemplar des Lindisfarne-Evangeliars gestohlen. Es war das Einzige, das sich noch in Privatbesitz befindet, die anderen befinden sich in Durham oder der *British Library*. Besonders die *British Library* verzehrt sich regelrecht danach, es zu erwerben. Das hat sich ja nun erledigt.«

Ich war enttäuscht. »Sie übernehmen nicht?«

»Ich kann mich nicht aufteilen, so wünschenswert es wäre. Nein, ich habe bereits ein Telegramm in diesem Sinne abgeschickt.«

»Schade!«

»Aber nicht zu ändern! Kommen Sie!«

Bei unserer Rückkehr in die Baker Street lag ein Antworttelegramm von Professor Everheart bereits auf dem Rauchtisch.

So stirb denn auch du. Aleko zu Semfira in Puschkins Poem Die Zigeuner. Everheart.

»Dann wäre auch das geklärt. Jetzt besorgen wir uns Fahrscheine nach Meran. Da ist ein guter Anfang. In Meran gibt es eine direkte Zugverbindung nach Sankt Petersburg. Schon seit zwei Jahren. Und ich könnte mir denken, dass Heigo von Tarkus gerne den einen oder anderen Russen als Mitstreiter gewinnen möchte. Wo wäre das besser möglich als in diesem Kurort?«

VII.

Die Reisevorbereitungen waren ungewöhnlich. Als Erstes suchte Holmes nämlich seinen alten Freund Henry Irving auf, der ihm wohl mehr als einen Gefallen schuldete. Vielleicht werde ich einmal darüber berichten, aber solange Mister Irving lebt, wird das nicht der Fall sein. In jener Zeit leitete Irving schon seit einigen Jahren das *Lyceum Theatre* in London, das Anfang des Jahrhunderts als erste Spielstätte Londons Gasbeleuchtung installiert hatte, aber bald darauf abgebrannt war. Inzwischen war es natürlich wieder aufgebaut. Was mir an dem großen Schauspieler auffiel, war seine frappante Ähnlichkeit mit Sherlock Holmes, obwohl er fast zwanzig Jahre älter war als mein Freund. Aber wie dieser hatte er ein langes, hageres Gesicht, ein gut entwickeltes Riechorgan, volles Haar, dichte Augenbrauen und einen stechenden Blick. Auch den hohen Wuchs hatten sie gemeinsam. Die beiden hätten fast Brüder sein können.

»Sie sind einverstanden«, resümierte Holmes, als er von seinem Besuch im Theater zurückkehrte.

»Wer ist mit was einverstanden?«, wollte ich wissen.

»Henry Irving und Doktor Engels«, beschied Holmes knapp. »Mit meinem Notfallplan. Sollte etwas schiefgehen oder sollten unvorhergesehene Schwierigkeiten auftreten, werden die beiden zusammenarbeiten. Henry Irving ist mein perfekter Doppelgänger und kennt meine Methoden. Er wird mich in diesem Falle würdig vertreten. Er ist ein so großer Darsteller, es wird einige Zeit dauern, bis jemand merkt, dass er nicht ich ist.«

»Was soll denn schiefgehen?«

»Nun, wir können nicht wegen einer Kleinigkeit aus Österreich nach England zurückkehren. Henry wird dann an meiner Stelle agieren, und Doktor Engels wird es bezahlen. Schließlich leitet Henry ein Theater und tritt regelmäßig darin auf. Wenn er plötzlich nicht auftreten kann, bedeutet das einen Verdienstausfall. Engels wird ihn erstatten.«

»Ich kann mir zwar nicht vorstellen, warum Sie in London einen Stellvertreter brauchen sollten«, meinte ich, »aber bitte.«

Holmes besorgte uns Ferngläser, aber auch eine Botanisiertrommel, ein Schmetterlingsnetz und allerlei anderes Zeug dieser Art. Außerdem bestand er darauf, dass ich mein altes, scheußliches, braun und gelb kariertes Jackett einpackte sowie eine lächerliche Mütze.

»Sollen wir jetzt Kräuter sammeln und so etwas?«, fragte ich ungehalten.

»Ja und nein. Es soll zumindest so aussehen. Zwei britische Detektive in Tirol, das ist verdächtig. Zwei britische Gentlemen mit einem exzentrischen Hobby, das wird eher durchgehen. Nicht lange vielleicht, aber wer weiß, wie wir uns tarnen müssen.«

»Na schön! Wenn es der Wahrheitsfindung dient!«

»Es soll dem Auffinden der Manuskripte dienen. Und das nehmen wir auch noch mit!« Er hielt mir zwei schmuddelige, mit Papierkordeln verschnürte Pappdeckel voller loser Blätter hin.

»Was ist das?«

»Das erste ist die Fortsetzung von *Die toten Seelen*, Nikolaj Gogols berühmtem Werk über die Leibeigenschaft.«

»Hat dieser Gogol die Fortsetzungen nicht in den Ofen gesteckt, bevor er laut schreiend verstarb?«

»Sie sind gut informiert, mein Freund! Tatsächlich verbrannte er vor seinem Tod sein gesamtes Werk. Aber was ich hier in Händen halte, stammt natürlich gar nicht von Gogol selbst.«

»Sondern?«

»Von Kosma Prutkow, einem russischen Dichter, der Gogols Stil glänzend zu imitieren versteht. Parodist, Literaturkritiker und Dichter. Prutkow war das Pseudonym von Alexej Tolstoj, einem Verwandten des großen Lew Tolstoj.«

»Und in der zweiten Mappe?«

»Befindet sich das verschollene sechste Kapitel von Thomas Carlyles *Helden, Heldenverehrung und Heldentum in der Geschichte*.«

»Das verschollene sechste Kapitel? Nie gehört! Ich kenne nur fünf. Über den Propheten als Motor der Weltgeschichte, den Dichter, den Priester, den Schriftsteller und den Herrscher. Wer soll denn der sechste sein?«

»Na, das ist doch klar! Der Detektiv!«

»Der Detektiv? Holmes, Sie wollen mich auf den Arm nehmen. Ein solches Kapitel kann Thomas Carlyle nie geschrieben haben!«

»Hat er natürlich nicht. Geschrieben hat es unser gemeinsamer Freund Sir Arthur Conan Doyle. Es ist eine Parodie, aber eine sehr gekonnte. Conan Doyle schätzt Thomas Carlyle über die Maßen. Und weil Doktor Engels Carlyles Buch *Past and Present* als die einzige lesenswerte Schrift des Jahres 1843 bezeichnet hatte, kauften Freunde von Friedrich Engels Conan Doyle das kleine Werk ab und dedizierten es ihm zum sechzigsten Geburtstag, genau wie den falschen Gogol. Doktor Engels hat mir beide Manuskripte zur Verfügung gestellt. Sie wurden nie veröffentlicht, aber sie gehören ihm. Er legt jedoch keinen gesteigerten Wert mehr darauf. ›Nehmen Sie das Zeug mit, *si vous voulez*!‹, sagte er zu mir. ›Vielleicht kann es für Sie irgendwie von Nutzen sein! Hier liegt es nur herum und verstaubt!‹«

»Aha! Sehr schön! Und was machen wir damit?«

»Das ist doch klar! Wir nehmen es mit. Vielleicht lässt Heigo von Tarkus mit sich handeln.«

»Ich verstehe! Sie wollen ihm die Fortsetzungen irgendwie andrehen?«

»Oder sie eintauschen. Oder ihn damit beschäftigen oder ablenken. Ich weiß es noch nicht. Wie es sich ergibt. Auf jeden Fall wird es eine Weile in Anspruch nehmen, bis er sicher sein kann, dass die Blätter nicht von Gogols Hand stammen. Es dürfte schwer sein, vom Kontinent aus an Vergleichsmaterial zu kommen. Weder von britischem noch von russischem. Besonders im Falle Gogols dürfte das nahezu ausgeschlossen sein, da

Gogol ja vor seinem Tod alles von ihm Geschriebene verbrannt hat.«

»Na schön!« Ich schickte mich in das Unvermeidliche des bevorstehenden Abenteuers, das für mich schon mit einer Enttäuschung begann. Nachdem Holmes Friedrich Engels von der genauen Reiseroute unterrichtet hatte, die über Wien nach Südtirol führen sollte, wollte sich der Philosoph großzügig zeigen und uns in einem der ersten Häuser am Platze unterbringen, doch Holmes protestierte.

»Kein Luxushotel, bitte«, bat er. »Wir wollen kein Aufsehen erregen. Eine zentrale Lage und vielleicht Bahnhofsnähe sind unbedingt wünschenswert, auch im Sinne unserer Beweglichkeit, aber wir möchten nicht selbst im Zentrum des Interesses stehen. Mitten im Stadtzentrum hat es ein Spion oder ein Angreifer schwerer als in einer abgelegenen Pension am Rande der Stadt. Wir wollen viel sehen, ohne viel gesehen zu werden.«

»Dann habe ich genau das Richtige für Sie, meine Herren! Eine standesgemäße Unterkunft ohne auffälliges Gepränge. Vertrauen Sie mir. Ich werde sofort nach Wien und Meran telegrafieren! Zu unserer Verabredung gehört *remarquez bien,* dass Sie sämtliche Rechnungen mir zur Begleichung zugehen lassen!«

Dagegen hatten wir nichts einzuwenden. Ich fürchtete nun, zu einem bescheidenen Auftreten verurteilt zu sein. In einer Unterkunft im Stile von Madame Pénélopes Künstlerpension. Umso mehr erfreute mich Holmes' Aufforderung, formelle Kleidung mitzunehmen.

Vielleicht, dachte ich, wird es doch nicht so ärmlich zugehen!

Unsere Unterkunft erwies sich dann als ein Hotel gehobenen Standards, wo man sogar Englisch sprach, aber keineswegs als Nobelherberge von internationalem Flair. Sie entsprach genau Holmes' Wunsch nach Unauffälligkeit. Die Herberge nannte sich *Hotel Rottensteiner.* Ein Rezeptionist, der auf den Namen Herr Franz hörte und unsere Namen notierte, begrüßte uns mit größtmöglichem Überschwang. Allerdings verstand ich nicht, warum er meinen Freund mit »Herr Hofrat« anredete und mich nicht mit »Herr Doktor« – er beförderte mich glatt zum »Herrn Professor«.

»Protestieren Sie nicht, Watson«, flüsterte Holmes mir zu. »Das ist hier Usus. Den Herrschaften gefällt's, und es tut keinem weh!«

Danach brachte uns ein livrierter Boy im Lift zu den oberen Stockwerken hinauf. Von dort ging es zu Fuß über eine Treppe weiter zu zwei kleinen Zimmern, wo wahrscheinlich normalerweise Kutscher, Chauffeure, Zofen und Diener hausen mussten.

»Und dann sollten Sie sich umkleiden, Watson, denn wir treffen die Herren, die uns Doktor Engels empfohlen hat. «

»Diesen Detektiv? Und den industriellen Bankier?«

»Genau die!«

Nachdem wir uns umgezogen hatten, ließen wir uns von einem Fiaker die wenigen Kilometer in die Herrengasse im ersten Bezirk bringen. Holmes hatte mir inzwischen erzählt, dass der geschätzte Kollege Dagobert Trostler heiße und ein großer Musikliebhaber sei. Er habe sogar als Repetitor für eine Schauspielerin gearbeitet. Mich verwunderte der Ausdruck »geschätzter

Kollege«, den er im Zusammenhang mit Trostler verwendete. Ich hatte zwar von der Existenz Wiener Detektive gewusst, doch dass einer darunter war, der sich der kollegialen Wertschätzung meines Freundes erfreute, das war mir neu.

Als der Fiaker in der Herrengasse hielt und wir ausgestiegen waren, staunte ich nicht schlecht. Wir standen vor einem sehr vornehmen Palais, das zwischen zwei Bankhäusern errichtet worden war. Über dem Eingang des einen stand *Allgemeine Bauunternehmungsbank.*

»Dieser Trostler muss ja sagenhaft reich sein, wenn er sich solch ein Domizil leisten kann«, sagte ich beeindruckt. »Was macht er anders als Sie?«

»Nichts. Wenig. Alles, Watson. Er wohnt hier nämlich gar nicht. Das ist die Wohnstatt seiner besten Freunde, des Bankiers und seiner Gemahlin. Sie ist eine ehemalige Schauspielerin und eine sehr charmante Dame obendrein. Fast hätte ich gesagt: junge Dame, denn sie ist um einiges jünger als er. Haben Sie je von Violet Moorlank gehört?«

»Leider nein!«

»Ein Versäumnis, glauben Sie mir. Sie war eines der entzückendsten Gretchen in Goethes *Faust,* die die Welt je gesehen hat. Leider beendete sie vor ihrer Hochzeit mit Andreas Grumbach ihre Bühnenkarriere. Ein herber Verlust für das Theater im Allgemeinen und für Wien im Besonderen!«

»Man könnte meinen, Sie hätten Frau Violet selbst spielen sehen.«

»Das habe ich auch. Im Theater an der Wien, wo sie engagiert war, saß vor etwa zwanzig Jahren ein Student namens Sherlock Holmes, der zur Verbesserung seiner Deutschkenntnisse entfernte Verwandte in Wien besuchte.«

»Aber der Studiosus hat Frau Violet damals natürlich nie persönlich getroffen.«

»Wie auch?«

»Eben! Aber wieso besuchen wir jetzt diesen Herrn Grumbach und Frau Violet, wenn wir Ihren geschätzten Kollegen Dagobert Sowieso treffen wollen?«

»Trostler. Dagobert Trostler.«

»Wie kommt es, dass ich noch nie von ihm gehört habe? Hat er je irgendeinen Fall gelöst, den man kennen müsste? Einen Verbrecher von Rang zur Strecke gebracht?«

»Das hat er wohl nicht. Er beschäftigt sich nicht mit dem großen Bösen, denn er ist eher die fleischgewordene Diskretion. Detektiv Dagobert ist ein Lebemann. Man findet ihn in Casinos, im Theater, auf Bällen. Niemand kenne, heißt es, die *haute volée* der K.u.k.-Monarchie besser als er, denn er erfahre jedes bedrohliche Gerücht, und sei es noch so vage, lange vor denen, die es betreffen könnte. Niemand verfüge, heißt es weiter, über ein ähnlich feines Sensorium für die Gefährdungen, die den Ruf dieser Gesellschaftsschicht bedrohen oder bedrohen könnten. Man könnte ihn gewissermaßen als den Leibwächter der vornehmen Wiener Gesellschaft bezeichnen. Ehrverletzungen, Skandale, kleine Fehltritte, die das Leben und die Karriere ruinieren könnten. Die feinen Haarrisse eben, durch die jene Feuchtigkeit in eine Hausfassade eindringt, welche sich irgendwann zu breiten Rissen auswachsen. Und er beseitigt diese bedrohlichen Entwicklungen mit der allergrößten Diskretion. Da er seine Fälle prinzipiell allein löst, steht ihm – anders als mir – auch kein treuer Doktor Watson zur Seite, der aufschreibt, was ihm widerfährt. Deshalb dürften Sie wohl bis jetzt kaum von ihm gehört haben und werden es wohl auch nie tun.«

»Und was machen wir dann beim Kollegen … Trostler?«

»Wir lassen uns sozusagen auf Österreich einstimmen. Ein *briefing*, würde mein Bruder Mycroft das wohl nennen. Bevor man in fremdem Terrain auf die Jagd geht, muss man das Revier erkunden. Deshalb werden wir uns von ihm unterrichten lassen. Das spart Zeit, die wir nicht haben. Aber was Ihre Frage betrifft, Watson, so lautet die Antwort: Detektiv Dagobert verfügt über keine eigenen Räume. Man trifft ihn im Salon des Ehepaars Grumbach oder gar nicht. Kommen Sie? Es ist Zeit!«

Wir traten vor das Portal des Palais. Neben dem Portal hing ein Draht mit einem Griff aus demselben Ebenholz, aus dem auch die Tür bestand. Ein Messingschild mit den eingravierten Worten *Bitte ziehen* machte selbst dem unbedarftesten Besucher klar, wozu der Holzgriff diente. Ich musste ein Grinsen unterdrücken, denn in meinen Augen sah das aus wie die sinnreiche Vorrichtung, mit denen man bei modernen *Wash-out Closets* die Spülung in Gang setzt. Als Holmes kräftig an dem Griff zog, ertönte jedoch mitnichten das profane Geräusch aus einem Spülkasten herabstürzender Wassermassen, sondern ein Dreiklang-Akkord, ausgeführt von drei Glocken mit silberhellem Klang. Im nächsten

Augenblick – fast als hätte er uns hinter der Tür erwartet – öffnete ein kleiner, beleibter Diener das Portal und verneigte sich tief vor uns. Ich erinnere mich noch heute an seine seltsame *combe-over*-Frisur und die Bezeichnung dafür, die mir Holmes später nannte. Etwa einen Inch über dem rechten Ohr teilte ein Scheitel die ihm verbliebenen sehr wenigen Haare. Diese waren quer über den Kopf gelegt, mit den Haaren der linken Kopfseite vereinigt und mit viel Brillantine fixiert. Unter den klebrigen Haarsträhnen schimmerte die bleiche Kopfhaut hindurch.

»So etwas nennt man in Deutschland und Österreich Sardellenbrötchen«, erklärte mir Holmes später. »Gleichermaßen treffend und witzig, nicht wahr?«

»Ich werde es mir merken, Holmes!«

»Grüß Gott, die Herren!«, grüßte der Besitzer der Sardellenbrötchen. »Sie wünschen bittschön?«

Mein Freund antwortete für uns beide. »Holmes und Watson aus London. Wir sind avisiert.«

»Scho recht, i woas B'scheid. Treten's bittschön ein!«

Der Diener wartete, bis wir in der Eingangshalle standen, die eine beeindruckende Höhe aufwies. Dann schloss er das Portal hinter uns.

»I derf vorausgehen! Wenn's mir bittschön folgen wollen!«

Er begann, schwer atmend die Freitreppe zu erklimmen. Wir folgten ihm gemessenen Schrittes. Oben angekommen, blieb er vor einer Doppeltür stehen. Er holte tief Luft, dann klopfte er und öffnete den rechten Flügel. Nachdem er einen Schritt in den Raum gemacht hatte, verneigte er sich schwungvoll.

»Die Herren Engländer wär'n do, bittschön!«, meldete er uns.

Eine weibliche Stimme ließ bitten. Dabei erfuhren wir, dass der Diener Franz hieß. Wahrscheinlich heißen alle Diener und Rezeptionisten in Österreich Franz. Möglicherweise ist das eine allgemeine kaiserlich-königliche Dienstvorschrift, aber das entzieht sich meiner Kenntnis.

Franz mit den Sardellenbrötchen also verneigte sich erneut und bat uns mit einer einladenden Geste in den Salon. Bei unserem Eintreten erhoben sich zwei Herren im Frack aus ihren Sesseln. Sie umrahmten eine bezaubernde Dame, die natürlich sitzen blieb, und zwar auf einer kleinen, gepolsterten Bank, in der Nähe des Fensters, die sich vom Kamin bis zur Tür hinzog und den Raum, man würde sagen: sehr schicklich ausfüllte. Im Gegensatz zu ihrem Diener Franz war Violet Grumbach auf perfekte Weise attraktiv frisiert. Sie trug eine in den 1880er Jahren modische Frisur, die man »Pompadour« nannte. Vor allem meine Leserinnen werden sich sicherlich noch gut an diese Haartracht erinnern: Die lichtblonden Haare wurden von allen Seiten glatt auf die Kopfmitte gehoben und dort zusammengesteckt. Seitliche Locken ringelten sich lediglich links und rechts über den Schläfen. Diese Frisur ließ die Ohren ebenso frei wie den Nacken und war besonders bei den wohlhabenden Damen beliebt, weil das die Möglichkeit bot, Halsbänder oder Ohrgehänge zur Geltung zu bringen. Das war auch hier der Fall. Die Dame trug ein schlichtes, stark dekolletiertes, dunkelblaues oder schwarzes Kleid und um den Hals eine sechsreihige Granatkette mit einer Goldschließe vorne. Die Ohrläppchen zierten superbe, farblich genau passende, goldgefasste Granat-Anhänger.

Violet war etwas unter Mittelgröße, die Formen von angenehm entwickelter, rundlicher Fülle, jetzt jedoch schon beträchtlich mehr entwickelt als zu den Zeiten ihrer aktiven Künstlerschaft. Neben ihrem kunstreich geordneten Haar fielen vor allem ihre lebhaft blitzenden, grauen Augen auf, die fein geschwungenen, roten Lippen und das kecke Stupsnäschen, das dem runden Gesicht auch jetzt noch eine Art kindlichen Ausdruck verlieh. Das freudige Lächeln, mit dem sie, nachdem wir uns gegenseitig vorgestellt hatten, unsere Handküsse entgegennahm, war entzückend.

Der ältere der beiden Herren war Andreas Grumbach, der jüngere mit dem sokratischen Gesicht Holmes' Kollege. Grumbach mochte Mitte fünfzig sein, doch anders als sein Backenbart wies sein glattgebürstetes Haupthaar noch weitgehend dieselbe dunkelbraune Farbe auf, die es in der Jugendzeit besessen haben mochte. Den jugendlichen Eindruck verstärkte das ausrasierte Kinn, durch das der Silbersegen nicht allzu sehr auffiel.

Dagobert schließlich nutzte die Vorstellungszeremonie, um uns mit seinen dunklen, ausdrucksstarken Augen forschend, aber nicht unfreundlich zu mustern. Dem fehlenden Ehering nach zu urteilen war er immer noch Junggeselle, ein offensichtlich etwas mitgenommener Lebemann mit stark gelichtetem Scheitel, den man früher, in meiner katholisch geprägten Kindheit, als »Tonsur des Apostel Petrus« oder schlicht als »Petrus-Schöpfchen« bezeichnete. Nicht mehr lange und er würde dieselbe Frisur tragen können wie Diener Franz.

Dagoberts makelloser Abendanzug war nach demselben neuesten Geschmack geschneidert wie der von Andreas Grumbach. Nachdem Holmes auf Deutsch in unser beider Namen gedankt hatte für die freundliche Einladung, die uns ein Treffen mit Dagobert Trostler ermöglichte, wandte Frau Violet sich in allerfeinstem, fehlerlosem Englisch an uns.

»Mein Mann und ich dachten, Sie würden als Engländer auch auf dem Kontinent die Einhaltung der *tea time* zu schätzen wissen.«

»Das tun wir in der Tat.«

Nach der Begrüßung nahmen wir den Gastgebern gegenüber in zwei für uns bereitstehenden Sesseln Platz. Zwischen uns und den Gastgebern stand ein Rauchtisch, auf dem eine Zigarrenkiste aus Ebenholz, zwei kristallene Aschenbecher und andere noble Rauchutensilien wie ein perlmuttbesetzter Zigarrenschneider standen oder lagen. Auch die beiden Herren setzten sich wieder.

Frau Violet winkte Franz herbei, der devot an der Tür gewartet hatte. »Sie können den Tee servieren, Franz.«

»Bittschön, gnä' Frau, den Tee! Sehr wohl!«

Im Hause Grumbach kredenzte man den Tee in Tassen aus hauchzartem, fast durchsichtigem chinesischen Porzellan.

»Darjeeling«, stellte ich schon beim ersten Schluck fest.

»Mein Mann hat ihn von einer Geschäftsreise nach London mitgebracht«, erklärte Frau Violet. »Und damit wären wir auch schon fast beim Thema. Herr Holmes, Sie sind, sagt mein Gatte, ein Kollege unseres Freundes Dagobert Trostler? Und leben und arbeiten in London?«

»Genau. Ich bin seit einiger Zeit als beratender Detektiv in London tätig.«

»Das interessiert mich brennend! Da haben Sie doch sicher schon aufregende Abenteuer erlebt. Erzählen Sie! Ich liebe aufregende Abenteuer!«

»Ich bin ein miserabler Erzähler meiner eigenen Fälle. Sie sollten sich vertrauensvoll an meinen Freund und Kollegen Doktor Watson wenden. Er ist mein treuer Begleiter, auf dessen Hilfe ich niemals verzichten würde, und hält meine alle Fälle auf das Sorgfältigste schriftlich fest. Für meinen Geschmack übertreibt er meine Fähigkeiten allerdings ein wenig. Gemeinhin tut er so, als hätte ich den Beruf des Detektivs erfunden. Aber das ist keineswegs der Fall. Mag sein, ich habe einige Methoden entdeckt und vervollkommnet, aber mehr zu behaupten wäre übertrieben.«

»Dann plaudern Sie doch einfach einmal aus dem Nähkästchen, Doktor Watson. Bitte!« Sie berührte mich am Ellenbogen, wie viele Frauen es tun, um das Herz eines widerstrebenden Mannes zu bewegen, und sah mich mit einem treuherzigen Augenaufschlag an.

Gleichwohl zögerte ich noch. Ich wusste nicht, ob ein wenig Geplauder aus dem Nähkästchen Holmes recht war.

»Bitte!«, wiederholte sie. »Ich brenne darauf, zu erfahren, ob Mister Holmes ebensolch spannende Fälle zu lösen hat wie unser Freund Dagobert.«

»Nicht der Rede wert«, wiegelt Holmes ab. »Kriminalfälle gibt es, solange die Welt besteht, und Detektive gibt es ebenso lange.«

»Das glaube ich nicht«, entgegnete der österreichische Kollege. »Wer sollte vor uns beiden als Detektiv gewirkt haben?«

»Na, zum Beispiel der biblische König Salomon. Er stand vor dem Problem, die leibliche Mutter eines Neugeborenen finden zu müssen, auf den zwei Frauen Anspruch erhoben. Sein Trick dabei war so einfach wie genial.«

»Ja. Er schickte sich an, das Kind in der Mitte entzweizuhacken und jeder Frau die Hälfte zu überlassen. Ich kenne die Geschichte.«

»Richtig. Er konnte sich denken, dass die echte Mutter nie die Ermordung ihres Kindes zulassen würde. Lieber würde sie es in die Hände einer anderen Frau geben. Aber es töten lassen? Nie und nimmer! Der falschen Aspirantin war das Leben des Kindes im Grunde egal, sie hatte es ja nicht unter dem Herzen getragen und unter Schmerzen geboren. Und so war der Fall gelöst.«

»Wenn Sie gesagt hätten, dass König Salomon der erste überlieferte Psychologe war, würde ich Ihnen zustimmen. Aber ein Detektiv? Er hat doch keineswegs Spuren gelesen, Tabakkrümel aufgesammelt oder Fußabdrücke vermessen und seine Schlussfolgerungen daraus gezogen.«

»Na gut! Wenn Ihnen dieses Beispiel nicht gefällt, nehmen wir eben ein anderes. Genauso alt, ungefähr jedenfalls. Aisopos erzählt die Fabel vom alten Löwen, der seine tierischen Untertanen alle zu sich in seine königliche Höhle bestellt, angeblich, weil er das Ende seines Lebens nahen fühlt und Abschied von ihnen nehmen will. Dem Fuchs freilich fällt etwas auf, das ihn hindert, in die Höhle des Löwen hineinzugehen, um sich fressen zu lassen.«

»Jetzt, wo Sie es sagen, Herr Holmes«, warf Frau Violet, deren Mann unserem Disput amüsiert lauschte, »wo Sie es sagen, erinnere ich mich sogar an die Fabel. »›Edler König‹, sagte der Fuchs mit gespielter Unterwürfigkeit, ›unzählige Spuren im Sand führen in Eure Festung, die nur einen einzigen Eingang hat, aber keine einzige wieder heraus. Mein Gebieter, ich will Euch nicht mit meiner Dummheit beleidigen und lieber wieder fortgehen. Eines aber will ich für Euch tun, ich werde dieses Rätsel für mich behalten.‹ Und der Fuchs ließ den Löwen allein. So ungefähr.«

Frau Violet hatte dem Fuchs ihre Stimmen geliehen. Es war eine drollige, sehr amüsante Vorstellung, die von ihrem großen schauspielerischen Talent zeugte. Dies veranlasste mich zu der Bemerkung, welch herber Verlust für die Bühne Frau Violets Rückzug ins Privatleben gewesen sein müsse. Sie überging dieses Kompliment, welches sie sicherlich schon oft gehört haben musste, mit einem huldvollen Lächeln.

Holmes beschränkte sich wie meist auf das Sachliche und Naheliegende. »Sie haben ein vorzügliches Gedächtnis, Frau Violet, und bringen die alte Fabel genau auf den Punkt.«

»Danke, Herr Holmes. Aber jetzt erzählen Sie doch wirklich einmal, lieber Doktor Watson, von einem Fall, den Herr Holmes gelöst hat!«

»Gut, Watson«, gestattete Holmes, »nehmen Sie doch den Fall mit der unbekleideten, toten Frau. Auf dessen

Lösung bin ich mit einer gewissen Berechtigung stolz. Außerdem zeigt er wie kein anderer bisher die Universalität meiner Methoden. Da Sie sich gerade an seine Niederschrift gemacht haben und Sie in Entstehung befindliche Texte für etwaige Korrekturen oder Ergänzungen immer bei sich zu tragen pflegen, gehe ich davon aus, dass Sie diesen Fall auch heute in der Tasche tragen.«

Ich fühlte mich ertappt, denn mein Freund hatte wie immer recht. »Wenn Sie meinen und erlauben, dann will ich die zentralen Passagen gerne vortragen. Ich bitte Sie, Frau Violet, schon jetzt um Entschuldigung, denn die Tote, von der die Rede ist, befindet sich in einem, wie soll ich sagen, nicht sehr präsentablen Zustand.«

»Das macht nichts, Doktor. Uns ist nichts Menschliches fremd. Nicht wahr, Andreas?«

»Nein, ist es nicht. Lesen Sie nur, Doktor. Wir sind gespannt!«

Ich zog die Seiten meines Manuskriptes aus der Brusttasche und entfaltete sie. »Wenn Sie bitte entschuldigen wollen. Einige Passagen sind … etwas unziemlich. Also!«

Ich räusperte mich und begann zu lesen.

VIII.

Meine Methoden sind universell«, behauptete mein Freund Sherlock Holmes eines Nachmittags nach einer längeren Diskussion. Ich hatte die Vermutung geäußert, dass er allein durch seine genaue Kenntnis der englischen Lebensgewohnheiten so erfolgreich deduzieren könne.

»Bei einem nackten Wilden würden Sie zweifelsohne versagen«, mutmaßte ich. »Um korrekte Schlüsse ziehen zu können, müssten Sie seinen Glauben, seine Sitten, seinen Stamm, die Nachbarn seines Stammes, seine Ernährungs-, Jagd- und sonstigen Gewohnheiten genau kennen.«

»Im Gegenteil!«, widersprach Holmes fast ärgerlich. »Gerade die Nacktheit eines Menschen wird Irrtümer weitgehend ausschließen, weil nichts mehr den Blick auf das Wesentliche verstellt.«

Da gerade keine unbekleidete Person zur Hand war, um meine Vermutung oder ihr Gegenteil zu beweisen, vertagten wir sinnvollerweise die Diskussion. Der Rest des Nachmittags verlief friedlich.

Zu meiner nicht geringen Überraschung sollte Holmes schon bald die Gelegenheit erhalten, den Beweis für die Richtigkeit seiner Meinung anzutreten. Inspector Hopkins prä-

sentierte einen neuen Fall. Er berichtete in einem Schreiben darüber, das ein Polizeibote vorbeibrachte.

»Eine schöne Tote«, las Holmes vor, *»wurde bar aller textilen Hüllen, am Ufer der Themse im Westen des Richmond Parks gefunden. Sie ist offenkundig ertrunken, aber es war wohl kein Unfall, da sie sorgfältig in einen Sack verpackt war. Ich habe die Art ihrer Verletzungen noch nie gesehen und wäre froh, Ihre Meinung zu hören. Der Superintendent hat allergrößte Sorgen, weil in Richmond und um Richmond herum so viele hochgestellte Persönlichkeiten wohnen. Die Tote erwartet Sie sehnlichst im Leichenschauhaus.«*

»Konzise wie immer, dieser Hopkins!«, lobte Holmes. »Er wird es noch weit bringen! Sie kommen doch mit zu diesem Rendezvous im Schattenreich, Watson?«, fragte er mich mit ironischem Lächeln.

»Eine rein rhetorische Frage«, antwortete ich und griff zu Hut und Mantel. »Eine Tote soll man nicht warten lassen! Schon gar keine schöne Tote!«

»Gut! Sagen Sie, wenn wir dort sind, bitte nichts über die Verblichene und am allerwenigsten zu den Gegebenheiten am Fundort«, bat Holmes auf dem Weg zur Droschke. Ich brauche Übung.«

Hopkins nickte freundlich zur Begrüßung. Weitschweifige Erklärungen, wie Lestrade sie vermutlich gegeben hätte, versagte er sich.

Als wir zu dritt das Leichenschauhaus betraten, umfing uns sofort der vertraute Geruch nach Naphtalin und Desinfektionsmitteln. Mein Kollege Doktor Galsdale, ein alter Bekannter, begrüßte uns kurz.

»Die Wasserleiche von heute Morgen«, verlangte Hopkins.

Galsdale führte uns zu einem Tisch, auf dem unter einem Tuch eine Tote lag. Man sah es an den schlanken, nackten Füßen: Es war tatsächlich eine Frau. An den Zehen, die bei der Hand den Ringfingern entsprechen, trug sie je einen kleinen, goldenen Ring. Galsdale zog das Tuch weg. Er enthüllte eine noch junge Rothaarige. Für einen Moment hielt ich, beeindruckt von ihrer Schönheit noch im Tode, den Atem an. Natürlich war sie durch den inzwischen wieder zugenähten Obduktionsschnitt auf ihrer Brust verunstaltet, und über ihr Gesicht, aber auch über ihre Brust, zogen sich mehrere tiefe, nahezu parallele Schnitte. Das war aber nicht die einzige Besonderheit. Die vielfach durchstochenen Ohrmuscheln der Toten waren förmlich gespickt mit goldenen Ringen. Durch Löcher in beiden – verzeihen Sie bitte – Brustwarzen waren ebenfalls Goldringe gezogen, von denen Perlenkettchen mit kleinen, goldenen Elefantenfiguren herabhingen.

»Jetzt zeigen Sie mal, was Sie können, Holmes! Ich bin gespannt, was Sie vom Körper dieser Frau alles ablesen können!«

»Gerne, Watson! Nichts leichter als das! Der Inspector erwähnte bereits, dass sie in einem Sack steckte, als man sie fand. Tatsächlich muss sie das vor den für Wasserleichen typischen Verunstaltungen geschützt haben, denn Nase, Lippen, Lider und Ohren, an denen die Tiere des nassen Elements ihr Zerstörungswerk zu beginnen pflegen, sind völlig intakt. Die Haut ist kaum aufgequollen. Die Wunden, vor allem im Gesicht, sind ausgewaschen. Ich schließe daraus, dass sie nur kurz im Wasser lag. Sie ist ertrunken, sagte der Inspector?«

»Hypoxie infolge Sauerstoffmangels. Lungen und Magen waren voll mit Wasser. Sie war übrigens, dem Zustand ihrer Lungen nach zu urteilen, eine starke Raucherin.«

»Aha! Haben Sie eine Wasserprobe aufbewahrt?«, fragte mein Freund.

»Natürlich, Mister Holmes. Im Wasser aus ihrem Körper fand ich jede Menge Fadenalgen.«

»Dann trat der Tod wohl in einem stehenden Gewässer, einem Teich etwa, ein, nicht in der Themse. Obwohl die Themse nicht allzu schnell fließt und im Moment kein Niedrigwasser herrscht, finden sich derzeit an ihren Ufern kaum Stellen, an denen sich größere Mengen von Fadenalgen ablagern können. Der Fundort war daher mit größter Wahrscheinlichkeit nicht der Todesort. Es gibt außer dem Sack, den ich später noch gerne ansehen würde, keinerlei Textilien?«

»Nichts, Mister Holmes. Sie steckte im Sack genauso, wie Gott sie erschaffen hatte.«

Holmes nickte und hob ein Lid der Toten. Die Iris war grün. Passend zum Rot ihrer Haare, hätte ich fast gesagt. Farben schienen mir jedoch unerheblich. Ich beugte mich kurz vor, konnte aber keine petechialen Einblutungen an den Augäpfeln erkennen, die ein sicheres Indiz für einen Erstickungstod dargestellt hätten.

»Sie wurde sicher nicht erstickt«, bestätigte Holmes.

»Aber was sind das für seltsame Schnittwunden überall?«, fragte ich. »Fast sieht es aus, als wäre sie irgendwie in eine Schiffsschraube geraten. Aber in einem Teich?«

»Genau das ist der Grund, Doktor Watson«, erklärte Hopkins, »warum ich Mister Holmes um seine Mithilfe bat. Ich habe, wie gesagt, so etwas noch nie gesehen und kann es mir auch nicht erklären.« Er machte mit dem Zeigefinger eine kreisende Bewegung.

Galsdale drehte die Tote vorsichtig auf den Bauch.

»Oha!«, entfuhr es mir. Schultern, Rücken, Arme und die fürwahr göttlich ausgeprägte Kehrseite der Toten – verzei-

hen Sie bitte nochmals – waren mit weitaus mehr parallelen Schnitten übersät als die Vorderseite ihres Körpers. Es sah aus, als wäre die Frau ausgepeitscht worden. Auch ich musste einräumen, so etwas noch nie gesehen zu haben.

»War das eine Peitsche?«, erkundigte ich mich.

»Nein«, antwortete mein Freund. »Fällt Ihnen als Arzt nichts auf?« Er deutete mit seinem Bleistift auf mehrere verheilte Wunden am Arm.

»Doch. Sie wurde vor einiger Zeit mehrfach von einem Hund gebissen. Hier, unterhalb des Ellenbogens, an der Tätowierung. Und an der Hand auch.«

»Ja, es handelt sich um Bisswunden. Ich komme darauf zurück. Dann wollen wir einmal sehen, was uns der Körper sonst noch mitzuteilen hat!« Holmes holte seine Lupe aus der Westentasche und unterzog, beginnend bei den Ohren, die Kehrseite der Toten einer genauen Untersuchung. Dabei blieb er so distanziert, als läge ein Spazierstock vor ihm. Und so ungerührt, wie Holmes aus dem Stock zum Beispiel auf einen gehbehinderten Junggesellen mit einer cholerischen Bulldogge schließen konnte, so ungerührt und kaltherzig zog er jetzt aus diesem wunderschönen irdischen Leib seine logischen Schlüsse. Mit dem kalten Blick des Wissenschaftlers betrachtete er Zoll für Zoll die Haut der Toten. Schließlich schloss er seine Untersuchung an den Füßen ab.

»Nun?«, wollte er von mir wissen. Ich konnte den Blick nicht von der dahingegangenen Schönheit wenden. »Ihre Haut wirkt merkwürdig. So … dunkel und ledern. Das ist ungewöhnlich bei Wasserleichen.«

»Nicht, wenn die Tote zu Lebzeiten selten Kleider trug.«

»Sie meinen, Sie war …?«

»Ja, Watson, und das nicht nur gelegentlich, sondern gewohnheitsmäßig. Sehen Sie diese alten Insektenstiche am Oberschenkel? Die stammen nicht von Flöhen, was auch gar nicht zu dem ansonsten sehr gepflegten Äußeren der Toten passen würde, zu ihren Händen, die von keiner schweren Arbeit gezeichnet sind, und dem reinen Gesicht. Das sind augenscheinlich Mückenstiche. Ein paar hat sie aufgekratzt. Sie sind aber schon weitgehend verheilt. Wie aber können Mücken ausgerechnet in diese Körperstellen stechen? Doch nur, wenn die Gestochene keine Kleider trägt.«

»Das kann aber auch im Schlaf passiert sein. Wenn in einer heißen Nacht ihr Nachtgewand verrutschte oder wenn sie gar keines trug.«

»Nachts jedoch scheint gemeinhin keine Sonne. Betrachten Sie den Teint der Haut am gesamten Körper! Normalerweise bräunen Rothaarige schwer. Sommersprosse reiht sich an Sommersprosse. So etwas erzielt man weder bei Nacht noch bei einem einzigen unbeobachteten Sonnenbad im Evakostüm. Solche Bräune erfordert Regelmäßigkeit und Ausdauer. Und die Dame hatte vor nicht allzu langer Zeit einen heftigen Sonnenbrand an den Schultern, der aber inzwischen auf dem Wege der Heilung war.«

»Eine Sonnenanbeterin?«

»Sie sagen es, Watson. Diese Frau verbrachte viel Zeit unter freiem Himmel, und zwar ohne Kleider.«

»Aber Holmes, in der Sonne liegen kann man auch in einer stillen Ecke des eigenen Gartens oder in einem Zimmer unterm Fenster, in das die Sonne hineinscheint.«

»In einem solchen Fall würde die betreffende Person sicherlich Schuhe oder Pantoffeln tragen. Schauen Sie sich die Hornhaut auf den Fußsohlen an. Und hier und hier, die klei-

nen Verletzungen. So etwas zieht man sich nur beim Barfußlaufen zu. Diese Frau war das gewohnt. Sehen Sie die Hornhaut an ihren Fersen? Und hier und hier, die feinen, verheilten Wunden? Von kleinen Steinchen oder Ästchen. Augenscheinlich machten die ihr wenig aus, denn ich sehe keinerlei Spuren von Behandlungsversuchen. Eine Städterin mit anderen Lebensgewohnheiten hätte, um Blutflecken auf den Strümpfen zu vermeiden, vielleicht ein Stückchen Papier auf eine solche Wunde geklebt. So wie Gentlemen es zu tun pflegen, wenn sie sich bei der Rasur verletzen. Diese junge Dame vertraute offenbar auf die Heilkraft von Mutter Natur. Die Fußnägel sind übrigens im Gegensatz zu den Fingernägeln etwas ramponiert. Der Nagel am rechten kleinen Zeh ist abgebrochen. Aber sie trägt goldene Ringe um einige Zehen. Sie stammt zweifelsohne aus der Oberschicht, denn ihre Hände zeugen nicht von körperlicher Arbeit. Möglicherweise spielte sie Klavier oder schrieb auf einem Schreibklavier. Die abgeplatteten Fingerkuppen, n'est-ce pas? Klassisch, sozusagen. An ihrem Ringfinger ist eine Einkerbung zu erkennen. Sie trug mehrere Jahre lang einen Ehering, trennte sich dann aber offensichtlich von ihrem Gatten, vermutlich nicht länger als vor einem Jahr. Die Einkerbung ist noch gut zu erkennen, die Haut an dieser Stelle aber ist gebräunt. Diesen Sommer trug sie den Ring also nicht mehr.«

»Eine geschiedene Frau also?«

»Vermutlich. Aber weiter! Die Tätowierung am inneren Teil des Unterarms ist kein typisches Unterschichtenmotiv. Menschen aus niederen Schichten bevorzugen einfache Motive, Herzen, Pfeile, Dolche, Kreuze, Tiere. Dieses symbolistische Hautbild ist professionell ausgeführt und war wohl *entsprechend teuer. Mmh. Zwei ineinandergeschlungene, als Sonnen ausgestaltete Venussymbole.«*

»Könnte sie vielleicht sapphischen Freuden zugetan gewesen sein?«

Hopkins verstand meine Frage nicht.

»Sie war, meint Doktor Watson, wohl ihrem eigenen Geschlecht zugetan.«

Hopkins nickte verständnisinnig. Ob er glaubte, was er hörte, vermochte ich nicht zu sagen.

Holmes fuhr fort. »Ihr Körperschmuck ist bemerkenswert. Teuer, echtes Gold. Keinerlei Oxidationsspuren wie bei billigem Schmuck. Es handelt sich um sogenannte Anneaux de seins. *Sie sind, wie zu erfahren ist, in den 1890er Jahren in Frankreich in Mode gekommen und kamen von dort bald zu uns. Dabei wird die Brustwarze durchstochen, um einen Ring oder Ähnliches einzuführen. Daran hängt wiederum anderer Schmuck. Auch das wird, soweit mir bekannt ist – nicht wahr, Doktor? – nur von wohlhabenden Frauen getragen.«*

Ich glaube, ich errötete, doch Holmes fuhr ungerührt fort, ohne meine Antwort abzuwarten.

»Ich würde also sagen«, schloss Holmes seine Betrachtungen, »wir haben es mit einer unkonventionellen, geschiedenen Dame von Stand mit gleichgeschlechtlichen und esoterischen Neigungen zu tun. Sie schien sich im weitesten Sinne lebensreformerischen Kreisen angeschlossen zu haben, denn der Aufenthalt ohne Kleider in der Natur ist fester Bestandteil einiger Lebensreformer mit zum Teil exzentrischen Ideen. In Ober-Sankt-Veit bei Wien beispielsweise leitet ein gewisser Karl Wilhelm Diefenbach eine lebensreformerische Landkommune. Dort wird die sogenannte Freikörperkultur gepflegt, und es wird vegetarisch gegessen.«

»Sie meinen also, Holmes, es handelt sich um eine Naturistin?«

»Nein, Watson, um eine Nudistin. Der Naturismus gibt sich karg und puristisch. Der Mensch soll als Kreatur in der Natur leben; die gemeinsame Nacktheit, das sogenannte ›Lichtkleid‹, macht alle gleich. Die Nudisten dagegen heißen Tätowierungen, Körperbemalung und Körperrasur ausdrücklich gut, was auch erotische Komponenten nicht ausschließt. Und Sie sehen ja die geradezu perforierten und mit Schmuck verzierten Ohren und den Brustschmuck. In ihrem Haaransatz und in einigen Hautfalten habe ich orangerote Farbpartikel entdeckt, die ihr finales Bad überstanden haben. Sie hat sich, wenn nicht regelmäßig, so doch vor ihrem Tod, den Körper mit einer rötlichen Erdfarbe bemalt. Vielleicht im Rahmen eines besonderen Rituals. Der Schmuck verrät indische Herkunft beziehungsweise indischen Einfluss. Das belegen auch die Elefantenfigürchen. Es sind indische Elefanten, also die mit den kleinen Ohren. Die Tote könnte einer Gruppierung angehört haben, die den Sadhus nacheifern, den nackten Heiligen Indiens. Etwa zehn Prozent der Sadhus sind Frauen, sogenannte Sadhvis. Wobei ich einräumen muss, dass vielen Mitgliedern dieser lebensreformerischen Gruppen hierzulande vor allem am ungestörten Konsum von charas oder ganja, auch Marihuana genannt, also von Hanf in seinen verschiedenen Darreichungsformen gelegen ist. Beim Rauchen von Hanfprodukten nehmen die Lungen übrigens ähnliche Mengen an Teer auf wie bei Tabakrauchern. Daher hielten Sie, Doktor Galsdale, die Tote wohl für eine starke Tabakkonsumentin. Wahrscheinlicher dagegen ist, dass die Dame zu Lebzeiten dem Rauchen von Hanf sehr zugetan war. Auch das ist oftmals eine Besonderheit solcher Vereinigungen.«

»Was Sie alles wissen, Mister Holmes«, staunte Doktor Galsdale.

»Solche Dinge zu wissen gehört zu meinem Beruf«, erwiderte Holmes. »Suchen Sie den Mörder unter Indern, die die Kampfkunst Kalaripayattu beherrschen und mit einem Urumi-Schwert umzugehen verstehen.«

»Einem was?« Hopkins verstand – genau wie ich – nichts mehr.

»Einem Urumi-Schwert. Haben Sie noch nie davon gehört? Das ist ein Schwert mit einer etwa sechs Fuß langen, flexiblen und an den Rändern scharf geschliffenen Klinge. Man setzt es wie eine Peitsche ein. Das Urumi-Schwert ist in Südindien gebräuchlich. Weil wir Engländer als Kolonialmacht seinen Gebrauch streng verboten haben, kann der Urumi-Kampf nur heimlich trainiert werden. Suchen Sie also nach einem Kalaripayattu-Kämpfer, aber kommen Sie ihm lieber nicht zu nahe, wenn Sie ihn gefunden haben. Sein Schwert kann er zusammengerollt gut am Körper tragen oder unter einem Mantel oder Cape verstecken. Er kann es blitzschnell entrollen und einsetzen. Aber machen wir erst einmal weiter! Wie kam die Frau zu Tode? Stellen Sie sich vor, Sie bewegt sich in paradiesischem Zustand irgendwo in der Natur. Ein Kalaripayattu-Kämpfer stellt ihr nach, überrascht sie. Seine ersten Treffer ritzen Brust und Gesicht. Eine Abwehr dieses Angriffs ist kaum möglich. Die Frau läuft davon, der Angreifer folgt ihr auf dem Fuße. Wieder und wieder schlägt er mit dem Schwert auf sie ein. Das schmerzt sicherlich, ist aber nicht tödlich. Die Frau läuft oder stürzt schließlich in einen Teich. Vielleicht kann sie nicht schwimmen und geht unter. Vielleicht läuft oder springt ihr Verfolger, der ihr körperlich überlegen ist, hinterher und vollendet sein Werk,

indem er ihren Kopf unter Wasser drückt. In beiden Fällen ertrinkt sie elendiglich.«

»Und wieso der Sack?«

»Um die Entdeckung der Leiche zu verzögern. Dort, wo sie ertrunken ist, ist vielleicht mit dem überraschenden Eintreffen von möglichen Zeugen zu rechnen. Die Leiche aber soll nicht gefunden werden. Sie soll auch nicht erkannt werden. Der Mörder will entkommen. Vielleicht will er ins Ausland fliehen, vielleicht will er auch nur verhindern, dass durch die Leiche eine Verbindung zwischen ihm und seinem Auftraggeber hergestellt wird. Wenn die Tote von der Themse davongetragen wird, verbessern sich seine Chancen in jeder dieser Hinsichten beträchtlich.«

»Zu seinem Pech lief allerdings der Sack sozusagen auf Grund«, ergänzte Hopkins. Er blieb am Ufer liegen und wurde von zwei Arbeitern gefunden, die unterwegs zu ihrem Arbeitsplatz am Sewer waren.«

»Das alles leuchtet mir ein«, resümierte ich. Jetzt stellt sich nur noch die nicht unbedeutende Frage, wer die Tote ist.«

»Tja, wie ich sagte: Sie gehörte zur Oberschicht. Die Bisswunden an ihrem Arm stammen übrigens nicht von einem Hund. Ich kenne die Gebissspuren der meisten europäischen Hunderassen. Allen Hunden ist gemein, dass ihre Zähne eng beieinanderstehen. Wie bei einer Säge etwa. Die Zähne des Tieres, das die Tote gebissen hat, haben jedoch große Abstände voneinander und sind abgerundet, nicht spitz. Mehr wie bei einem großen Kamm. Die Abdrücke sind eindeutig reptilischer Natur. Ich tippe auf einen Waran, vielleicht einen Gelbwaran. Der lebt südlich vom Himalaya bis nach Ostpakistan, Nordindien, Nepal und Ostbengalen, was mit den sonstigen Hinweisen auf den Subkontinent korrespondieren würde.«

»Ein Waran? Wer hält sich denn einen Waran?«

»Exzentriker, Watson. Und diese Dame war exzentrisch. Daran besteht kein Zweifel! Allerdings sind Reptilien eher nicht dressurabel, was vielleicht die Bisse erklärt. Eine Dame mit Waran, die den beschriebenen Neigungen frönt, dürfte sicherlich einen gewissen Bekanntheitsgrad aufweisen. Zumindest in einschlägigen Kreisen. Dort muss man fragen. Fragen muss man auch in Kreisen, die mit Indien in Beziehung stehen. Diplomatische und militärische Kreise. Die einen Kalaripayattu-Kämpfer ins Land bringen können oder einen solchen als Diener oder Chauffeur angestellt haben. Die Wahrscheinlichkeit, dass sich der Mörder noch in England aufhält, ist gar nicht so klein. Indische Dienstboten gibt es zuhauf in englischen Haushalten, und ein Kalaripayattu-Kämpfer im Frack eines Butlers oder in der Livree eines Fahrers dürfte niemandem auffallen, sogar wenn er sein Schwert bei sich trägt. Der Todesort lässt sich leicht weiter eingrenzen. Die Möglichkeit zum wirklich ungestörten Beisammensein à la mode d'Eve et Adam *dürfte nicht allzu häufig gegeben sein. Wir suchen ein größeres, vermutlich abgelegenes Anwesen in der Nähe des Richmond Parks, mit einem größeren stehenden Gewässer und wahrscheinlich auch einem Gebäude. Ich kann mir nicht vorstellen, dass die Lichtfreunde bei Regen oder in der Nacht im Freien verweilen. So warm ist es vielleicht in Italien, in Spanien oder Griechenland. Bestenfalls im Süden des Deutschen Reiches oder in Österreich-Ungarn. Aber nicht hier bei uns in England. Es muss also jemanden geben, der den Lichtfreunden Obdach gewährt. Das Gelände muss auch zum Beispiel durch eine hohe Mauer, durch Waldungen oder hohes, dichtes Buschwerk vor ungebetenen Beobachtern geschützt sein. Ohne ein gewisses Maß an Zurückgezogenheit kann es*

in England keinen Naturismus geben. Stellen Sie sich vor, irgendwo in Ihrer Nachbarschaft versammelten sich plötzlich diese Sonnenanbeter! Die Zeitungen hätten den Skandal mit Sicherheit gemeldet und darüber ausführlich berichtet, aber nichts dergleichen stand in letzter Zeit in den Gazetten. Ich schlage daher vor, wir schauen einmal auf eine Gewässerkarte Londons und gleichen den möglichen Todesort beziehungsweise den Fundort der Leiche mit dem Stadtplan ab. Wir dürfen nicht vergessen, dass der Mörder seine Last nicht allzu weit getragen haben kann, bevor er sie ins Wasser der Themse warf. Kaum etwas dürfte selbst für einen kräftigen Mann schwerer zu transportieren sein als eine Leiche in einem Sack – von der Gefahr, entdeckt zu werden, ganz abgesehen.«

»Phantastisch, Mister Holmes!«, lobte Hopkins. »Ich werde entsprechende Karten besorgen lassen!«

»Tun Sie das, Inspector. War hierin die Tote eingepackt?« Hopkins nickte.

Holmes ging zum Nachbartisch und unterzog die grünliche, verwaschene Plane darauf einer oberflächlichen Untersuchung.

»Was Sie als Sack bezeichnet haben, Inspector, ist eine alte, vielfach geflickte und grob zusammengeknüpfte Zeltbahn militärischer Herkunft wie sie etwa für Stabszelte verwendet wird. Mannschaften bekommen so etwas jedenfalls nicht ausgehändigt. Richten Sie Ihr Augenmerk also auf einen höheren Offizier, aktiv oder im Ruhestand. Oder auf jemanden aus der Familie eines solchen Militärs. Viel Glück und auf Wiedersehen, bis morgen!«

»Ich gratuliere, Holmes. Sie haben den Fall nahezu gelöst. Mit nichts anderem vor Augen als einer Leiche im Naturzustand. Phantastisch!«

Ich fasste die unwichtigeren Teile der Geschichte rasch zusammen. Mithilfe eines Gewässerexperten vom Londoner Amt für Katasterwesen konnte mein Freund die Parzelle, auf der die Frau zu Tode kam, fast auf den Meter genau eingrenzen und den Besitzer des Landstücks feststellen. Er hatte mit dem Mord nichts zu tun, also tut sein Name hier nichts zur Sache. Ich fuhr fort.

Holmes war sehr zufrieden mit sich.

»Nun, Watson, was meinen Sie?«

»Wir nähern uns, beziehungsweise Inspector Hopkins nähert sich der Lösung des Falles. Chapeau!«

»Genau das wollte ich hören, Watson. Genau das!«

Weil dem Tüchtigen das Glück ohnehin hold ist, wurde Holmes zwei Tage später – Inspector Hopkins hatte sich noch nicht wieder gemeldet – der nächste Schritt zur Lösung des Falles sozusagen frei Haus geliefert. In den Zeitungen war lediglich das Auffinden einer eingesackten Wasserleiche am Ufer der Themse in der Nähe des Richmond Parks gemeldet worden. Offenbar hatte dies einer jungen Dame als Information genügt, um bei uns vorzusprechen. Holmes und ich waren aus gewesen. Bei unserer Rückkehr passte uns Mrs Hudson ab.

»Eine junge Dame möchte Sie dringend sprechen, Mister Holmes. Ich habe ihr natürlich erklärt, dass Sie und Doktor Watson ausgegangen seien, aber sie ließ sich unter keinen Umständen wieder fortschicken. Es gehe um Leben und Tod, sagte sie, sie werde verfolgt und sei ihres Lebens nicht mehr sicher. Ich habe sie in meinem Wohnzimmer Platz nehmen lassen, weil Sie ja fort waren.«

»Erwähnte sie auch den Tod einer jungen Frau?«

»Woher wissen Sie das, Mister Holmes? Ja, sie deutete so etwas an!«

»Was wären wir ohne Sie, Misses Hudson! Geben Sie uns zwei Minuten und führen Sie die junge Dame zu uns herauf.

»Natürlich, Mister Holmes!«

Wir hatten kaum unsere Hüte und Mäntel abgelegt, als Mrs Hudson auch schon klopfte.

»Ja?«, rief Holmes.

Mrs Hudson führte eine sportlich, aber korrekt gekleidete, junge Dame herein. Sie trug einen eleganten Mantel und einen riesigen Hut mit einem Schleier, sodass ihre Gesichtszüge nicht zu erkennen waren.

»Miss Carmilla Pittman, meine Herren!«

Ich unterbrach meine Lesung für eine notwendige Erläuterung. »Den Namen habe ich natürlich aus Gründen der Diskretion geändert.« Dann fuhr ich fort.

»Nehmen Sie bitte Platz, Miss Pittman!«

Bevor sie in unser Wohnzimmer trat, blickte sich Miss Pittman noch einmal argwöhnisch um, so als wollte sie sichergehen, dass ihr niemand gefolgt sei. Dann erst hob sie ihren Schleier und ließ sich auf unserem Besuchersessel nieder. Sie setzte sich lediglich auf die Kante. Ob sie sich fürchtete, im nächsten Augenblick wieder aufspringen zu müssen?

»Ich bin Sherlock Holmes«, stellte sich Holmes vor. »Das ist mein Freund und Kollege Doktor Watson. Sie dürfen von ihm dieselbe Diskretion erwarten, die Sie von mir erwarten. Sprechen Sie also bitte offen über Ihr Problem. Haben Sie Angst vor einem indischen Killer?«

Miss Pittman riss in höchstem Erstaunen Mund und Augen auf. »Ja, aber wieso …?«

»Nun, wir hatten vor zwei Tagen die traurige Pflicht, die sterblichen Überreste einer schönen, jungen Frau in Augenschein zu nehmen. Sie ist ertrunken, wurde aber offenbar von einem indischen Schwertkämpfer in den Tod getrieben. Wenn nun kurz darauf eine ebenfalls schöne, junge Frau mit allen Anzeichen der Todesfurcht bei uns vorspricht, dann müsste es schon ein gewaltiger Zufall sein, wenn ihr Anliegen nicht mit dem Tod der Frau zu tun hätte. So oft ereignen sich keine gewaltsamen Todesfälle in London.«

Miss Pittmans Augen begannen sich mit Tränen zu füllen. »Eine Tote? Ertrunken? Sind Sie sicher, dass es sich um sie handelt? Hatte sie eine Tätowierung auf dem Arm? So wie diese hier?« Sie schob die Ärmel ihres Mantels und ihres Kleides herauf. Auf ihrem Handgelenk kamen dieselben ineinandergeschlungenen Venussymbole zum Vorschein, die wir auch bei der Toten gesehen hatten.

»Ich fürchte, es ist genau dieselbe Tätowierung, Miss Pittman!« Holmes versuchte, salbungsvoll zu klingen.

Ich dagegen zog das saubere Taschentuch aus der Jacke, welches ich immer bei mir trage, und reichte es Miss Pittman, die bitterlich zu weinen begann.

»Danke! Als sie nicht nach Hause kam, wusste ich, dass ihr etwas zugestoßen sein musste. Sie hatte es erwartet. Dann ist es also wahr? Sie ist tot? Musste sie lange leiden?«

»Nicht lange, denke ich«, versuchte ich aus der Sicht des Arztes zu trösten. »Es scheint recht schnell gegangen zu sein.«

»Ihrer Reaktion entnehme ich, dass die Tote Ihnen sehr nahestand, Miss Pittman, und sie zusammenwohnten. Würden Sie uns bitte den Namen Ihrer Freundin verraten.«

»Natürlich, Mister Holmes. Entschuldigen Sie. Sie heißt … hieß Chellammal Thirugnanasampanthamoorthy. Also, das

ist der indische Name, den sie gewählt hatte. Für ihr neues Leben, nach der Scheidung. Der Name bedeutet: ›Die von den Göttern Milch trank und somit stark wurde.‹«

»Das war aber nicht ihr richtiger Name?«

»Natürlich nicht. In Wirklichkeit hieß sie Nora Decker und war die zweite Ehefrau von Sir Philipp Debonnaire Decker.«

»Von Oberst a. D. Decker von der Indian Army? Der, der seit einigen Jahren für die Tories Politik macht?« (Die Namen habe ich wieder geändert. Sie verstehen!)

»Genau von dem! Oberst Decker hatte Chellammal, also Nora, nach dem Tod seiner ersten Gattin in Indien geheiratet. Aber die Ehe geriet nicht glücklich. Der Oberst ist ein harter Mann, ohne Verständnis für die Bedürfnisse einer modernen Frau. Und so trennte sich Nora bald nach seiner Rückkehr nach London von ihm. Nach vierjähriger Ehe. Wir waren schon auf dem Internat in der Schweiz beste Freundinnen gewesen. Nun trafen wir uns in London wieder, und unsere alte Freundschaft erstand von Neuem. Dieses Mal ließen wir uns nicht mehr trennen. Wir nahmen eine gemeinsame Wohnung, die mein Bruder mietete, damit Oberst Decker uns nicht finden konnte. Als Beweis für die Unverbrüchlichkeit unserer … unserer gegenseitigen Verbundenheit ließen wir uns dasselbe Tattoo stechen und trugen denselben Schmuck. Wir waren wie … nein, mehr als Schwestern. Ich war es auch, die sie bei den Kindern des Lichts einführte. Wir treffen uns, so oft wir können und es die Witterung erlaubt, unter freiem Himmel und tragen keine Kleider. Dieses Gefühl der Freiheit ist mit nichts anderem zu vergleichen. Und wir rauchen ab und zu ein wenig Rauschkraut.«

»Eine Zwischenfrage, Miss Pittman, wenn es gestattet ist«, schaltete sich Holmes ein. »Wo genau treffen Sie sich mit Ih-

ren Gesinnungsgenossen? Und wem gehört der Grund und Boden?«

»Wir treffen uns auf einem weitläufigen Anwesen in Twickenham. Es gibt mehrere Seen. Der, an dem wir zusammenkommen, verfügt sogar über eine Insel mit ein paar Hütten, in denen wir übernachten oder in die wir uns bei schlechtem Wetter flüchten können. Das Anwesen heißt Horvath Hall und gehört einem ungarischen Grafen, der unserer Lebensart sehr gewogen ist. Er lässt uns unserer Leidenschaft frönen, ohne einen Penny dafür zu verlangen.«

»Ein Philanthrop. Aha! Ich bin überrascht, das zu hören!«

»Das verstehe ich nicht ganz. Aber die Zusammenkünfte und das eine oder andere Hanfpfeifchen waren nicht der Grund, warum Oberst Decker seine frühere Frau ermorden ließ.«

»Sie beschuldigen den Oberst des Mordes?«

»Wen sonst, Mister Holmes? Niemand sonst hätte ein Motiv. Sagt man so? Motiv?«

»Exakt so sagt man, Miss Pittman! Fahren Sie bitte fort!«

»Das Motiv besteht darin, dass Nora noch in Indien einen Roman zu schreiben begonnen hatte. Er hieß Carmilla – Roman einer Frau. *Er basierte auf ihrem Tagebuch. Sie benannte die Figur aber nicht nach sich selbst, sondern nach mir. Weil es schon ein Theaterstück mit dem Titel* Nora *gibt.«*

»Von dem Norweger Henrik Ibsen. 1879 am Königlichen Theater uraufgeführt. Ein Puppenheim *im Original. Ist uns gut bekannt!«*

»Nora sagte mir, dass Sie der Beste seien, Mister Holmes. Sie hat sich nicht geirrt.«

»Begraben woll'n wir Caesar, nicht ihn preisen, Miss Pittman. Erzählen Sie doch bitte weiter! Sie sind eine tapfere Frau!«

»Ja … gut! Carmilla *war etwas, was man heute wohl eine Detektivgeschichte nennen würde. Carmilla findet nach der Hochzeit heraus, dass ihr Mann seine erste Frau ermordet hat. Darum wird sie verstoßen, verleumdet, um die halbe Welt gehetzt und sogar ins Gefängnis geworfen. Sie kann aber mithilfe eines jungen Leutnants entkommen und ihren Mann all seiner Verbrechen überführen.«*

»Man könnte also von einem Schlüsselroman sprechen, Miss Pittman?«

»Man muss von einem Schlüsselroman sprechen. Der darin geschilderte Gattenmord hat sich wirklich so zugetragen.«

»Gibt es Beweise für dieses Verbrechen?«

»Ja. Nora hatte einen Brief gefunden, in welchem ihr Gatte indirekt zugibt, seine erste Ehefrau getötet zu haben. Das wusste der Oberst aber nicht. Ansonsten konnte Nora nur das niederschreiben, was er ihr selbst erzählt hatte, um ihr Angst einzujagen und sie gefügig zu machen. Er hatte seine erste Frau von einem Skorpion stechen lassen.«

»Nora ließ sich das aber offenbar nicht gefallen?«

»Sie ließ es sich nicht gefallen, Mister Holmes, aber der Oberst nahm ihr das handgeschriebene Manuskript weg und verbrannte es. Das war der eigentliche Grund für die Trennung. Wir zogen in eine gemeinsame Wohnung, wo Nora das Manuskript mit meiner Hilfe rekonstruierte.«

»Und wo ist es jetzt?«

»An mehreren Orten. Es gibt ja schon seit einigen Jahrzehnten so etwas wie Kohlepapier. Nora benutzte dieses Mal ein Schreibklavier, fertigte mehrere Durchschläge an und versteckte sie an Orten, die nur ich kenne. Ein Exemplar beispielsweise sowie das Geständnis ist bei einem vertrauens-

würdigen Anwalt hinterlegt, der für die Veröffentlichung sorgen soll, falls auch mir etwas zustößt.«

»Sehen Sie, Watson, ich hatte ja gesagt, die Tote spielte zu Lebzeiten ein Tasteninstrument oder benutzte ein Schreibklavier!«

»Sie hatten wie immer recht, Holmes!«

»Nora ahnte, dass ihr irgendwann etwas passieren könnte und bat mich, ich solle mich in diesem Falle direkt an Sie wenden. Ein Exemplar des Romans wird eine Vertraute gleich hierherbringen. Wo bleibt sie nur?« Sie schaute auf eine Uhr, die sie aus der Tasche ihres Kleides gezogen hatte. »In wenigen Minuten wird es so weit sein. Nora sagte, ich solle mich auf jeden Fall Ihrer Entscheidung beugen. Lesen Sie es und entscheiden Sie dann!«

»So wollen wir es machen, Miss Pittman. Aber sagen Sie: Hat der Oberst einen indischen Diener?«

»Natürlich hat er. Warum, glauben Sie, versuche ich unerkannt durch die Straßen zu Ihnen zu gelangen? Der Diener heißt Kumar, steht schon seit der Dienstzeit des Obersts in Indien in dessen Diensten und ist ein brutaler Kerl.«

»Doch nicht gar ein Kalaripayattu-Kämpfer? Der mit einem Schwert mit flexibler Klinge umzugehen versteht? Einem Urumi-Schwert?«

»Doch, genauso einer ist er. Nur diese indischen Wörter hätte ich jetzt nicht gewusst. Nora hat sie aber einmal erwähnt.«

»Mit einem solchen Schwert hat Kumar Ihre Freundin ins Wasser getrieben. Konnte sie schwimmen?«

»Natürlich!«

»Dann muss er ihrem Tod nachgeholfen und ihren Kopf unter Wasser gedrückt haben. Wir müssen Inspector Hopkins informieren. Aber zuvor noch eine weitere Frage.«

»Jede, die Sie wünschen, Mister Holmes!«

»Halten Sie eigentlich ein Reptil in der Wohnung?«

»Manchmal habe ich das Gefühl, Sie wissen alles von mir! Ja. Rabindranath. Einen Gelbwaran. Nora hat ihn aus Indien mitgebracht. Er ist recht zahm. Manchmal führt … führte sie ihn wie einen Hund an der Leine spazieren. Das ging aber nicht immer gut. Warane sind eigenwillig, besonders, wenn sie hungrig sind. Ein paar Mal hat er sie gebissen. Jetzt lebt er in einem Käfig auf dem Dachboden.«

»Ich kann den Waran verstehen«, rief ich. »Mir geht es nicht anders, wenn ich Hunger habe. Sie sollten ihn dem Zoo vermachen!«

»Rabindranath ist das Einzige, was mir von Nora geblieben ist.«

Damit ließ ich es genug sein.

»Eine der Vertrauten«, beschloss ich meinen Bericht, *»bei der Miss Pittman eine Kopie des Manuskriptes versteckt hatte, war Miss Eva Baird, eine Gleichgesinnte. Nun war ein Exemplar des gefährlichen Manuskriptes als Beweis in unserer Hand. Wir suchten zusammen mit Inspector Hopkins den Oberst auf und überwältigten, das heißt, Holmes überwältigte sehr elegant Kumar, obwohl der sich rabiat zur Wehr setzte.«*

»Wunderbar!« Frau Violet klatschte begeistert in die Hände.

IX.

Aber nun sollten wir vielleicht zum eigentlichen Zweck unseres Besuches kommen«, fuhr Holmes, dem Berichte über seine Erfolge eigentlich peinlich waren, das Thema wechselnd, fort. »Man sagte mir, dass Sie, Herr Trostler, sich besonders gut in Österreich auskennen. Herr Doktor Engels hat Sie, Herr Grumbach, ja bereits in seinem Empfehlungsschreiben für uns instruiert. Ich nehme an, Herr Trostler, Sie wissen bereits in groben Zügen Bescheid?«

Trostler nickte. »Aber nur in groben Zügen. Weitere Informationen wären mir sehr willkommen!«

»Die sollen sie erhalten!« Holmes schilderte nochmals von Anbeginn an, vom Besuch des Doktor Engels in der Baker Street, den Fall und sparte auch trotz der Anwesenheit einer Dame die grausigen Details wie den Toten mit dem österreichischen Kleingeld im Schlund nicht aus.

Als er geendet hatte, seufzte Grumbach. »Ausgerechnet für den verstorbenen Karl Marx arbeiten Sie! Der erklärte Feind unseres Standes! Wenn nicht Doktor Engels, der ja wie ich in der Textilbranche engagiert ist, sich für Sie verwendet hätte – ich weiß nicht, ob ich Sie überhaupt empfangen hätte!«

»Aber Andreas!« Seine Frau protestierte. »Was kann den Herr Holmes dafür? Karl Marx gilt als einer der bedeutendsten deutschen Philosophen der Gegenwart. Auch wenn er ein geschworener Feind des Kapitalismus war. Aber das mit dem Mehrwert habe sogar ich verstanden. Ich finde es richtig, dass Herr Holmes die Manuskripte wiederzubeschaffen versucht. Stell dir nur vor, jemand hätte das Manuskript von Kants *Kritik der reinen Vernunft*, die du so sehr schätzt, entwendet! Oder jemand würde, ich weiß nicht, die *Mona Lisa* stehlen. Egal, ob sie uns gefällt oder nicht, sie gehört der ganzen Welt, und *Das Kapital* ist vielleicht ein Werk der Zukunft, dessen Wert sich erst noch erweisen wird.«

»Es steht mir in der Tat nicht zu, über Karl Marx zu richten. Aber wohl ist mir bei dem Gedanken nicht, dass er unseresgleichen lieber abgeschafft wissen möchte und uns dieses Haus und unseren Wohlstand nicht gönnt. Dabei bezahlen wir unsere Arbeiter und Angestellten jederzeit gut und gerecht!«

»Gut«, lenkte Holmes ein, »Marx hätte das vielleicht anders gesehen. Deswegen sind wir aber nicht hier, sondern um dem Recht und der Gerechtigkeit zum Siege zu verhelfen. Die Manuskripte gehören Doktor Engels beziehungsweise den Nachkommen von Karl Marx, sie wurden gestohlen beziehungsweise unterschlagen, und ich bin hier, um sie ungeachtet des Themas, dem sie sich widmen, zurückzuholen.«

»Das sehe ich genauso, Herr Holmes«, bekräftigte Trostler. »Man muss blind wie Justitia für die Gerechtigkeit eintreten.«

»Das Problem ist Folgendes: Die Manuskripte des Kapitals sind nach Österreich verschleppt worden. Und zwar von einem Baltendeutschen, der vermutlich in Tirol wohnt und der eine Organisation mit politischen, vermutlich aber auch mit kriminellen Zielen betreibt, deren Signum ein Blitzkreuz ist. Kennen Sie das?«

»Das Blitzkreuz. Ja. Mmmh!« Trostler kratzte sich am Kinn. »Das ist das Symbol einer Südtiroler, wie soll ich sagen, Sekte. Anführer ist ein gewisser Doktor Tarkus. Oder genauer gesagt von Tarkus. Stammt in der Tat aus dem Baltikum. Tritt für eine politische Vereinigung aller Intellektuellen jenseits von Religion, Weltanschauung und Nationalität ein. Sehr gebildet, keine Frage. Aber überspannt. Ein Eklektizist. Nimmt sich von überallher, was er braucht, allerdings ohne es wirklich verstanden zu haben, wenn Sie mich fragen. Alles ist wirr und widersprüchlich. Seine Bewegung gibt sich sehr modern. Tarkus schwört auf neue Techniken. Eisenbahn, Telegrafie, Telefon, das alles. Andererseits ist er ganz und gar Machiavellist. Er fordert vom Politiker, sich aufzuführen wie ein Despot, wenngleich ein vielseitig gebildeter Despot. Deshalb komponiert er auch und schreibt Bücher. Wie aber andere intelligente Menschen einen Platz in seiner Bewegung – von Partei kann man heute noch nicht sprechen – finden sollen, ist mir ein Rätsel. Er duldet nämlich keinen Widerspruch. Daher räume ich ihm wenig Chancen auf dauerhaften Erfolg ein. Allerdings – man kann nie wissen. Dem Mann haftet etwas Besessenes an. Etwas Manisches.«

»Halten Sie ihn für fähig, in Namen seiner Bewegung Verbrechen zu begehen? Morde?«

»Jeder Mensch ist fähig, Verbrechen zu begehen, Mister Holmes. Sogar einen Mord. Sei es aus Habgier, aus Leidenschaft oder aus Rache. Mehr Motive gibt es nicht, aber jeder hat davon in höherem oder geringerem Maße.«

»Und die Manuskripte von Karl Marx?«

»Manuskripte eines großen europäischen Denkers zu besitzen, dürfte ihm gefallen. Ein Abglanz eines großen Geistes würde auf ihn fallen, denke ich.«

»Von Tarkus also als neuer Karl Marx?«, fragte ich, nicht ohne Spott.

»So ungefähr.«

»Aber dieser Marx hat uns Besitzenden, die wir nimmermüde die Geschicke des Landes zu richten versuchen, mächtigen Schaden zugefügt«, ereiferte sich Grumbach. »Er hat uns zu Kriminellen gestempelt, zu Vampiren, die sich vom Blut der Arbeiter – wie sagt er? Proletarianer? – nähren.«

»Es ist leider so, dass sich Österreich derzeit nicht in der besten Verfassung befindet. Die Nationalitäten, die Serben, Kroaten, Böhmen und Slowenen, streben nach Unabhängigkeit. Sie wollen heraus aus dem Völkergefängnis Kakanien. Auch Anarchisten, Sozialisten, Panslawisten – sie alle wollen die Monarchie abschaffen, sie zerschlagen und auf ihren Trümmern neue Kleinstaaten errichten. Das wäre so, als würden bei Ihnen in Großbritannien die Schotten, die Waliser und die Iren ihre eigenen unabhängigen Herzogtümer oder Großfürstentümer einrichten wollen. Dazu die jüdische Frage: Assimilation, Emanzipation oder Auswanderung, wie sie Theodor Herzl propagiert. Die kaiserliche Familie selbst ist wie man erzählt zutiefst gespalten. Man sagt, Kronprinz Rudolf hinge allzu liberalen Theorien nach, komme aber gegen seinen Vater nicht an. Und erst die Kaiserin! Sie verachtet die höfischen Pflichten und die höfische Moral, ja, das Leben überhaupt in der Hofburg an der Seite ihres Mannes. Stattdessen ergibt sie sich dem Müßiggang, verbringt ihre Tage auf irgendwelchen Schlössern oder treibt sich auf Kreuzfahrten im Mittelmeer herum. Drei Schiffe, die *Greif*, die *Phantasie* und die *Miramar*, stellt ihr die kaiserliche Marine zur Verfügung! Und der Kaiser unternimmt nichts. Gar nichts! Oder sie frönt exzessiv der körperlichen Ertüchtigung. Und dichten soll sie auch sogar! Man denke!«

»Ich habe sie als junger Mann sogar schon einmal in London gesehen«, fiel mir ein. »Sie hat sich bei meinem Anblick spontan den Fächer vors Gesicht gehalten. Nicht wegen meines Gesichts. Wohl eher wegen ihrer Zähne. Die sahen ziemlich mitgenommen aus. Sie war in England, um Jagden zu reiten. Sie gilt als eine der besten Jagdreiterinnen überhaupt.«

»Tsss!«, zischte Grumbach, »das sieht ihr ähnlich!«

»*Horribile dictu*!«, schimpfte Andreas Grumbach. »Ein Mannweib!«

»Mir imponiert sie«, wehrte sich Frau Violet.

»Das Reiten dürfte in der Tat nicht das eigentliche Problem sein«, gab ich zu bedenken. Jetzt konnte ich mich ein bisschen dem High-Society-Klatsch hingeben! »Vergangenes Jahr weilte sie wieder in England und wurde dabei, wie berichtet wurde, auf Schritt und Tritt begleitet von Colonel Bay Middleton. Es gab hässliche Gerüchte, weil Middletons Verlobte Charlotte, die er im vergangenen Jahr geheiratet hatte, das zu enge Verhältnis ihres zukünftigen Gatten mit der Kaiserin kritisierte. *Tout Londres* sprach von einem heimlichen Techtelmechtel Middletons mit der Kaiserin. Ich zweifle jedoch, ob diese hässlichen Gerüchte je eine Grundlage besaßen.«

»Bestimmt nicht«, meinte Frau Violet. »Sie reitet ja nicht nur ausgezeichnet, sondern betreibt auch bekanntermaßen das Schwimmen, das Fechten und den Dauerlauf. Ihre Ausdauer soll der Schrecken all derer sein, die sie begleiten müssen, um für ihr Wohlergehen und ihre Sicherheit zu sorgen. Außerdem ist bekannt, dass sie mehrere Sprachen beherrscht wie Ungarisch und Griechisch. Nein, diese Frau gibt sich keinen billigen amoralischen Vergnügungen hin. Da bin ich mir ganz sicher!«

Andreas Grumbach konnte damit nicht einverstanden sein. »Ja, aber, liebe Violet, das sind doch ausgerechnet Sprachen kleiner Völker mit unbestreitbar freiheitlichen Bestrebungen, weg vom Kaiserreich. Und dann soll sie auch noch angeblich sozialistische Literatur lesen. Sie sollte sich lieber um ihre vier Kinder kümmern und ihren armen Mann unterstützen, der unseren Vielvölkerstaat irgendwie zusammenhalten muss. In diesen stürmischen Zeiten!«

»Ihr armer Mann, mein lieber Gemahl, versteht durchaus, sich die Zeit zu vertreiben, wenn Sisi verreist ist.«

In diesem Stile ging es zu meinem Vergnügen, aber sicherlich zu Holmes' Qual, wohl noch eine halbe Stunde weiter, bis Franz untertänigst meldete, es sei angerichtet. Der kleine Diener führte uns in ein Speisezimmer, wo ein wohlgedeckter Tisch auf uns wartete. Zwei mindestens zwölfarmige Kerzenleuchter illuminierten die

Tafel, die für fünf Personen gedeckt war. Ganze Batterien von Gläsern, deren Schliff auf eine böhmische Provenienz schließen ließ, standen aufgereiht vor Gedecken aus Meißner *porcelaine* mit dem seit einigen Jahren ungeheuer populären, blauen Zwiebelmuster-Dekor. Gemeinsam mit den glänzenden Bestecken reflektierten die Gläser den Kerzenschein und verliehen der Szenerie einen edlen, geradezu fürstlichen Charakter.

»Ah, Zwiebelmuster«, sagte Holmes mit Anerkennung in der Stimme. »Sicherlich aus Berlin.«

»Ja, Herr Holmes«, freute sich Violet. »Wir haben es direkt von der Königlichen Porzellan-Manufaktur bezogen. Andreas kannte den Direktor Gustav Möller noch persönlich. Herr Möller ist leider im vorvergangenen Jahr verstorben. Er war eigentlich Architekt von Beruf und ein reizender Mensch!«

Während Grumbach uns unsere Plätze zuwies und wir uns in den dicken Plüsch der Sessel sinken ließen, suchte Trostler sein Heil in etwas Besserwisserei. »Das Dekor heißt zwar Zwiebelmuster«, begann er zu dozieren, »zeigt aber gar keine Zwiebeln, sondern Granatäpfel und Pfirsiche.«

Holmes konnte es nicht ertragen, belehrt zu werden. »Seit jeher Symbole der Fruchtbarkeit und Langlebigkeit. Und was würde den Charakter und die Arbeit eines Bankiers besser zum Ausdruck bringen als diese Früchte?«

Während Trostler in verkniffenes Schweigen verfiel, begannen Violets Augen zu leuchten. »Das haben Sie schön gesagt, Herr Holmes. *Très charmant*! Aber jetzt wollen wir beginnen. Franz, den Aperitif!«

»Sehr wohl, gnä' Frau!«

Was dann kam, war geradezu ein kulinarischer Marathon. Der Aperitif bestand aus einem Glas wunderbaren Amontillados. Dann folgte eine mit Madeira verfeinerte Schildkrötensuppe.

»Leider sehr selten geworden«, kommentierte Trostler.

»Aber umso leckerer«, widersprach Violet, der das Aussterben einer Tierart offenbar wenig ausmachte.

»Na, die Rinder werden so selten nicht sein. Nächster Gang: Tafelspitz mit Apfelkren.«

»Kren?«, fragte ich.

»Meerrettich«, übersetzte Holmes. »Kren ist übrigens ein slawisches Wort mit mehreren Bedeutungen. Als *stary chren* beschimpfen die Russen einen älteren Herrn.«

Holmes' Taktik hatte Erfolg. Trostler sagte nichts mehr.

Zum Tafelspitz gab es köstliches Bier aus einem Steingutkrug. Danach wurden Fleischknödel gereicht.

»Eine Spezialität aus Oberösterreich«, erläuterte Grumbach. Und der Wein ist ein Zweigelt.«

»Wenn wir wieder in London sind, werde ich diese Köstlichkeiten vermissen«, versprach ich.

»Das wollen wir hoffen«, antwortete Violet.

In diesem Stil ging es noch eine ganze Weile weiter, bis zum Dessert. Das waren eine Art gerollte, mit Zucker und Zimt bestreute Pfannkuchen mit einer Schokoladenfüllung. Sie hörten auf den seltsamen Namen Palatschinken, was aber nichts mit Schinken zu tun hatte.

»Ganz köstlich«, resümierte ich.

»Warten Sie, Doktor Watson!«, gebot die Frau des Hauses Einhalt. »Das Wichtigste fehlt noch!«

»Noch etwas? Ich bin wirklich absolut gesättigt! Ich werde platzen, wenn ich auch nur einen Krümel mehr esse!«

»Der Verteiler wird es richten!«

»Der Verteiler?«

»Edelbrand. Pflaumenschnaps. *Plum brandy* auf Englisch. Oder lieber einen Zirbelgeist? Aus Zirbelkiefernzapfen gebrannt?«

»Keine Ahnung!«

»Dann schlage ich vor, wir nehmen erst einen Schrattler. Kriegen Sie sonst nirgends. Macht ein Schauspielkollege aus St. Pölten von mir. Othmar Schratt. Wenn er nicht auf den Brettern steht, die die Welt bedeuten, brennt er den besten Schnaps von Niederösterreich. Und wenn wir mit dem Schrattler fertig sind, machen wir mit dem Zirbelgeist weiter. Einverstanden?«

Ich war einverstanden, denn ich bin immer neugierig etwas kennenzulernen, was ich noch nie kosten durfte.

Der Schrattler war gut, und der Zirbelkiefernzapfenbrand stark. *Sehr* stark. Im Nu waren die Reste des Völlegefühls, das der Schrattler noch übrig gelassen hatte, verschwunden. Franz schenkte mir noch einen zweiten ein. Nun spürte ich meinen Magen überhaupt nicht mehr, fühlte mich aber ziemlich benebelt. Holmes grinste mir hämisch zu. Er hatte nicht einmal die Hälfte von meinen Portionen gegessen und an dem Verteiler nur genippt. So war er noch fast nüchtern und konnte das Gespräch auf unser eigentliches Thema zurücklenken.

»Würden Sie meinen, meine Herren, die politische Lage Österreichs sei instabil? Ist das Land in Auflösung begriffen?«

Trostler freute sich, antworten zu dürfen. »In den nächsten zwanzig Jahren wird es sich sicherlich nicht auflösen. Jemand hat einmal gesagt, man könne in jedem Land eine Revolution veranstalten, außer in Österreich. Wien bleibt Wien, jedenfalls vorerst sicher. Es ist so: Österreich ist ein friedliches Land, unsere Habsburger sind friedliche Leute. Sie kennen den Satz *Tu felix austria nube*! Du, glückliches Österreich, verheirate dich. So wurde das Land, was es ist. Bei den Preußen ist das anders. Die Hohenzollern holen sich, was sie haben wollen, mit Gewalt. Und sie sind militärisch bestens organisiert. Österreichs Armee – naja, bei uns trägt man einen schmucken Helmbusch, einen blitzblanken Kürass, schwingt auf Hochglanz polierte Säbel und reitet edle Rösser, am Sonntagvormittag gibt die Militärmusik ein Platzkonzert, meistens im Dreivierteltakt, was ja keine Marschmusik ist, und alle sind froh damit!«

»Der Johann Strauß Vater«, schaltete sich Grumbach ein, »hat immerhin noch den Radetzki-Marsch hingekriegt. Sein Sohn hat *An der schönen blauen Donau* geschrieben. Wenn Sie mich fragen, liegt das alles an der österreichischen Küche.« Er wies auf die leeren Teller und Gläser. »Das viele Schlagobers macht dick und träge. Und eine Armee der Übergewichtigen zieht nur ungern ins Feld! Es wird nicht mehr lange dauern, da werden wir Österreicher selbst zum Walzertanzen zu dick sein!«

»Ach, Andreas!«, tadelte nun Violet, nun weniger sanft. Sie hatte an ihrem Schnapsglas zwar nur genippt, doch die leichte Röte auf ihren Wangen zeigte an, dass das hochprozentige Getränk bereits seine Wirkung entfaltete. Sie wollte etwas loswerden. »Es liegt weniger am Essen als an der allgemeinen Friedfertigkeit unseres österreichischen Wesens. Wir tragen anders als die Preußen unsere Aggression tatsächlich nicht nach außen. Wir buckeln vor den Vorgesetzten und fressen den Ärger in uns hinein. Das führt zum Grant. Deshalb heißt unser Volkssport auch das ›Grantln‹, und unsere Olympioniken sind die Grantler.«

»Grantler?«, fragte ich.

Violet nickte. Was folgte, war eine Kostprobe ihres schauspielerischen Talents. Sie sprach auf einmal mit der Stimme von Diener Franz. »Schaun's«, begann sie in breitestem Österreichisch, »dös Kaiserhaus iss ja so verkummen. Verkummen isses. Von der Kaiserin woas man, dass sie ohne Hemd schlaft, pudelnackig. Und wann's auf Reisen ist, springt's genauso pudelnackig ins Meer. Und ihre kloane Schwester, die Marie, das Flitscherl, macht's genauso. Die Marie springt aa nackert ins Meer. Scheint in der Familie zu liang. Dös hot sogoar scho in der Zeitung g'schdand'. Dös woas a jeder! Und in aller Öffentlichkeit Zigarren rach'n's aa, die zwoa. Groad wia a Mo. Jo, i froag Sie, wo wird dös hinführ'n? Dös iss doch klarer Irredentismus. Und der Kaiser moachd nix. Gor nix moachder, der Kaiser!« Während ihres Vortrages ruderte sie hektisch mit den Armen und steigerte sich in einen Eifer hinein, dass der Schweiß, den sie sich mit ihrer Serviette von der Stirn tupfen musste, echt wurde. »A Skandal, dös isses. Jawohl, meine Herren, a Skandal!«

Die liebevoll-witzige Art, wie sie ihren Diener und mit diesem wohl auch den einfachen Wiener nachahmte und parodierte, war so köstlich, das wir alle lachen mussten. Ihr Mann küsste ihr anerkennend die Hand.

Frau Violet fiel wieder in die Rolle der sorgenden Hausfrau und Gastgeberin zurück. »Wenn Sie rauchen mögen«, lud sie uns ein. »Wir gehen am besten wieder zurück in den Salon. Wenn ich vorausgehen darf?«

Natürlich folgten die Herren der Frau des Hauses auf dem Fuße. Wir nahmen alle wieder dort Platz, wo wir auch unseren Tee getrunken hatten.

»Zigarren?«, fragte Grumbach, mir die geöffnete Ebenholzkiste reichend.

Ein wunderbar verlockender Duft begann, meine Nase zu kitzeln. Ich griff gerne zu, denn solch teure Zigarren wurden mir selten angeboten. »Ich bin so frei«, sagte ich höflich. Während ich, die Zigarre unter der Nase entlangführend, ihren geradezu magischen Duft auf mich wirken ließ, reichte mir der Hausherr den Zigarrenschneider. Ich nahm ihn mit einem dankbaren Kopfnicken, schnitt der Zigarre die Spitze ab und ließ mir vom Hausherrn Feuer geben.

Holmes kramte seine Pfeife hervor. »Wenn Sie gestatten«, sagte er nur.

»Gerne!«, erwiderte Grumbach und bediente sich nun selbst aus seinem Kistchen.

Dagobert lehnte dankend die angebotene Zigarre ab. »Du weißt ja«, erklärte er nur.

Grumbach wusste offenbar, denn er klappte das Behältnis wieder zu. Im nächsten Moment erfüllte ein himmlischer Duft nach edelstem Tabak den Raum. Einen Moment lang lag ein genießerisches Schweigen über der Runde.

Dagobert fand als Erster die Sprache wieder. »Mag sein, dass wir Österreicher das Schlagobers und überhaupt die gute Küche zu sehr lieben. Dann frägt es sich, warum die Kriminalität von Jahr zu Jahr zunimmt. Als Kriminalist kann ich damit nicht einverstanden sein. Und damit wären wir beim Thema! Der moderne Verbrecher ist kein Einzelgänger mehr, der eher aus Versehen jemanden bestiehlt oder ermordet. Der moderne Verbrecher ist ein Geschäftsmann, ein Spezialist auf seinem Gebiet. So wie Sie, mein Freund Grumbach, Industrieller und Bankier sind, so stellt der moderne Kriminelle das Verbrechen auf solide organisatorische Füße. Wahrscheinlich haben's das bei den Preußen gelernt. Die Organisation, meine ich. Die Komplizen des neuzeitlichen Verbrechers sind nicht irgendwelche Totschläger oder Messerstecher, sondern Spezialisten. Könner. Auf dem Gebiet der Entführung, der Erpressung, was immer. Vielleicht sogar unter dem Zeichen einer politischen Partei. Sie erwähnten das Blitzkreuz. Das ist typisch. Das Verbrechen wird zunehmend zu einem Geschäftsmodell. Und einem Gesellschaftsmodell. Fast wie eine politische Partei! Womit wir wieder bei diesem Marx wären. Wenn ich recht orientiert bin, hält er ja die Arbeiterklasse für die Avantgarde einer zukünftigen Gesellschaft. Na, prost Mahlzeit!«

X.

Offenkundig wollte Frau Violet das Thema wechseln. »Die Herren sollten aber jetzt Schluss machen mit der Politisiererei. Ich finde, Herr Dagobert sollte einen Fall erzählen. Sie erinnern sich doch an diese schreckliche Geschichte mit der Malerin! Wo wir schon bei nackerten Frauen sind!«

»Aber Kind«, versuchte Grumbach das Schlimmste zu verhindern. »Das ist doch peinlich!«

»Mir nicht. Und wenn Herr Dagobert nicht erzählen will, dann will ich selbst berichten. Unter dem Siegel der Verschwiegenheit natürlich. Ich darf doch, Andreas? Es ist ja nichts mehr dabei!« Sie wandte sich uns mit einem spitzbübischen, koketten Lächeln zu. »Die nackerte Frau war nämlich ich selber!« Noch einmal wechselte sie in die Stimme von zuvor. »Aber nackig in die See g'schprunga bini need.«

Grumbach lächelte zum Zeichen seiner Zustimmung ein nachsichtiges Lächeln, sagte aber nichts. Ganz offenkundig war das Vorhaben seiner Frau ihm nicht sonderlich recht.

»Frau Violet!«, mahnte Dagobert.

»Keine Widerrede! Sie haben sich in diesem Fall um mich grenzenlos verdient gemacht!«

»Ich versichere Ihnen, kein Wort wird je aus diesen Räumen nach draußen gelangen!«, versprach Holmes.

Nun gab es für Frau Violet kein Halten mehr. »Davon gehe ich aus. Die Geschichte hätte mich ruinieren können! Also, ich war siebzehn Jahre alt und völlig ahnungslos, wenn Sie verstehen. Nach dem Tode meiner Eltern nahm mich eine entfernte Verwandte in Wien nicht an Kindes statt, aber an Schwester statt auf. Sie war dreiundzwanzig Jahre alt, also nur um Weniges älter als ich. Kurz nach der Geburt eines gemeinsamen Sohnes war ihr Mann verstorben und hatte ihr ein Vermögen hinterlassen, das sie in den Stand versetzte, ihr Leben nach ihren eigenen Vorstellungen zu gestalten. Das heißt, sie konnte ihren sehnlichsten Wunsch, nämlich Malerin zu werden, verwirklichen, und mir ermöglichte sie auf die großzügigste Weise, meinen sehnlichsten Wunsch wahrzumachen, nämlich den Beruf einer Schauspielerin zu ergreifen. Sie bezahlte die Gesangsstunden und den Privatunterricht bei Friedrich Devrient und Amalie Bleibtreu. Meine Verwandte und Freundin hieß Franziska von Mannerhelm, aber sie nannte sich Franz Mann. Damit signierte sie auch ihre Bilder. Niemand ahnte, dass Franz Mann in Wirklichkeit eine Frau war. ›Bilder von Männern verkaufen sich besser‹, erklärte sie dieses Vorgehen. ›Als Frau hast du auf dem Kunstmarkt, bei diesen bornierten Galeristen, keine Chance.‹ Wir waren, wie erwähnt, sehr vertraut miteinander und hatten keine Geheimnisse voreinander. Eben wie zwei Schwestern. Deshalb dachte ich auch nichts

Böses, als sie mich immer wieder zeichnete und malte. Ja, ich habe ihr Modell gestanden! Als Susanna im Bade oder als Venus oder als Kleopatra, wenn Sie verstehen, was ich meine.«

»Wir verstehen«, sagte ich mit trockenem Mund, denn ich malte mir gerade aus, wie diese schöne, etwas naive Frau als Backfisch in der Pose von Susanna im Bade ausgesehen haben mochte, und ich wagte mir kaum vorzustellen, wie sie wohl heute in dieser Rolle aussehen mochte. Zur Ablenkung nahm ich einen langen Zug aus meiner Zigarre und versuchte, weiter zuzuhören, ohne vor meinem geistigen Auge unanständige Bilder entstehen zu lassen.

Violet fuhr fort. »Das ging so lange gut, bis ich merkte, dass ich Franz, also Franziska, nicht gleichgültig war. Sie wollte mir näher sein, als sich zwei Frauen gemeinhin kommen sollten. Eine Frau zu lieben, das konnte ich mir damals und kann ich mir heute nicht vorstellen. Also verließ ich sie. Sie verstand das und war mir nicht böse. Mir kam zupass, dass ich mein erstes Engagement antreten konnte, in der Provinz, in Sankt Pölten, und Wien verlassen musste. Ohne dass ich sie gebeten hätte, übergab sie mir zum Abschied bereitwillig alle Bilder und Zeichnungen, die mich … in paradiesischem Zustand zeigten. Ich habe sie aufbewahrt und später meinem Mann geschenkt. Als Unterpfand meiner Liebe zu ihm.«

Wiederum lächelte Grumbach nur.

»Als Franz dann einem Krebsleiden erlag, das nur Frauen ereilen kann, sieben oder acht Jahre, nachdem ich sie verlassen hatte, erbte ihr Bruder ihr Haus. Der warf erst einmal die Frau, mit der Franz ihre letzten

Jahre verbracht hatte, hinaus und räumte das Haus. Im Nu verstreute sich ihr Besitz in alle Winde.«

Das Thema Krebsleiden war genau das, was ich zur Ablenkung gesucht hatte! Endlich konnte ich das Gespräch auf ein medizinisches Thema und damit auf sicheres Terrain lenken. »Sie sprechen sicherlich von einem Ovarialkarzinom, wie wir Mediziner sagen? Bis es erkannt wird, ist es in der Regel für jede Rettung zu spät.«

»Ja, genauso war es. Franz wurde, wie ich erfuhr, furchtbar schnell dahingerafft. Leider war sie jedoch ein wenig unordentlich gewesen, was ihr Atelier betrifft. Sie hatte irgendwo in einer Ecke drei Kohlezeichnungen von mir vergessen. Diese drei Zeichnungen stellten tatsächlich mich dar. Aber Franz hatte sich wohl vorgestellt, wie es wäre, wenn wir ein liebendes Frauenpaar geworden wären. Sie hatte diese heimlichen Liebesträume zu Papier gebracht. Dinge, die niemals stattgefunden haben.«

»Und diese … Träume kamen nach ihrem Tod ans Tageslicht?«

»So war es! Irgendwie gelangten sie in die Hände von Franzens Bruder Carl Joseph. Wir waren uns früher ein- oder zweimal bei Franz begegnet. Inzwischen war ich schon nicht mehr die unbekannte Schauspielelevin, die ich einst gewesen war. Ich gastierte schon an allen größeren Bühnen Wiens, aber auch in Graz und sogar in Salzburg. Er erkannte mich sofort wieder, sagte aber nichts, sondern ging mit beträchtlichen finanziellen Forderungen zu meinem Mann. Ein Skandal hätte meine Karriere natürlich sofort beendet.«

»Die Sache war die«, ergänzte der Bankier nun, sein Schweigen erstmals brechend, »dass Hauptmann von Mannerhelm, wie es bei Offizieren nicht selten vorkommt, erhebliche Spielschulden aufgehäuft hatte, für deren Tilgung seine Gage niemals mehr ausgereicht hätte. Nicht einmal bei einer Beförderung zum General. Und er schlug vor, gegen einen Schuldenerlass die Zeichnungen zu übergeben.«

»Das Gute war, dass ich meinem Mann, damals noch meinem zukünftigen Mann, von Franz erzählt und ihm die Bilder geschenkt hatte. Er wusste also Bescheid und war nicht überrascht. Er machte mir nicht einmal die Vorwürfe, die er mir füglich als mein Ehemann hätte machen können. Dank meiner Offenheit von Anfang an zweifelte er auch keine Sekunde an meiner moralischen Unbeflecktheit, wenn ich so sagen darf, und bot mir sofort seine Unterstützung an.«

»Haben Sie dem Hauptmann etwa seine Schulden erlassen, Herr Grumbach?«

»Nonsens! Wie hätte ich das tun sollen? Sie standen ja Gulden für Gulden in den Büchern der Bank verzeichnet. Und krumme Geschäfte mit einem Erpresser kommen für mich nicht infrage. Dieser Skandal, wäre er aufgekommen, hätte mich meine Stellung und meine Reputation gekostet. Nein, ich wandte mich natürlich sofort an meinen besten Freund, Dagobert Trostler.«

Der nickte.

»Die inkriminierten Zeichnungen gelangten, ohne dass auch nur ein Groschen Geld geflossen wäre, in die Hände des Ehepaars Grumbach zurück.«

»Haben Sie sie vernichtet, Herr Grumbach?«

»Erlauben Sie, Herr Holmes! Ich bin doch kein Banause, der Kunstwerke von hohem künstlerischen Rang aus kleinlichen, persönlichen Motiven vernichten würde. Außerdem stellen sie mir lieb gewordene Erinnerungsstücke dar. Sie hängen in unserem ehelichen Schlafzimmer. Aber zu Ihrer Beruhigung sei gesagt: Sie sind durch eine elektrische Alarmanlage aus Amerika gesichert. Sie funktioniert nach dem Prinzip von Mister Pope. Wenn jemand die Bilder abhängt, wird ein Stromkreis geschlossen und eine Alarmglocke ausgelöst. Dank einer sinnreichen Vorrichtung schlägt sie auch weiter an, wenn die Bilder – oder eine Kopie – wieder an den ursprünglichen Platz zurückgehängt werden. Diebe haben also keine Chance!«

»Und was wurde aus dem Erpresser?«

Nun war es an Detektiv Dagobert, zu antworten. »Wir hatten Glück. Carl Joseph von Mannerhelm war ja Hauptmann der kaiserlich-königlichen Artillerie und sein Vorgesetzter ein General und zufällig ein Schulkamerad von mir. Glücklicherweise stand der Herr General ebenfalls in enger Geschäftsbeziehung zu dem Bankhaus, welches Herr Grumbach vertritt. Ich sprach daher zuerst *privatissime* mit dem General, der General befahl den Hauptmann in sein Dienstzimmer, und nach der Unterredung, die, wie ich erfuhr, sehr kurz ausfiel, erschien der Hauptmann, nun schon in Zivil, hier im Hause und übergab salutierend, ohne Kommentar, die Zeichnungen seiner Schwester.«

»Und dann?«

»Na, dann gab sich der Hauptmann die Kugel, weil ich gedroht hatte, sein kriminelles Ansinnen aufkommen zu lassen. So macht man das bei uns in Wien. Unter der Hand eben und sehr diskret. Es kommt nur auf die richtigen Verbindungen an.«

»Ein Offizier Ihrer Majestät Queen Victoria hätte schwerlich anders gehandelt«, beeilte ich mich, die britische Soldatenehre zu verteidigen.

Holmes gab nur einen verächtlichen Zischlaut von sich. Solche Ranküne verachtete er aus tiefstem Herzen.

Der Rest der Unterhaltung ist nicht mehr von Belang.

»Ich habe erfahren«, wechselte Trostler das Thema, »Sie seien ein großer Musikliebhaber, Herr Holmes, und ein noch größerer Violinist. Mein Freund Grumbach besitzt ein vorzügliches Instrument. Giovanni Battista Guadagnini hat es gebaut, nicht wahr, Andreas?«

»In der Tat, Guadagnini.«

»Wo haben Sie denn die her?«, erkundigte sich Holmes, seine Begeisterung nur mühsam unterdrückend.

»Der Vorbesitzer war insolvent geworden und konnte seine umfangreichen Kredite bei unserer Bank nicht mehr bedienen. Weil auch ich ein wenig Geige spielen kann, erwarb ich das Instrument zu einem sehr günstigen Preis, muss aber zugeben, dass mein Können für solch einen … einen Luxusliner von Instrument bei Weitem nicht ausreicht. Sie muss von einem Meister gespielt werden. Ich könnte selbst bei größtem Wohlwollen kaum als Kirmes-Fiedler durchgehen.«

»Ach«, beschwichtigte Frau Violet ihren Mann. »Du hast damals mein Herz erobert mit deinem Spiel. Es war so warm und zärtlich. Mindestens so gefühlvoll wie beim alten Joseph Böhm. Den hab ich als junges Mädchen noch selbst am Konservatorium spielen gehört.«

»Ich habe doch jahrelang nicht mehr gespielt, Violet. Ich wage es nicht mehr, heute. Sag Franz, er soll die Geige aus dem Safe holen. Mag Herr Holmes ihr Töne entlocken, die ich ihr nie werden entlocken können.«

Tatsächlich brachte Franz wenige Minuten später die Geige.

Holmes, der eine echte Stradivari sein Eigen nannte, nahm sie gleichwohl ergriffen in die Hand. »Eine Guadagnini, tatsächlich! Aus Turin! Und ich darf darauf spielen?«

»Tun Sie uns den Gefallen, Herr Holmes!«, bat Frau Violet.

»Nun, einer so charmanten Bitte darf sich kein Gentleman entziehen.«

Während er die Geige stimmte, beantwortete er sogar noch Frau Violets Frage nach dem Stück, das er zu spielen gedenke. »Obwohl wir uns gerade in Wien befinden und die Komponistin aus Hamburg stammt, halte ich es für passend, ein Stück von Fanny Hensel zu spielen, der die Eltern anders als ihrem Bruder Felix Mendelssohn-Bartholdy keine Musikerkarriere ermöglichten, obwohl sie kaum weniger begabt war als jener. Ich habe noch als Student in einer alten Ausgabe der Londoner Musikzeitschrift *The Harmonicon* das Lied *Ave Maria* über einen Text von Sir Walter Scott entdeckt. Ich war so angerührt, dass ich die Melodie nie wieder vergessen konnte. Es war übrigens das erste der wenigen unter ihrem eigenen Namen gedruckten Werke. Also: *Ave Maria*!«

Ich hatte das Stück, das Holmes uns zu Gehör brachte, noch niemals zuvor gehört, auch nicht von meinem

Freund selbst. Es war, das merkte sogar ich als blutiger musikalischer Laie, ganz im Geiste der Romantik komponiert, sentimentalisch, fast süßlich. Frau Violet war ganz offensichtlich sofort zu Tränen gerührt, aber auch mir fielen manche sehr privaten, längst vergessen geglaubten Dinge ein, die mich in eine ähnliche Stimmung versetzten. Manches, was mir an meiner Schulzeit im Jesuiteninternat so verhasst gewesen war, erstand wieder vor meinem geistigen Auge. Ich vermeinte wieder den Weihrauch und die muffigen Gewänder der Padres zu riechen. Inzwischen hatte ich mich völlig von diesem Irrglauben losgesagt, aber die Erinnerungen wären plötzlich mit aller Macht wieder da. Natürlich versuchte ich, wie ich fürchte mit wenig Erfolg, mir nichts anmerken zu lassen.

Als der letzte, schmachtende Ton verklungen war, klatschte Frau Violet in die Hände. »Wunderbar, Herr Holmes«, rief sie mit belegter Stimme, »wunderbar!«

Holmes verbeugte sich, um auch den Beifall der anwesenden Herren entgegenzunehmen.

»Bitte gewähren Sie uns noch eine Zugabe!«

»Ein anderes Mal vielleicht!« Zum Zeichen, dass die Darbietung definitiv beendet sei, entspannte Holmes die Saiten des wertvollen Instruments und legte sie vorsichtig, mit warmen Worten des Dankes, in die Hände ihres Besitzers zurück. »Wenn es am schönsten ist, soll man gehen!«, meinte er.

Danach verabschiedeten wir uns auf das Herzlichste voneinander, das heißt, Holmes verabschiedete sich steif wie immer, ich gab Frau Violet einen etwas zu langen Handkuss und schüttelte den beiden Herren kräftig die Hand. Während Grumbach den Händedruck ausdauernd erwiderte, fiel er bei Detektiv Dagobert eher kurz und verhalten aus. Nun, das sollte mich nicht kränken. Das Vergnügen, Frau Violet kennengelernt zu haben, wog dies bei Weitem auf.

XI.

Die Hauptrolle in der Schretzmeier-Oper, die Frau Schinagl alias Madame Pénélope in ihrer Jugend gesungen zu haben behauptete, hatte mich bewogen, Herman Melvilles *Typee* mit auf die Fahrt zu nehmen. Wobei mich – ich gestehe es reumütig ein – auch die skandalträchtigen Aspekte der Geschichte – Kannibalismus und hübsche Südseeinsulanerinnen – besonders interessierten. Neben der ungekünstelten Lebhaftigkeit dieser wilden Geschöpfe in ihrer natürlichen Anmut würde sich nach Melvilles Worten, die ich aus dem Abstand der Jahre leider nur noch dem Sinne nach wiederzugeben vermag, jede vornehm blasse, amerikanische oder englische Lady mit all ihrer Steifheit, Förmlichkeit und Geziertheit ausnehmen wie »die Venus von Medici neben einer Modepuppe«. Es waren jedoch nicht die hübschen Hulamädchen im Baströckchen, die meine Gedanken beschäftigten, sondern zuförderst Melvilles Gedanken zum Rauchen.

»*Eine Pfeife*«, schrieb er, »*ist wie eine liebende Frau ein Freund oder ein Gefährte fürs ganze Leben. Und wer mit einer Pfeife den Bund für Leben schließt, heißt nicht länger*

Junggeselle. Nach einem harten Tag kann er den Abend in Gesellschaft dieses treuen Ratgebers verbringen, und dieser wird nicht müde, Trost zu spenden und ihn mit guten Vorschlägen einzudecken. Bei Zigarren oder gar bei Zigaretten geht das nicht. Sie sind flüchtige Bekanntschaften, mit denen man nebenher, wenn es sich gerade ergibt, ein wenig plaudert. Wie flüchtig und unbefriedigend ist ihr Genuss! Kaum hat man sie einmal entzündet, haben sie sich auch schon in Rauch aufgelöst!«

Ich las Holmes die Passage vor. Da ich gerade nicht rauchte, bot er mir freundlich aus seinem Tabaksbeutel eine Füllung an. Das ließ ich mir nicht zweimal sagen! Und wir gaben uns für eine weitere halbe Stunde diesem so männlichen Genuss hin, voller Vorfreude auf die Abenteuer, die uns in Südtirol erwarten würden …

Derweil verriet mir Holmes ein paar Details des weiteren Vorgehens. »Wir steigen aus mehreren Gründen in Meran ab«, erläuterte er. »Der eine Grund ist natürlich die eingespielte Zugverbindung nach Russland. Wenn wir herausfinden würden, dass die Manuskripte dorthin geschafft worden wären, könnten wir ihnen jederzeit nachreisen, obwohl sie, wäre das der Fall, jetzt natürlich schon einen enormen Vorsprung hätten. Ein anderer Grund ist natürlich, dass wir von Meran aus unauffällig Bozen in den Blick nehmen können, zu der unser Manuskript-Napper offenbar eine enge Verbindung hat. Schließlich hat er seine programmatische Schrift *Buch Tarkus* ja auf Schloss Runkelstein in Bozen geschrieben.«

»Fahren wir da einfach mit dem Zug hin?«

»Natürlich. Genauso wie wir von London aus unauffällig nach Wales oder sonst wohin fahren. Die Österreicher haben vorzügliche Ingenieure, und die Züge sind sehr pünktlich.

Tatsächlich trafen wir pünktlich an unserem Ziel ein. Der Tag war frühlingshaft warm, fast schon sommerlich. Mäntel würden wir sicherlich nicht mehr benötigen, und ich freute mich schon jetzt auf das Bier, das ich sicherlich in einem Biergarten würde trinken dürfen.

»Na sehen Sie«, befand Holmes gleich beim Verlassen des Zuges, »die österreichische Eisenbahn-Gesellschaft liefert uns sofort bei unserer Ankunft die Informationen, die wir benötigen. Schauen Sie!« Holmes stellte sich vor eine Tafel voller Anschläge.

Ich staunte. »WIDER DEN GOTTLOSEN SOZIALISMUS UND MARXISMUS«, las ich da. *»Dr. Heigo von Tarkus spricht persönlich im Festsaal des Bierhauses Hüttler. Beginn 8 Uhr abends, pünktlich.«*

»Übermorgen«, stellte Holmes fest. »Wunderbar! Wenn wir ihn vorher nicht finden – dort werden wir ihn treffen. Seien Sie pünktlich, Watson!«

»Wieso ich? Wollen Sie etwa später kommen?«

»Ich werde zunächst gar nicht in Erscheinung treten. Ich werde versuchen, von Tarkus so nahe wie möglich zu kommen. Wozu haben wir die gefälschten Manuskripte von Gogol und Carlyle im Gepäck? Sie werden sich also die Veranstaltung anhören. Seien Sie wie immer mein Auge und Ohr!«

»Wie immer gerne!«

Und so stellten wir nach unserer Ankunft in Meran unsere Koffer in zwei preiswerten Zimmern unterm Dach des ehrwürdigen Hotels *Graf von Meran* ab, das es, wenn man den Versprechungen des *Baedeker* Glauben schenken durfte, schon seit 1290 gab, also seit fast sechshundert Jahren.

Kaum hatten wir unsere Koffer abgestellt, brachte uns ein Page auch schon ein Telegramm aus London. Es war von Friedrich Engels.

Lösegeldforderung. Zwanzigtausend Dollar für beide Manuskripte. Übergabeort: Brüssel. Konditionen werden noch bekannt gegeben. Oswald.

»Das ist misslich!«

»Das ist sehr misslich, Watson! Ich glaube fast, wir sind beobachtet worden, und jemand will uns gleich wieder von hier weglocken. Anders kann ich mir diese plötzliche Forderung nicht erklären.«

»Wir fahren aber nicht nach Brüssel?«

»Wir werden den Teufel tun, Watson. Wenn wir uns auf dieses Spiel einlassen, werden wir unseres Lebens nicht mehr froh. Wir würden durch halb Europa gejagt werden und nichts erreichen. Nein, nein, wenn ich der derzeitige Besitzer der Manuskripte wäre, würde ich es wahrscheinlich ebenso machen. Ich würde meine Verfolger zur Ablenkung mit sinnlosen Aufgaben beschäftigen und ansonsten erreichen, was ich will.«

»Und jetzt werden Sie Engels ein Telegramm schicken?«

»Genau! Er wird versuchen, auf Zeit zu spielen und den oder die Gegner so lange wie möglich zu beschäftigen. Er soll ein paar Blätter des Manuskripts einfordern, damit er weiß, dass er es tatsächlich mit dem *book napper* zu tun hat. Und dann wird er natürlich Henry Irving Bescheid sagen. Henry wird in meine Rolle schlüpfen und mich würdig vertreten. Wir werden jedenfalls nicht nach Brüssel reisen. Hier sind wir nützlicher!«

»Und wenn Sie sich irren?«

»Fehler sind das Tor zu neuen Entdeckungen, sagt, glaube ich, Shaw.«

»Dann wollen wir hoffen, dass auch Shaw sich nicht irrt!«

»Das wollen wir. Ich werde Doktor Engels telegrafieren. Und dann fahren wir nach Bozen.«

Wir fuhren die kurze Strecke nach Bozen-Gries, die erst 1881 eingerichtet worden war. Der Bahnhof, den laut Reiseführer Alois Negrelli entworfen hatte, stand aber schon seit 1859. Schon während der Zugfahrt dorthin hatte ich Gelegenheit, einen Blick auf die erhabene Kulisse der Dolomiten zu werfen. Anders als Holmes war ich beeindruckt. Vor dem Bahnhof gab Holmes das nächste Ziel aus.

»Ins Reisebüro!«

»Gibt es hier in Bozen etwa eine Dépendance von Thomas Cook?«

»Das gibt es auch. Wir wollen aber nicht auffallen und wenden uns ans Mister Cook's deutsches Gegenstück. Es heißt *Carl Stangens Reise-Bureau* und versorgt wie Thomas Cook Reisende mit Fahrkarten, Fahrplänen, Landkarten und touristischen Informationen aller Art.«

Wir begaben uns in ein Schreibwarengeschäft, in dem Carl Stangen in einem Nebenraum sein Reisebüro betrieb. Ein freundlicher Herr mit Rauschebart und vom Nikotin verfärbten Zähnen erklärte dort einem Ehepaar auf Deutsch die Grundbegriffe des Alpinismus. Als wir an die Reihe kamen, stellte er sich vor. »Rudolf Schragnagel, bitte sehr!« Als wir unser Anliegen vorbrachten, bemerkte Herr Schragnagel sofort, dass wir Engländer waren, obwohl an Holmes' Deutsch nichts auszusetzen war.

»Bitte eine Sekunde, meine Herren Engländer«, entschuldigte sich Schragnagel. »Ich rufe meine Tochter. *I'll call my daughter. She can English very well*!«

»Machen Sie sich keine Umstände«, bat Holmes auf Deutsch, doch der freundliche Herr ließ sich nicht beirren. Er öffnete eine Tür und rief kurz »Lisbeth!«. Im nächsten Augenblick trat eine bezaubernde, junge Frau mit blondem Haar und gewinnendem Lächeln ein.

»Die Herren sind Engländer und möchten Schloss Runkelstein in Bozen kennenlernen!« Dann entschuldigte er sich, denn inzwischen hatten bereits weitere Kunden das Geschäft betreten.

Lisbeth eröffnete sofort die Konversation. *»No problem! My name is Lisbeth Schragnagel and I'll tell you everything about Bozen and Runkelstein Castle.«*

Ganz offenbar freute sie sich, ihre Sprachkenntnisse an den Mann beziehungsweise an die Männer bringen zu dürfen, denn sie sprach fast akzentfrei wie ein routinierter Fremdenführer, ohne lange zu überlegen oder gar Luft holen zu müssen.

»Runkelstein Castle wurde im Jahre 1237 von den Brüdern Friedrich und Beral von Wangen auf alten Fundamenten neu erbaut. Es brannte im 17. Jahrhundert nieder, wurde danach aber wieder aufgebaut. 1833 besuchte sie der bayerische König Ludwig I. Das Gästebuch, in das er sich eintrug, ist noch erhalten. Sie haben vielleicht von seiner berühmten Geliebten Lola Montez gehört, einer gebürtigen Schottin übrigens, die eigentlich Elizabeth Gilbert hieß und 1847, in den Adelsstand erhoben, als Gräfin von Landsfeld starb. Der jetzige König von Bayern heißt Ludwig der Zweite, der einmal mit der Schwester unserer Kaiserin Sisi verlobt war, Herzogin Sophie. Der, der die bekannten Wagner-Festspiele in Bayreuth ins Leben rief. Und der in Bayern die neue Burg Hohenschwangau und die Schlösser Herrenchiemsee und Linderhof errichten ließ. Sie sollten auf einen Besuch dieser Sehenswürdigkeiten unter keinen Umständen verzichten, wenn Sie sich schon hier auf dem Kontinent befinden. Aber zurück zu Runkelstein Castle! 1868 stürzte ein Teil des Sommerhauses durch einen Felssturz in die Schlucht. Seit 1880 gehört es dem österreichischen Erzherzog Johann Salvator. Derzeit ist es privat vermietet. Es liegt etwa fünf Kilometer außerhalb von Bozen. Sie können es gar nicht verfehlen. Immer die Talfer entlang. Also nicht die Eisack oder die Etsch! Es gibt nämlich drei Flüsse in der Stadt!«

»Ich danke Ihnen herzlich, Mademoiselle Lisbeth«, bedankte sich Holmes. »Wenn Sie nun noch einen Stadtplan von Meran und Bozen und eine Landkarte von Südtirol hätten?«

Die verkaufte sie uns gerne. Nachdem Holmes bezahlt hatte, nahm er das Mädchen sehr zu meiner Verwunderung beiseite, um sie leise in ein sehr persönliches Gespräch zu verwickeln. Der Vater bediente immer noch die anderen Kunden.

»Mein Name ist Igor Domaschnik, Mademoiselle Lisbeth«, stellte Holmes sich nun verspätet vor, »und das ist mein Freund Doktor Yannik. Wir kommen aus London und bedürfen einheimischer Hilfe. Sagen Sie, würden Sie diskret eine kleine Aufgabe für uns erledigen?«

Die Augen des Mädchens leuchteten begeistert auf. »Was darf ich denn für Sie tun, Sir?«

»Also, Lisbeth, wir sind, wenn ich so sagen darf, in geheimer Mission hier. Wir versuchen etwas wiederzubeschaffen, was unserem Klienten abgenommen wurde, und dabei müssen wir der Konkurrenz zuvorkommen.«

»Das ist doch nichts Illegales?«

»Aber nein! Nur wenn die Konkurrenz wüsste, was wir vorhaben, würde sie es vielleicht zu verhindern suchen. Deshalb diese Geheimniskrämerei. Es geht um nichts als alte Manuskripte. Aber das muss unter uns bleiben!«

»Auch wenn Sie es einer Frau nicht glauben wollen, aber ich kann schweigen wie ein Grab! Was muss ich tun?«

»Nicht viel! Nur im Bedarfsfall das eine oder andere Billett entgegennehmen und warten, bis mein Freund hier es abholt und gegebenenfalls beantwortet. Mehr nicht! Wir würden uns selbstverständlich dafür erkenntlich zeigen. Sind Sie einverstanden?«

Sie blickte zu ihrem Vater hinüber, der noch immer mit Kunden sprach.

»Dann nehmen Sie bitte das für Ihre Mühewaltung!« Holmes legte eine kleine Silbermünze mit dem Porträt des backenbärtigen Kaisers ins Lisbeths Hand.

»Ein ganzer Florin? Nein, Sir, das ist doch viel zu viel. Nehmen Sie das zurück! Was wird Vater sagen?«

»Sie sind es uns wert, Mademoiselle Lisbeth! Kaufen Sie ihm doch davon einmal einen besonders guten Tabak für seine Pfeife. Fragen Sie im Tabakladen nach einer Virginia-Mixtur. Die wird sein Herz – und seine Zunge – erfreuen. Er raucht nämlich leider den allerbilligsten, wie ich feststellen muss. Also: Deal?«

»Deal, Mister Domaschnik!«

Nachdem ich Lisa noch für ihren charmanten, detaillierten Vortrag gedankt und wir uns verabschiedet hatten, verließen wir das Geschäft.

»Sie können ja richtig charmant sein, Holmes! So kenne ich Sie gar nicht!«

»Der Zweck heiligt die Mittel, sagt Macchiavelli.«

»Aber wenn der Zweck die Mittel heiligt, dann ist der Zweck unheilig.«

»Sagt wer?«

»Karl Marx. Ich habe vor unserer Abreise ein bisschen über ihn gelesen.«

»Wie auch immer, Watson! Wenn man die vielen überflüssigen Informationen vergisst, mit denen uns Mademoiselle Lisbeth geradezu überschüttet hat, so haben wir doch eines gewonnen.«

»Nämlich, Gospodin Domaschnik?«

»Eine Helferin, Doktor Yannik. Falls wir getrennt marschieren müssen.«

»Um dann vereint zu schlagen?«

»Um dann vereint zu schlagen. Genau! Und damit wir uns miteinander verständigen können, ohne dass verräterische Hotelangestellte ausplaudern, was wir tun, werden Sie nach Bozen umziehen. Ich werde vorerst in Meran bleiben, denn ich muss mich dort noch ein wenig umhören. Die Verständigung wird über Lisbeth laufen.«

»Und was soll ich hier tun?«

»Schloss Runkelstein im Auge behalten. Ansonsten botanisieren. Schmetterlinge fangen. Augen und Ohren offenhalten. Bei Lisbeth nach Nachrichten von mir fragen.«

»Und was ist, wenn sie ihrer Nachbarin oder ihrer besten Freundin oder dem Zimmermädchen erzählt, dass zwei Engländer sich nach Schloss Runkelstein erkundigt haben? Und die Nachbarin oder beste Freundin oder das Zimmermädchen erzählen es so lange weiter, bis es auch der, dem unsere Aufmerksamkeit gilt, es ebenfalls weiß?«

»Glauben Sie, dass wir Lisbeth vertrauen können?«

»Ich denke schon!«

»Dann vertraue ich auf Ihren Blick für Frauen, Doktor Yannik!«

XII.

Vom Reisebüro aus waren es nur wenige Gehminuten bis zum Fluss Talfer. Dieser war eher ein größerer Bach und führte mehr Steine als Wasser. Vom Wasserrauschen begleitet, gingen wir an seinem Ufer auf einem unbefestigten Weg entlang und ließen bald die Stadtgrenzen hinter uns. Der Weg führte an verfallenden Wehranlagen wie Schloss Marretsch vorbei, vor allem aber durch Obstgärten. Hier wuchsen wunderbare Äpfel! Dann gingen die Felder und das Gebüsch in Wald über. Es war ein schmaler, von Gestrüpp gesäumter Pfad, der mitten durch diesen Wald führte. Im Grunde war es wunderbar: Es war warm, die Sonne schien durch die Wipfel, und überall hörte man Vögel singen. Ab und an hörten wir das gleichmäßige Klopfen der Axtschläge von arbeitenden Holzhauern.

Nachdem wir eine etwa halbe Stunde lang schweigend durch diesen idyllischen Wald geschritten waren, schaute Holmes plötzlich nach oben, blieb stehen und lauschte. »Da kommt irgendjemand«, sagt er leise.

»Wie kommen Sie darauf?«

»Haben Sie nicht die Vögel auffliegen sehen?«

»Doch, schon, aber ...«

»Sie haben wie immer keinen Schluss daraus gezogen. Sie stiegen erschreckt auf. Und wenn Sie ganz still sind, hören sie brechende Ästchen und raschelndes Laub.«

»Ein Wildschwein vielleicht.«

»Hören Sie genau hin, Watson.«

Ich versuchte, genau hinzuhören. Ich hörte nichts.

»Mindestens zwei Männer. Kommen Sie!« Er ging weiter.

Ich folgte ihm. Kaum waren wir eine Minute weitergegangen, da sah ich sie. Es waren sogar drei Männer. Wie Holmes das nur wieder gehört hatte! Er musste Ohren wie ein Luchs haben!

Die drei Männer hatten wettergegerbte Gesichter mit Rauschebärten und waren offensichtlich Einheimische, denn sie trugen alle eine für diesen Landstrich typische Tracht. Ihre Beinkleider waren aus Leder. Zwei trugen graue Kniebundhosen, die schwarzen Hosen des dritten – dessen Bart noch nicht so grau war wie die Bärte seiner Begleiter – endeten über den Knien. Alle hatten weiße Strümpfe und derbes Schuhwerk an. Unter den gestrickten, grauen Jacken leuchteten rote Westen hervor. Auf den Köpfen hatten alle drei breitkrempige Tiroler Hüte. Die auffällige Ähnlichkeit mit dem hiesigen Nationalheroen Andreas Hofer, der auch in England sehr bekannt war und sogar verehrt wurde, beunruhigte mich weniger als die knotigen Bergstöcke mit eisernen Spitzen, die die drei in den mächtigen Fäusten hielten. Ich überlegte, ob ich meinen Revolver ziehen sollte.

Holmes hatte meine Gedanken erraten. »Lassen Sie um Himmels willen die Webley stecken, Watson. Nur wenn es das Leben gilt, schießen Sie! Gehen Sie einfach weiter.«

»Gut!«, gab ich zurück.

Wir gingen auf die drei zu. Wenn ich erwartet hätte, dass sie Platz machen würden, so hatte ich mich getäuscht. Sie blieben auf dem Weg stehen, den Blick streng auf uns gerichtet. Als wir näherkamen, hoben sie die Bergstöcke, so als wollten sie sich bereit zu einem Raufhändel machen, den ich für meinen Teil lieber nicht anfangen wollte.

Schließlich mussten wir vor ihnen stehen bleiben.

»Griaßenk«, sagte Holmes höflich in perfektem Einheimisch, während ich mir nur das »Grüß Gott« abringen konnte, das ich sozusagen als Souvenir aus Wien mitgebracht hatte.

Weder das eine noch das andere beeindruckte die drei in irgendeiner Form. Ihre Gesichter blieben verschlossen und feindselig.

»Nach Schloss Runkelstein«, versuchte es Holmes.

»*Obfezzn*«, knurrte der Kerl, der wahrscheinlich der Anführer war, drohend.

»*Obfezzn?*«, fragte ich keck zurück. Ich hatte zwar nicht das Wort selbst verstanden, wohl aber den Ton, der bekanntlich die Musik macht. Insgeheim machte ich mich bereit, den Kerl mit einem guten englischen Boxhieb unters Kinn ins Land der Träume zu schicken. Mit den beiden verbleibenden Angreifern würden Holmes und ich schon fertig werden. Notfalls würde ich die Webley als Mittel zum Überzeugen selbst des stursten Tirolers einsetzen.

»*Oaschiabn*«, versuchte der zweite Tiroler die Aufforderung des ersten zu übersetzen. *Oaschiabn* meinte wohl dasselbe wie *obfezzen*.

»*Schleichz eich, hurramento*!«, erklärte schließlich der dritte.

»Wir nix nach Schloss Runkelstein?«, fragte ich ironisch.

»*Gianz huam*!«, knurrte wieder der erste.

»Holmes!«, rief ich, die geballte Faust hebend. »Darf ich?«

»Sie dürfen nicht, Watson! *Gemma*!« Er drehte sich um und begann den Weg zurückzugehen, den wir gekommen waren. »Sich auf eine Rauferei einzulassen hat wenig Sinn. Damit kommen wir unserem Ziel keinen Schritt näher. Womöglich landen wir im Krankenhaus oder werden verhaftet. Was ist, wenn sie unerwartet Verstärkung bekommen?«

Das wusste ich allerdings auch nicht. »Geordneter Rückzug?«, erkundigte ich mich.

»Geordneter Rückzug«, bestätigte Holmes. Als wir die drei Burschen nicht mehr sahen, holte er seine Landkarte aus der Tasche. Er hatte das Schloss Runkelstein mit einem Rotstift eingekreist. »Hier drüben gibt es einen anderen Weg. Erst ins Tal hinunter, drüben wieder hinauf, dann einen großen Bogen. Wir nähern uns dem Schloss dann von der anderen Seite her. Wenn da ebenfalls wieder solche Waldschrate lauern, müssen wir eine andere Lösung suchen. Aber wir müssen vor Einbruch der Nacht in Sichtweite des Schlosses sein. In der Dunkelheit werden wir es niemals finden.«

»Das fürchte ich auch. Und wir würden uns totsicher verlaufen!«

Nach einer halben Stunde oder etwas mehr – ich hatte nicht auf die Uhr gesehen – hatten wir das Tal erreicht, einen schmalen Pfad überquert und waren auf seiner anderen Seite wieder emporgestiegen. Wir mussten im Zickzack gehen, denn senkrecht den Talschenkel hinaufzulaufen war unmöglich. Schwer atmend erreichte ich endlich die Anhöhe. Trotz meines größeren Körpergewichts kam ich sogar vor Holmes an.

»Kommen Sie, Holmes«, rief ich erleichtert, »wir haben es geschafft!«

Ich drehte mich kurz zu ihm um. Er war ein paar Schritte zurückgeblieben und blickte nach oben. Als ich mich wieder umdrehte, schlug meine Freude augenblicklich in Ärger um. Vor mir auf dem Boden erblickte ich zwei derbe Schnürstiefel. Mein Blick wanderte nach oben, über die weißen Strickstrümpfe, die ledernen Kniebundhosen, die rote Weste, die graue Strickjacke, den grauen Rauschebart, die bösen Augen und den obligatorischen Hut mit der breiten Krempe.

»Nein!«, stieß ich hervor. Jetzt erkannte ich, warum Holmes hinter mir zurückgeblieben war! Der Tiroler hielt nämlich einen doppelläufigen Hinterlader mit zwei Hähnen in Händen. Und die Rohre waren genau auf meinen Magen gerichtet. Ich hatte keine Chance, meine Webley zu ziehen. Ich wäre tot gewesen, ehe ich auch nur einen Finger gerührt hätte. Und die Kugel im anderen Lauf hätte Holmes erwischt.

»*Obfezzn*?«, fragte ich.

Der Tiroler nickte nur einmal kurz, aber nachdrücklich.

»Keine Fragen mehr!«, murmelte ich mehr zu mir selber. Und zu Holmes gewandt, rief ich: »*Gemma*!« Das hatte ich zuvor von Holmes aufgeschnappt.

Erneut traten wir den geordneten Rückzug an. Auf sein Gewehr gestützt, wartete der Tiroler, bis wir außer Sichtweite waren.

»Was machen wir jetzt?«, fragte ich meinen Freund.

»Im Moment bin ich völlig ratlos. Wir befinden uns hier im Ausland. Wir haben nichts in der Hand. Wir können keinen Polizisten rufen und sagen, dieser Heigo von Tarkus habe zwei Kisten voller Zettel an sich gebracht, die Friedrich Engels gehören. ›Engels?‹, würde der Polizist bestenfalls sagen, ›ist das nicht der Freund von diesem Umstürzler? Diesem Marx? Die zusammen daran arbeiten, unsere Weltordnung zum Einsturz zu bringen?‹ Und im Nu wären wir als Anarchisten oder Kommunisten festgenommen und würden des Landes verwiesen. Wenn man uns nicht für viele Jahre ins Gefängnis sperren würde. Oder in Wien in den Narrenturm.«

»Der Narrenturm droht uns mit Sicherheit nicht. Der wurde schon vor mindestens fünfzehn Jahren dichtgemacht und dient heute nur noch als Aktenlager. Im *Lancet* wurde das in einem Artikel über den Fortschritt in der Psychiatrie erwähnt. Der Narrenturm wurde wegen seiner Form übrigens von der Bevölkerung als *Gugelhupf* bezeichnet.«

»Sie denken auch immer nur ans Essen, mein Freund.«

»*By the way*, Holmes, was halten Sie von einem kleinen Imbiss? Ich habe noch zwei Scheiben Alpenbrot für uns beide in der Tasche.« Ich öffnete das Wachspapier, in das die Brote eingewickelt waren.

Holmes nahm eines der Brote und begann zu essen. Er nahm auch einen Schluck aus meiner silbernen Taschenflasche. Während ich meine Portion aß, begann sich Holmes, auf einem Stein sitzend, eine Pfeife zu stopfen.

»Ich muss nachdenken«, beschied er mir. »Gehen Sie ruhig langsam voraus. Hier entlang! Nehmen Sie die Karte! Ich komme nach! Wir treffen uns am Walther-Platz!«

Da ich wusste, dass er nicht mehr gestört werden wollte, bis der letzte Krümel Tabak aufgeraucht sein würde, tat ich, wie mir geheißen. Als ich mich nach ein paar Schritten noch einmal kurz umdrehte, war Holmes' Kopf bereits von einer Wolke duftenden, weißen Rauches verhüllt.

Zwei Stunden später stand ich auf dem Walther-Platz in Bozen. Weil Holmes nicht kam, ging ich in die Kirche, deren Dach dem des Stephansdoms nachempfunden war. Ich staunte nicht schlecht, denn auf einem Fresko des überreich verzierten Gotteshauses war eine gekreuzigte, bärtige Frau dargestellt. Das musste Holmes erfahren! Ich ging wieder auf den Walther-Platz hinaus. Das Glück war mir hold. Gerade kam Holmes mit langen Schritten über den Platz.

»Wir sollten uns das Ortszentrum einmal ansehen!«, schlug er vor. »Man muss ein Gefühl für die Örtlichkeit bekommen, Watson«, meinte er.

»Und herausfinden, wo es etwas zu essen gibt. Mir hängt der Magen immer noch in den Knien.«

»Dann wollen wir jetzt die Gastronomie Bozens erkunden und dann nach Meran zurückfahren. Einverstanden?«

»Sehr einverstanden! Übrigens …«

»Ja?«

»In der Kirche hier gibt es ein Fresko von einer gekreuzigten, bärtigen Frau.«

»Das erklärt zwar nicht alles, aber manches.«

Bozens Altstadt fällt durch die schönen Laubengänge auf, durch die man trockenen Fußes oder – bei heißem Wetter – im Schatten wandeln kann. Am Obstmarkt, in der Goethestraße, befindet sich das Wirtshaus *Vögele.* Goethe selbst soll hier gespeist haben. Wenn das stimmt, so hatte der deutsche Dichter keinen schlechten Griff getan. Wir wählten Filet vom heimischen Hirschen mit süßen Knödeln, in denen ganz offensichtlich jede Menge Käse verarbeitet war. Dazu tranken wir eine Flasche Blauburgunder, von der ich gerne noch eine zweite bestellt hätte, doch Holmes gemahnte mich, dass wir unseren Zug zurück nach Meran noch erreichen mussten. Also bezahlten wir und machten uns gut gesättigt auf den Heimweg. Was mich betrifft, so war ich nicht nur satt, ich war auch vom Tiroler Wein regelrecht beseligt. Trotzdem konnte ich Holmes' Worten noch folgen.

»An Schloss Runkelstein kommen wir ganz offensichtlich nicht so einfach heran«, resümierte mein Freund. »Das weiß diese einheimische Palastwache zu verhindern. Ich habe mir überlegt, dass wir von nun an getrennt operieren. Hören Sie genau zu!«

Am nächsten Vormittag fuhr ich allein nach Bozen und mietete mich im Gasthof *Zur Schwarzen Katz* ein. Holmes wollte derweil auf andere Weise versuchen, an den Gegner heranzukommen. Ich sollte mich in der

Umgebung von Schloss Runkelstein möglichst auffällig dem Botanisieren und Schmetterlingsjagen widmen – natürlich nur, um unsere Gegner, wer immer das sein mochte, abzulenken.

Am Abend des ersten Tages kam ich ohne einen Schmetterling, aber völlig erschöpft heim. Ich legte meine Ausrüstung ab und begab mich ins Reisebüro zu Lisbeth, doch Holmes hatte mir keine Nachricht hinterlegt.

»Tut mir leid, Doktor Yannik, Herr Domaschnik war nicht da!«

Ich aß erst einmal etwas in der *Schwarzen Katz*, die sich allmählich zu meinem Stammlokal zu entwickeln begann.

Als ich gegen zehn Uhr noch nichts von Holmes gehört hatte, ging ich zu Bett. Ich befand mich bereits auf dem schmalen Grat, der das Wachen vom Schlaf trennt, da hörte ich ein leises, kratzendes Geräusch. Möglicherweise vernahm ich auch Schritte vor der Tür, aber das kann ich nicht beschwören. Ich zündete den Kerzenleuchter auf dem Nachtschränkchen an und sah mich um. Jemand hatte einen Zettel unter der Tür durchgeschoben. Es war eine Nachricht von Holmes.

Heute Abend spricht Tarkus. Gehen Sie hin. Wir kennen uns nicht! H.

Beim Frühstück überlegte ich, ob ich nach dem unbekannten Postboten von Holmes' Nachricht fragen sollte, verwarf den Gedanken dann aber. Wahrscheinlich war es Holmes selbst gewesen. Ich konnte davon ausgehen, dass er zwar meine Zimmernummer irgendwie herausgefunden hatte, aber ansonsten nicht in Erscheinung getreten war. Womöglich würde ich mit zu intensiver Nachfrage den Kontakt ohne es zu wollen unterbinden. Vielleicht würde dann nachts eine Tür, durch die Holmes unbemerkt ins Hotel gekommen war, abgeschlossen. Also ließ ich es sein.

XIII.

Nach dem Frühstück begab ich mich wie verabredet wieder auf Wanderschaft in den Wald. Ich war mit der Gegend um Schloss Runkelstein schon recht vertraut, obwohl ich das Schloss selbst noch nicht leibhaftig gesehen hatte. Überraschungen erwartete ich aber nicht mehr. Über Wurzeln und aus der feuchten Erde ragende Steine und kleinere Felsbrocken schritt ich schweigend bergan durch den Wald. Nichts war zu hören außer Vogelstimmen und einem weit entfernten Lärm, den wohl Holzhauer erzeugten. An einer Stelle, an der sich der Pfad zu einer kleinen, matschigen Lichtung weitete, wies der Baumbestand zu meiner Rechten eine Lücke auf. Dort fiel der Fels steil ab. Wer sich an die baumlose Kante stellte, hatte den Ausblick frei auf einen idyllischen, kleinen Waldsee, der rundherum von Bäumen eingefasst war. Nur von meinem Standpunkt aus war er einzusehen. Ich schaute auf meine Karte, aber der See war nicht eingezeichnet. Auf der meinem Standplatz gegenüberliegenden Seite befand sich ein verlassener, in Verfall begriffener Anleger. Ich stellte mich, von etwas Gebüsch verdeckt, an die Felskante.

Eben kamen, klein wie Püppchen, vier Frauen aus dem Unterholz. Rasch hob ich mein Fernglas vor die Augen, wobei ich darauf achtete, Lichtreflexe in den Linsen zu vermeiden, die auf mich aufmerksam hätten machen können. Obwohl sie sich so weit entfernt von mir aufhielten, konnte ich die Frauen gut erkennen. Zwei trugen helle Sommerkleider und die strenge Haartracht von Bediensteten. Wohl zwei Zofen. Sie blieben, misstrauisch nach allen Seiten blickend, vor dem Anleger stehen. Die beiden anderen trugen weiße Turbane auf den Köpfen, die ihre Haare vollständig umschlossen, und weiße Umhänge. Eine, wohl die wichtigere der beiden, war auffallend klein. Diese beiden betraten vorsichtig den windschiefen hölzernen Steg. Dann kamen die beiden anderen ihnen nach. Was das wohl werden würde? Ich hielt gespannt den Atem an, denn alle vier Frauen – auch die Zofen – zeichneten sich durch außergewöhnliche Schönheit aus.

Als die beiden Turbanträgerinnen am Ende des Stegs angelangt waren, öffneten sie einen Knopf an den Krägen ihrer Umhänge und legten diese in die Hände der beiden Zofen, die sie mit geschickten Händen zusammenlegten. Die gefalteten Wäschestücke im Arm, beobachteten sie weiter die Umgebung. Mir stockte der Atem, denn unter den Umhängen waren, wie soll ich sagen, nur die Frauen. Sie trugen nichts als weiße Höschen und um die Brust einen schmalen Streifen Tuches von der Farbe der Turbane.

Ich war verblüfft, wie allgegenwärtig in unserer prüden Zeit dieses Phänomen war, welches Frau Violet »nackerte Frauen« genannt hatte. Naja, dachte ich, unter unserer Kleidung sind wir alle nackt. Das ist eben so.

Schließlich schlüpften die beiden Nackerten – oder fast Nackerten – aus ihren Pantoffeln und sprangen ins Wasser. Die kleinere stieß beim Eintauchen ins Wasser einen freudigen Schrei aus. Ich konnte ihn trotz der Entfernung deutlich hören. Die größere glitt lautlos ins Wasser. Zu meiner Schande muss ich gestehen, dass mir sofort die Hulamädchen aus Herman Melvilles Roman einfielen.

Grazien beim Baden, dachte ich, mich duckend, um ja nicht gesehen zu werden. Unter der Wasseroberfläche waren die Bewegungen ihrer schimmernd weißen Körper zu erahnen, aber die Reflexion des Sonnenlichts im Wasser behinderte die Sicht. Ab und an hörte man die Stimmen der Schwimmenden und die Antworten der beiden Zofen. Ich wartete darauf, dass sie wieder aus dem Wasser stiegen. Den Anblick wollte ich mir nicht entgehen lassen!

Da hörte ich unter mir das Geräusch einiger rollender Steinchen, die in die Tiefe stürzten. Unter mir auf einem kleinen Felsvorsprung, von der Seeseite her von Gesträuch verdeckt, stand ein Mann. Er trug einen abgetragenen Gehrock, beige-karierte Hosen und auf dem Kopf einen verbeulten, verschossenen Zylinder. Zu seinen Füßen standen zwei Holzkisten mit Tragegurten und ein Behältnis, das einem geöffneten Geigenkasten ähnelte. Gerade begann er, mit etwas, das einem Gewehr erschreckend ähnlich sah, auf den Steg am Seeufer gegenüber anzulegen. Das Gerät hatte eine Schulterstütze und einen langen Lauf, auf welchem eine Art

Trommel montiert war. Zweifellos wollte der Mann ein Attentat auf meine Grazien – oder eine von ihnen – verüben. Ich musste irgendetwas tun! Aber was?

Rasch zog ich meine Webley und legte auf den Mann an. Sollte ich etwas rufen? Dann hätte ich vielleicht die Badenden verscheucht, was ich ganz und gar nicht wollte.

Normalerweise bin ich ein Mann entschlossenen Handelns – doch hier, im Ausland? Und angesichts der besonderen Aussichten dort unten? Was war hier das Richtige?

Ehe mir das Richtige einfiel, ergriff jemand anderes die Initiative. Neben dem Gewehrschützen erschien eine hochgewachsene Gestalt mit einer schwarzen Kaputzenjacke, hohen, schwarzen Stiefeln und Handschuhen aus schwarzem Leder und schlug dem nichts ahnenden Mann einen Schlagstock hinters Ohr. Der brach auf der Stelle zusammen. Sein Hut rollte über die Felskante davon. Die Gestalt lupfte die Kapuze und nahm das Gewehr in die behandschuhten Hände.

Jetzt hatte ich genug! Jetzt musste etwas geschehen! Ich spannte mit lautem Knacken den Hahn und sagte leise, aber deutlich: »Keine Bewegung! Hände hoch!«

Die schwarze Gestalt hob erschrocken den Blick zu mir empor. Ich erwiderte den Blick genauso erschrocken, denn da unten stand – eine Frau. Eine sehr schöne Frau mit dunklem Teint und streng frisiertem, krausigem Haar. Und ehe ich mich versah, war sie mitsamt dem Gewehr in kühnem Sprung im Unterholz verschwunden.

Ich stieg, jede Deckung ausnutzend, wie ich es beim Militär gelernt hatte, zu dem Niedergeschlagenen hinab, opferte ein sauberes Taschentuch, ohne das ich selbst im Ausland das Haus nicht verlasse, und verband notdürftig die blutende Platzwunde des Verletzten. Der war mindestens sechzig Jahre alt und hatte ein Gesicht voller tiefer Falten, wie es Menschen bekommen, die ein Leben an der frischen Luft verbringen. Ich machte mich sofort an die Wiederbelebung, indem ich dem Patienten einen Schluck Brandy aus meiner Taschenflasche einflößte. Brandy hilft immer. Der alte Mann schlug die Augen auf und begann zu husten.

»Hilfe!«, stieß er mit schwacher stimme hervor, »Mörder!«

»Alles gut«, beruhigte ich ihn auf Deutsch.

Der Mann sah sich verwirrt um. »Wer sind Sie?«, wollte er wissen.

»Alles gut«, wiederholte ich. »Ich Engländer. Arzt. Aus London. Doktor Wa… Doktor Yannik. Sei unbesorgt, Herr, meine Hilfe nichts kosten.« Während ich sprach, überzeugte ich mich davon, dass der Schädel nicht gebrochen war. »Wie heißen Sie? Wie Ihr Name?«

Seine Antwort verstand ich nicht. Als der alte Mann das merkte, zog er ein Papier aus seinem Gehrock. Ich nahm es und faltete es auseinander. Es war ein abgegriffenes Dokument, mit Stempeln darauf. WANDERGEWERBESCHEIN stand darauf. *Für den Lichtbildner Pakfeifer Veith, geboren am 24. Mai 1831 in Innsbruck.*

Hätte ich in der Schule doch bloß außer Latein und Altgriechisch auch etwas Vernünftiges gelernt, dachte ich. Zum Beispiel Deutsch! Was mochte ein *Lichtbildner* sein? Und was ein *Wandergewerbeschein*? Angesichts der Stempel vermutete ich, dass es sich um eine Art offiziellen Erlaubnisschein für irgendetwas handelte.

»Lichtbildner?«, fragte ich und gab das Papier zurück. Während der Mann es mühsam wieder in die Brusttasche seines Gehrocks schob, suchte er nach einer Antwort. Dann hatte er sie gefunden. »Fotograf«, stieß er hervor. »Fotograf, mein Herr! Ich bin Fotograf. Ich mache Bilder! Porträts und solche Sachen.« Und mit drei Fingern der rechten Hand imitierte er die Bewegung, die man beim Betätigen des Drahtauslösers einer Kamera macht.

Nun verstand ich endlich! »Ah!« Ich beugte mich vor, um einen Blick auf das gegenüberliegende Seeufer zu werfen. Waren die Frauen auf dem Anleger noch da? Ja. Sie waren noch da! Sie schauten bewegungslos und besorgt auf das Wasser. War da ein Unglück passiert? Eine Frau, die im Wasser schwamm, drehte angstvoll den Kopf hin und her. Da tauchte ein anderer Frauenkopf aus dem Wasser. Diese Frau lachte laut auf. Offenbar hatte sie ihre Freundinnen durch ihr langes Untertauchen in Angst und Schrecken versetzt. Die beiden Grazien schwammen zum Anleger und entstiegen unter den besorgten Blicken der Entourage dem See. Die beiden Schwimmerinnen setzten sich, auf die rückwärts ausgestreckten Hände gestützt, auf die Handtücher, die ihre Begleiterinnen auf dem Holz des Steges ausgebreitet hatten. Mit geschlossenen Augen wandten sie die Gesichter der Sonne zu. Wassertropfen glitzerten auf ihrer leicht gebräunten Haut. Dann langte die eine hinter sich. Sie knotete ihr nasses Brusttuch auf und warf es neben sich. Das, was sie da eben freigelegt hatte, war geradezu jungfräulich weiß im Vergleich mit dem leicht gebräunten Rest der Haut. Die veranstalteten solche Freibäder anscheinend öfter! Die zweite Frau tat es der ersten nach und gab ihr einen schnellen, schwesterlichen Kuss auf die Wange. Nun saßen die beiden da: zwei schöne Frauen, die um ihre Schönheit wussten und die sich unbeobachtet fühlten. Nur mit der allergrößten Mühe konnte ich mich von dem Anblick losreißen. Hoffentlich hatte ich keine allzu auffälligen Stielaugen gemacht!

Ich riss mich mit großer Mühe von dem wunderbaren Anblick los, um mich wieder dem Verletzten zuzuwenden. »Sie Fotograf?«

Der alte Mann nickte nur.

»Sie lügen! Sie Mörder! Sie haben keine Kamera. Sie hatten Gewehr!«

»Nein, ich lüge nicht. Ich bin auch kein Mörder! Ich hatte nur eine Kamera dabei. Eine chronofotografische Flinte! Fo-to-appa-rat! Neustes Modell, Herr Doktor. Die Franzosen sagen Füsihldömarie dazu!«

»*Fusil deux Maries*?«

»Ja, eine chronofotografische Flinte. Ganz neu. Aus Frankreich. Von einem Herrn Marie erfunden.«

Da fiel bei mir der Groschen! Im Jahr zuvor hatte Holmes mir einen französischsprachigen Artikel gezeigt. Es war um einen französischen Erfinder gegangen, Jules Étienne de Marey oder so ähnlich. »Das könnte Sie interessieren, Watson«, hatte Holmes gesagt und mir den Text übersetzt. Dieser Marey hatte zunächst ein Verfahren zur Herzkatheterisierung bei Pferden entwickelt. Er benutzte dazu eine Ballonsonde, und es war ihm gelungen, die Herztöne den intrakardialen Druckveränderungen zuzuordnen und aufzuzeichnen. Das würde, auf den Menschen angewandt, eines Tages die Diagnose und Behandlung von Herzfehlern geradezu revolutionieren.

Der Artikel ging noch auf weitere Forschungen des Physiologen ein. So hatte er ein Gerät entwickelt, dessen Funktionsweise mittels schematischer Strichzeichnungen erläutert worden waren. Es war genauso ein Gerät, wie ich es eben gesehen hatte. Es sollte das Anfertigen von Bewegungsstudien vereinfachen. Für so etwas hatte man bis dahin bis zu dreißig Fotoapparate nebeneinander aufstellen müssen – ein aufwendiges und meist viel zu teures Verfahren. Dieses Gerät wurde nach seinem Konstrukteur *Fusil de Marey* genannt. Ich hatte den Namen in Pakfeifers merkwürdiger Aussprache nur nicht gleich erkannt. Verwundert war ich nur, ein Gerät, das im Vorjahr als gerade erst patentiert gefeiert wurde, jetzt schon leibhaftig in der Hand eines abgerissenen Wanderlichtbildners vorzufinden. So etwas musste doch ein Vermögen kosten. Sicherlich gehörte es Pakfeifer nicht, aber nun war es verschwunden.

Das hatte der Wanderlichtbildner schon selbst bemerkt. Suchend blickte er sich um.

»Wo ist meine Füsihldömarie?«, wollte er wissen. »Sie Dieb!«, sagte er.

»Die schwarze Gestalt, die Sie hat niedergeschlagen, es mitgenommen hat. Nicht ich.«

Nun wurde Pakfeifer von Angst ergriffen. »Mein Füsihldömarie!«, rief er. »Ich muss es wiederhaben!«

»Nur die Ruhe, Herr Pakfeifer. Aber Sie mir doch nicht erzählen, dass dieses Gerät ist oder war Ihr Eigentum. Vergangenes Jahr war ganz neu. In Frankreich. Bestimmt sehr teuer. Bestimmt zu teuer für Sie. Wer Ihnen hat gegeben?«

Herr Pakfeifer schwieg. Sein gesenkter Blick und seine zusammengekniffenen Lippen zeigten, dass er es auch weiterhin zu tun gedachte. »Bitt' schön«, begann er, »ich muss sofort weg! Möchten's mich nicht laufen lassen? Ich zeig Ihnen auch was! Warten Sie!« Er griff in seine Jackentasche, entnahm ihr zwei Fotokartons und hielt sie mir hin.

Neugierig beugte ich mich darüber. »Potztausend!«, entfuhr es mir.

»Gell, da staunen's?«, freute sich Pakfeifer.

Auf den Fotografien war eine völlig unbekleidete Frau zu sehen, die mit geschlossenen Augen und leicht gespreitzten Beinen auf einem von Wasser umspülten Felsen lag und augenscheinlich auf einem ausgebreiteten Handtuch ein unbeobachtetes Sonnenbad nahm. Vielleicht war sie eingeschlafen, vielleicht wollte sie auch nicht in die Kamera blicken. Einige zerklüftete Felsen um sie herum dienten ihr wohl als Sichtschutz, doch der Fotograf hatte sein Bild heimlich von einem höher gelegenen Standort geschossen. Das zweite Foto zeigte dieselbe Frau mit dem Rücken zum Betrachter. Sie breitete gerade das Handtuch aus, auf dem sie auf dem ersten Bild lag. Eines war klar: Dies war die Frau, die ich soeben leibhaftig in paradiesischer Schönheit hatte erblicken dürfen.

»Ja, und?«, fragte ich, Arglosigkeit vorschützend.

»Ja, erkennen Sie die Frau denn nicht?«

»Keine Ahnung! Wer soll das sein?«

»Na, das ist sie doch selbst. Die Kaiserin! Die Sisi!«

»Sie haben die Kaiserin fotografiert? So? Wie … Adam und Eva?«

»Ja, die Kaiserin. Sie ist ein bisschen ungeniert, wissen'S Und unvorsichtig. Aber ich hab's packt!«

Als Pakfeifer meinen verständnislosen Blick sah, übersetzte er.

»Es ist mir gelungen! Bittschön, lassen's mich jetzt laufen? So ein Bild ist wertvoll! Da müssen Sie in Wien tausend Florin für zahlen. Ich krieg, wenn ich Glück hab, hundert. Sie dürfen's behalten, wann's mi laufen lassen!«

»Na gut! Ich nehme Bilder wie Bezahlung. Für ärztliche Mühe. Das Taschentuch Sie können behalten.«

Er begann zu strahlen.

Rasch steckte ich die Bilder weg, bevor er es sich anders überlegte. »Hauen Sie ab, Herr!«, knurrte ich. Wer weiß, wozu man einen solchen Fund – oder sollte ich besser sagen Fang? – noch gebrauchen könnte. Im Nu hatte Pakfeifer seine Utensilien zusammengerafft und war ohne sein Fotogewehr auf dem schmalen Trampelpfad hinter den Büschen davongehumpelt.

Ich ergriff mein Fernglas, um wieder nach den Grazien zu schauen.

Sie hatten ihre Bademäntel inzwischen wieder angezogen. Die Frauen umringten eine weitere Person. Ich hätte fast noch einmal »Potztausend« ausgerufen, denn die Gestalt, die die anderen Damen um Haupteslänge überragte, war niemand anderes als die schwarz gekleidete Frau, die Pakfeifer so brutal niedergeschlagen hatte. Sie musste in einem enormen Tempo um den See gelaufen sein. Welche Kraft!, dachte ich bei mir. Die Frau hielt das *Fusil de Marey* in der Hand, gestikulierte heftig und zeigte einige Male in die Richtung meines Standortes. Und die eine Dame im Bademantel hätte tatsächlich die Kaiserin sein können. Ich muss sagen, ich war befremdet. Man stelle sich vor, unsere geliebte Königin Victoria würde … ein Bad … in diesem Zustand … nicht auszudenken!

Die mutmaßliche Kaiserin nahm der großen, schwarzen Dame das Fotogewehr ab und betrachtete es sich ganz genau. Die schwarze Dame erklärte irgendetwas. Offenbar wusste sie ziemlich genau, was das für ein Gerät war, das sie erbeutet hatte. Die Kaiserin – oder wer immer es sein mochte – zielte sogar mit dem Lauf und betätigte den Abzug. Sie war keineswegs erschrocken, sondern lachte. Dann warf sie das *Fusil de Marey* einfach in den See. Das Wasser spritzte kurz, als es mit einem entfernten Platscher auf seiner Oberfläche aufschlug, dann war die Erfindung verschwunden. Verschwunden, und zwar im Wald, waren im nächsten Moment auch die Frauen einschließlich der schwarzen Dame. Schade!

Ich schrieb mir rasch in mein Notizbuch den Namen des Wanderlichtbildners. Veith lautete sein Vorname. Wenn doch Sherlock Holmes bei mir gewesen wäre! Er konnte besser Deutsch als ich, und er hätte gewusst, ob es klug war, den alten Mann laufen zu lassen. Ich musste mich unbedingt mit ihm treffen! Hoffentlich hatte ich alles richtig gemacht!

Da die Grazien von der gegenüberliegenden Seite nicht mehr da waren, beschloss ich, mich so schnell wie möglich aus dem Staub zu machen. Womöglich käme die schwarze Dame mit dem Schlagstock noch einmal zurück. Vielleicht wollte sie die Stätten ihrer Gewalttat noch einmal absuchen, wer weiß? Ich hatte keine Lust auf einen Raufhandel mit einem weiblichen Wesen, das unter Umständen wehrhafter war als ich. Ich wusste, ich würde unterliegen, weil ich mich gegen eine Frau nicht so robust zur Wehr setzen konnte wie gegen einen Mann. Das ist so. Ich bin eben Engländer. So schnell es mir möglich war, trat ich den Heimweg an.

Am Abend sollte ich ja Heigo von Tarkus sprechen hören.

XIV.

Ich aß frühzeitig und ausgiebig zu Abend, um mich danach zum Bierhaus *Hüttler* zu begeben, wo von Tarkus sprechen wollte. Das Bierhaus war schon für den Auftritt vorbereitet. Von der Decke hingen mehrere schwarze Fahnen. Auf weißen Kreisen in ihrer Mitte prangten die Blitzkreuze, die ich schon aus der Künstlerpension *Desdemona* kannte. Ein besonders großes Blitzkreuz bildete den Hintergrund des Rednerpultes, als pathetische Umrahmung für den Redner, der da kommen und reden sollte. Links und rechts neben einem Pult standen hochstämmige Buxbäume.

Obwohl noch über eine Stunde Zeit bis zum Beginn war, war der Saal der Gaststätte schon voller Männer. Die meisten waren allem Anschein nach kleinbürgerlicher Provenienz. Sie rauchten, tranken und diskutierten miteinander. Ich bestellte ebenfalls ein Bier und wunderte mich, in welchen Mengen der Gerstensaft hier ausgeschenkt wurde. Ein Glas fasste mindestens einen Liter. »Maß« wurde das hier genannt. Und es gab Männer, vor denen mindestens drei leere Exemplare dieser Riesengläser standen.

Da kommen nicht einmal die Iren mit, dachte ich, von so viel Trinkfestigkeit beeindruckt.

Es wurde acht Uhr, es wurde zehn nach acht, doch Heigo von Tarkus kam nicht. Die Stimmung im Saal wurde langsam aggressiv. Einzelne Männer begannen mit ihren Maßkrügen auf die groben Dielen der Tische zu klopfen, dass das Bier nur so schwappte.

»Tarkus, Tarkus!«, skandierten sie dazu.

Statt des erwarteten Redners stellte sich ein vierschrötiger Mann ans Rednerpult und ruderte beschwichtigend mit den Armen hin und her.

»Ruhe!«, rief er, »Ruhe, meine Herren! Ruhe, meine Dame!«

Es schien eine einzige Dame im Saal zu sein. Sie musste am Rand zu sitzen, denn dorthin blickte der Redner. Die Anwesenden, mich eingeschlossen, folgten seinem Blick. Tatsächlich, da saß eine Dame! Ich staunte nicht schlecht! Es war die schöne Frau, die Veith Pakfeifer niedergeschlagen hatte! Nun trug sie ein blaues, sommerliches Tournüre-Kleid und einen ebensolchen Hut. Ich konnte sie nur erkennen, weil sie den Schleier hochgeschlagen hatte. Als sich alle Augen ihr zuwandten, ließ sie ihn schnell vors Gesicht fallen. Ihre scharf gekrümmte Nase war jedoch unverkennbar.

Dann sprach der Vierschrötige weiter. »Meine Dame, meine Herren! Ich freue mich, dass nun gleich ein Mann zu Ihnen sprechen wird, der sicherlich einmal als der neue Führer unseres Jahrhunderts gefeiert werden wird. Er ist Sprachforscher, Literat, Schriftsteller und Politiker.« Seine Worte gingen in Beifall und Gebrüll unter, doch er sprach weiter. Als sich der Lärm etwas gelegt hatte, konnte man ihn wieder etwas verstehen. »... mit mir Dr. Heigo von Tarkus, unseren Führer unter dem Blitzkreuz.« Der Vierschrötige trat beiseite.

Unter dem nun wieder anschwellenden Beifall der Anwesenden trat an seine Stelle gemessenen Schrittes ein noch junger, hochgewachsener Mann mit schwarzem Umhang ans Pult. Er hatte eine andere Frisur als auf dem Autorenfoto. Die dunklen Haupthaare waren ungekämmt, wirkten gewollt wirr. An der Wirrnis änderte auch der Seitenscheitel links nichts. Eine einzelne Tolle fiel, am rechten Auge vorbei, in die Stirn. Er schob diese Tolle mit der Hand zur Seite, doch sie fiel natürlich sofort wieder herunter. Offenbar wollte von Tarkus eine frische, blutrote Säbelnarbe betonen, die sich beginnend von der linken Schläfe über das linke Auge, über die linke Wange bis schräg über die Lippen zog. Zusammen mit seinem finsteren Blick und den eckigen Gesten machte das einen geradezu martialischen, auf jeden Fall unsympathischen Eindruck.

Diesem Mann folgten mit zwei Schritten Abstand zwei hochgewachsene Männer in schwarzen Anzügen und Handschuhen und nahmen mit verschränkten Armen hinter ihm Aufstellung. Sie sollten wohl so eine Art Leibwächter oder Ehreneskorte darstellen. Ich glaubte, meinen Augen nicht zu trauen. Der Mann links hinter von Tarkus war Sherlock Holmes! Zwar umrahmte sein hageres Gesicht ein Backenbart, der, da er nicht so schnell gewachsen sein konnte, angeklebt sein musste. Dennoch war kein Zweifel möglich. Rechtzeitig erinnerte ich mich an das Gebot, mir unsere Bekanntschaft nicht anmerken zu lassen.

Der Redner stemmte die Hände auf die abgeschrägte Platte und wartete, das Kinn energisch vorgereckt, auf Ruhe. Als diese endlich eintrat, warf er den Umhang von sich. Holmes' Kollege fing ihn auf und behielt ihn im Arm.

»Zuhörer!«

Schon bei diesem einzelnen Wort brauste Beifall auf. Als dieser sich gelegt hatte, begann von Tarkus seine Rede. Sie war, soweit ich sie überhaupt verstehen konnte, ähnlich wirr wie seine Frisur. Er begann mit einer Kritik an Karl Marx, wie es ja der Titel der Veranstaltung verlangte. Dann jedoch begann er den Verstorbenen geradezu über den grünen Klee zu loben, vor allem wegen der Idee der Internationale, in der sich die Proletarier aller Länder vereinigen sollten. Darauf folgte neuerliche Kritik, denn augenscheinlich hasste von Tarkus Proletarier, denen er rundweg das Fehlen jeglicher Bildung attestierte. Er würde nach seiner Machtergreifung für die Vermehrung von Schulen und Universitäten sorgen, denn die als Union unter dem Blitzkreuz zusammengefassten Länder würden notwendig nichts anderes als Gelehrtenrepubliken sein.

»Wir brauchen kluge Köpfe, kluge Köpfe und noch einmal kluge Köpfe!«, skandierte er mit feuchter Aussprache, mit der Hand auf das Pult pochend. Wieder erhob sich lang andauernder Beifall.

In der Folge, aber ohne dass ein direkter Zusammenhang damit erkennbar gewesen wäre, zitierte er ausgiebig aus Platons *Politeia*, Machiavellis *Il prinicpe* und etlichen anderen einschlägigen Schriften Passagen, die mit Macht zu tun hatten. Nicht minder häufig zitierte er sich selber. Etliche Passagen der Rede hatte ich schon im *Ersten Buch Tarkus* gelesen. Von seinen Vorstellungen über Macht und Gewalt ging er nahtlos über zur Religion, die er ebenso zu verachten schien wie ungebildete Proletarier aller Länder. Obwohl er sich vorher noch dem Ideal einer allumfassenden Vernunft verschrieb, forderte er nun seltsamerweise die Bekehrung der Juden, lobte die Griechen, die dem Christentum »den Gedanken des Logos als einer von göttlicher Offenbarung unabhängigen intellektuellen Instanz« eingeimpft hätten, was die kritische Betrachtung sogar von Gott selbst möglich gemacht habe; die Mohammedaner, die geistig und sprachlich noch im Mittelalter lebten, sollten sich daran gefälligst ein Beispiel nehmen. Immer wieder wurde von Tarkus von Beifall unterbrochen.

Am unverständlichsten aber war mir der Schluss seiner Rede, der meiner Meinung nach in keinem erkennbaren Zusammenhang mit dem vorher Gesagten stand. Er kam übergangslos, ohne jedoch sie beim Namen zu nennen, auf die Monarchie zu sprechen und redete plötzlich von einer Hummelkönigin.

»Es muss so sein, dass sie am Ende des Jahres von ihrem eigenen Nachwuchs gestochen wird, aber es darf nicht so sein, dass im folgenden Jahr neue Hummeln schlüpfen, nein! Im neuen Jahr dürfen keine neuen Hummeln mehr schlüpfen, sondern es muss eine neue Art entstehen und die Welt erobern, eine neue Art, für die es keine Grenzen gibt. Vielleicht müssen auch diejenigen sterben, die die alte Königin beseitigen, aber sie sterben in der Gewissheit, dass ihr Opfer sich lohnt. Wir sind bereit, dieses Opfer zu bringen, zugunsten einer neuen Generation, zugunsten einer lichten Zukunft. Und diese Zukunft wird nicht im Zeichen des Sozialismus oder des Anarchismus stehen, wie ihn Marx predigte oder der verrückte Russe Bakunin leider immer noch predigt, nein, über die Zukunft wird das Blitzkreuz leuchten, das grenzenlose Licht der Vernunft, uneingeschränkt und allgegenwärtig. Und ihr alle, die ihr hier sitzt, werdet Soldaten dieser Zukunft sein, stark und opferwillig, kämpferisch und unbesiegbar!«

Der Saal brüllte. Die Zuhörer standen auf, Beifall klatschend und pfeifend. Von Tarkus machte ein Zeichen. Sofort bot Holmes' Kollege ihm den Umhang dar. Von Tarkus warf ihn um, schloss die Spange am Kragen und verließ, ohne sich noch einmal umzublicken, mit verächtlichem Blick den Saal. Holmes und der Kollege folgten ihm auf dem Fuß. Der Saal begann sich zu leeren.

Erschöpft von so viel Geschwafel blickte ich mich nach der schwarzen Dame um, die heute keine schwarze Dame war. Offenbar war sie früher gegangen, ohne dass ich es bemerkt hätte. Möglichst unauffällig machte ich, dass ich ins Freie kam. Wie mochte Holmes, fragte ich mich, in die Entourage dieses Demagogen geraten sein? Nun, sicher würde er es mir irgendwann erzählen!

Als ich in mein Zimmer im Gasthof kam, fand ich gleich hinter der Tür einen einmal zusammengefalteten Zettel auf dem Fußboden vor. Ich erkannte die Handschrift meines Freundes. Offenbar war er in Eile gewesen. Ob er ihn selbst vorbeigebracht hatte? Keine Ahnung!

Weitermachen wie bisher. Ich melde mich. H.

Mehr stand da nicht. Was sollte ich weitermachen? Während ich mich für die Nacht vorbereitete, überlegte ich. Ich kam zu dem Schluss, dass ich wieder in den Wald gehen sollte. Zum einen, weil es das Letzte war, was mit Holmes vereinbart war, zum anderen, weil ich natürlich insgeheim hoffte, meine Grazien noch einmal zu sehen. Und so stand ich am nächsten Morgen wieder an meinem Platz über dem See. Hoffentlich würde ich der schwarzen Dame nicht wiederbegegnen! Ganz nebenbei bemerkte ich, dass ich mein Schmetterlingsnetz verloren hatte!

XV.

Ich hatte Glück. Zwar hatte ich kein heimliches Rendezvous mit den Grazien, aber auch eine Begegnung mit der bösen, schwarzen Frau und ihrem Knüppel blieb mir erspart. Stattdessen kam eine Reiterin auf einem Rappen auf mich zu. Sie trug ein vornehmes, dunkles Reitkleid und war ebenfalls eine überaus schöne Frau. Einen kleinen Moment lang glaubte ich sogar, die Kaiserin persönlich vor zu mir haben. Wie auch immer, ich zog höflich den Hut. Sie nickte huldvoll zu mir herunter und schenkte mir ein strahlendes Lächeln. Ihre Zähne blitzten in der Morgensonne.

»Guten Tag zu wünschen, Mylady!«, grüßte ich, konzentriert Holmes' altertümliches Deutsch imitierend.

»Mylady«, rief die Dame aus. »Sie sind Engländer, wie man hört. Wie schön!«

»Ja, aus London!«, ergänzte ich. »Mein Name ist Yannik. Doktor Yannik.«

»Und ich bin Gräfin Hohenems! *Welcome to Austria*!«

»Danke verbindlichst, Gräfin!«

Plötzlich fiel der Gräfin etwas ein. Sie riss einen Fächer hoch, den sie zusammen mit dem Zügel in der behandschuhten linken Hand gehalten hatte, ließ ihn aufklappen und hielt ihn sich rasch vors Gesicht. Gräfin Hohenems wollte zwar den Anschein erwecken, Sisi zu sein, aber sie war nicht die Kaiserin, deren unziemliche Fotografie ich in meiner Brusttasche mit mir herumtrug! In einem Artikel über die Kaiserin hatte ich gelesen, dass sie unter dem Pseudonym Gräfin Hohenems zu reisen pflegte. Bekanntlich sprach die Kaiserin Griechisch. Ein wenig Neugriechisch konnte ich als altphilologisch Begeisterter schon noch.

»*Sas chaireto, Autokratoroka ypseloteta*!« Seien Sie gegrüßt, kaiserliche Hoheit, sollte das heißen. Zu meiner Überraschung reagierte die schöne Reiterin darauf nicht.

»*Yes, yes*, Doktor!«, antwortete sie bloß.

Gütiger Himmel, dachte ich bei mir. Die Kaiserin hätte meine Worte zweifelsohne verstanden! Das konnte Sisi nicht sein!

Verständnislos und verwirrt blickte die Dame auf mich herab. Ihr Pferd wurde unruhig. Irritierend war auch die Geste mit Fächer. Holmes hätte sicherlich sofort gewusst, was da falsch war. Ich brauchte etwas länger, aber dann hatte auch ich die Antwort gefunden. Sisi war eine der schönsten Frauen Europas, hatte aber hässliche Zähne, weshalb sie entweder nie lächelte oder zumindest ihr Lächeln hinter einem Schleier oder einem Fächer verbarg. Obwohl ich sie vor Jahren selbst gesehen hatte, erkannte ich sie nicht wieder. Meiner Meinung nach glich die Reiterin der Kaiserin, sah aber doch wieder anders aus.

Ich beschloss, aufs Ganze zu gehen und den ultimativen Test zu wagen. Was konnte mir schon passieren?

Diese Frau war eine Betrügerin, das schien mir klar. Im Ernstfalle steckte ja noch meine Webley in meiner Manteltasche. Ein Schuss in die Luft, und ihr Ross würde mit ihr durchgehen. Und wenn die böse, schwarze Frau käme? Auch die würde ein Warnschuss sicherlich vertreiben. Aber so weit war es noch nicht.

»Wie geht es Bay Boy? Ich meine Captain Middleton?«, erkundigte ich mich höflich. Den Kosenamen Bay Boy hatte ich gerade erfunden.

»Ää-ha, danke der Nachfrage! Soweit ich weiß, geht es ihm gut.«

Ich beschloss, den Einsatz meines Pokerspiels ein wenig erhöhen.

»Und seinem Söhnchen? Maximilian, glaube ich. Alles wohlauf?«

»Soweit ich weiß, geht es Max glänzend! Pumperlg'sund isser, der Kleine!«

Damit war es mir klar: Die Dame hatte keine Ahnung. Middleton hatte nämlich zwar ein Jahr zuvor, also 1882, geheiratet. In jenem Jahr, in dem die Kaiserin zum letzten Mal England besucht und sich Middletons Dienste versichert hatte. Middletons Auserwählte war Charlotte, die Tochter von William Baird, dem Esquire of Elie House aus dem schottischen Fife. Zu jener Zeit aber hatte er noch kein Kind, schon gar keinen Sohn. Eine Tochter, Violet Georgina, wurde, aber das konnte ich damals natürlich noch nicht wissen, erst ein paar Jahre später geboren.

Ich kam mir genauso schlau vor wie mein Freund Sherlock. Eben hatte ich durch einen einfachen Bluff eine offenkundige Betrügerin entlarvt, die sich als Kaiserin ausgab!

»Madame«, begann ich, nun auf Englisch. »Leider hat Colonel Middleton noch gar kein Kind, schon gar nicht einen Sohn namens Maximilian. So sehr es ihm zu wünschen wäre. Wenn Sie die wären, für die sie sich ausgeben, wüssten Sie das. Wer sind Sie wirklich? Wenn Sie nicht die Kaiserin sind, müssen Sie eine Betrügerin sein!«

Tatsächlich ging die Mär, Sisi würde sich im Ausland, wo sie nicht so bekannt sei, von einer Doppelgängerin vertreten lassen, um ungestört ihren Hobbys und Vergnügungen nachgehen zu können.

»Anders als die Kaiserin verstehen Sie kein Griechisch!«

»Ich … äh!« Sie besann sich kurz auf ihre Rolle. »Was fällt Ihnen ein? Sie unverschämter Engländer! Verleumder aus Albion!«

Beleidigungen beeindrucken mich nun überhaupt nicht. »Außerdem haben Sie einen Fehler gemacht, Madame. Sie hätten sich gleich Ihres Fächers bedienen sollen, als Sie meiner ansichtig wurden. Ihre kaiserliche Hoheit Elisabeth von Österreich vermeidet es bekanntermaßen stets, ihren Mund in der Öffentlichkeit zu zeigen. Ich selbst bin ihr als junger Mann bei einem ihrer ersten Besuche in London begegnet. Sofort klappte sie ihren Fächer auf. Der Grund hierfür sollten schon damals ihre schlechten Zähne sein. Ihre Zähne, Gnädigste, sind dagegen tadellos und blendend weiß. Zwar sehen Sie Ihrer Majestät überaus ähnlich, am Gebiss jedoch endet die Ähnlichkeit.«

»Man muss einem geschenkten Gaul eben nur ins Maul schauen«, antwortete die offenbar falsche Kaiserin gar nicht *ladylike*.

»Ihre Ausdrucksweise bestätigt mir, dass Sie nicht die Kaiserin sind. Andererseits – Ihr Pferd und das Zaumzeug und Ihre Kleidung sind von allerfeinster Machart. Wie eine Betrügerin oder Hochstaplerin wirken Sie gleichwohl nicht. Ich vermute daher, dass Sie, wie oft zu lesen ist, als Doppelgängerin Ihrer kaiserlichen Majestät auf deren Pferd einen kleinen Ausritt unternehmen. Habe ich recht?«

»Wie können Sie das alles wissen, Mister …?«

»Doktor Yannik werde ich hier genannt.« Ich lüftete nochmals höflich meinen Hut. »Aber wenn Sie nicht die Kaiserin sind, wer sind Sie dann?«

»Da Sie ohnehin schon fast alles wissen, Herr Engländer, kann ich es ja gestehen. Außerdem ist es im Grunde kein Geheimnis. Was die Kaiserin tut, darf jeder wissen. Ich bin ihre Vertraute, Fanny Angerer. Außerdem in der Tat für die kaiserliche Frisur zuständig. Aber das kann Sie Ihnen selbst erzählen. Da kommt sie!«

Fanny Angerer klappte ihren Fächer zu. Schon ertönte Hufgetrappel. Eine weitere vornehme Reiterin kam im leichten Trab herbei und parierte ihr Pferd vor uns. Es war ebenfalls ein schwarzer Hengst und hätte der Zwilling von Fanny Angerers Tier sein können. Die Reiterin trug dasselbe schwarze Kleid wie ihre Stellvertreterin. Anders als diese verdeckte sie aber ihr Gesicht unter einem Hut mit Schleier. Die Gesichtszüge waren nicht zu erkennen, bestenfalls zu erahnen. Das musste jetzt die echte Kaiserin sein. Meine Güte, dachte ich, hoffentlich kam das mit den Nacktfotos nicht heraus! Welche Peinlichkeit das wäre! Ich wartete erst einmal ab.

»Was geht hier vor?«, fragte die Dame, die die Kaiserin sein musste, auf Deutsch.

Fanny schlug die Augen nieder. »Der Herr ist ein englischer Doktor und weiß Bescheid! Er hat Oberst Middleton erwähnt.«

»So, hat er? Hast du was erzählt?«

Fanny schüttelte den Kopf und erklärte etwas, das mit meiner Herkunft zu tun haben musste, denn ich verstand außer dem Wort »Engländer« und »London« nichts.

Die Reiterin wechselte sofort ins Englische über. »*You are an englishman?*« Sie sprach unsere Sprache ohne jeden Akzent.

»Ja, Majestät«, erwiderte ich. »Ich bin Arzt. Und versuche mein Herbarium zu vervollständigen. Gestern hatte ich aber noch keine Gelegenheit dazu. Ich hatte einen unverhofften Patienten.« Ich beschloss, nicht die ganze Wahrheit zu sagen. »Er war verletzt und musste verbunden werden. Jemand hatte ihn überfallen. Genau genommen eine Frau mit einem Schlagstock.«

Die beiden Damen sahen sich an.

Die Kaiserin dachte kurz nach, dann sagte sie: »Was macht denn ein englischer Arzt in unserem schönen Österreich? Sind wir vielleicht ein feindlicher Spion?«

Das hatte mir gerade noch gefehlt! Für einen Spion gehalten zu werden! Es war wieder einmal Zeit, mit offenen Karten zu spielen.

»Mitnichten, Kaiserliche Hoheit, mitnichten. Ich will ganz ehrlich sein. Mein Name ist, wie ich schon sagte, Doktor Watson aus London.« Zwar hatte ich mich als Doktor Yannik vorgestellt, hoffte aber, dies gegebenenfalls als Missverständnis hinstellen zu können. »Aber ich bin kein Spion. Ich halte mich mit meinem Freund und Kollegen Sherlock Holmes hier in Österreich auf. Er ist beratender Detektiv und hat den Auftrag, ein gestohlenes Manuskript wiederzubeschaffen.«

Fanny Angerer wollte etwas einwenden, doch die Kaiserin gebot ihr zu schweigen. »Woher kennen Sie Colonel Middleton?«

»Na, sein Name stand bei dem Besuch Eurer Majestät im vergangenen Jahr, aber auch schon in den Jahren davor, in allen Zeitungen. Er war der Vorreiter Eurer Majestät. Das ist allgemein bekannt!«

»Und was ist das für ein gestohlenes Manuskript, von dem Sie sprechen, Doktor?«

»Es handelt sich um zwei Bände eines großen, deutschen, philosophischen Werkes, welches Majestät vermutlich gar nicht kennen.«

»Darüber muss sich ein englischer Doktor den Kopf nicht zerbrechen. Also: Was ist das für ein Werk, und wer schickt Sie und Ihren Freund, diesen Detektiv?«

»Doktor Engels schickt uns, Majestät.«

»Doch nicht etwa Friedrich Engels? Der beste Freund und Mitkämpfer von Karl Marx? Der am Vierzehnten gestorben ist?«

»Eben der, Majestät!«

»Und um welches Buch handelt es sich? Nur wenn das kein Geheimnis ist, selbstverständlich!«

»Um *Das Kapital,* Majestät! Respektive die beiden bislang unedierten Folgebände.«

Als die Kaiserin das hörte, schwang sie sich elegant aus dem Sattel – so schnell, dass ich nicht einmal Zeit fand, ihr galant eine helfende Hand auszustrecken. Natürlich stieg nun auch Fanny Angerer aus dem Sattel – deutlich weniger elegant als die Kaiserin, die leutselig einen Schritt auf mich zu machte. Wie klein die Kaiserin von Gestalt war! Ich überragte sie um einen ganzen Kopf, und doch erschien sie mir unerreichbar groß von Gestalt.

»Das müssen Sie mir genauer erzählen, Herr Engländer. Wir lieben nämlich Bücher. Und *Das Kapital* haben Wir auch gelesen. Zum Teil zumindest. Es hatte einen gelblichen Umschlag. Wir erinnern uns ganz genau. Unser Sohn, der Kronprinz, besaß ein Exemplar. Bis Unser Gatte, der Kaiser, es entdeckte. ›Ich dulde keine umstürzlerische Literatur im Hause!‹, rief er, mehr als ungehalten. ›Jeder andere würde dafür in den Kerker wandern. Aber du … du … du!‹ Er war außer sich vor Zorn, öffnete das Fenster und warf das Buch in die Regennacht hinaus. Aber Wir fanden einzelne Gedanken dieses Israeliten Marx nicht uninteressant. Interessanter jedenfalls als Gedanken dieses anderen Deutschen, dieses Hegel, den Marx vom Kopf auf die Füße stellen wollte.«

Fanny Angerer wollte erneut etwas einwenden, zog es aber vor zu schweigen, als die Kaiserin gebieterisch die Hand hob.

»Kümmer dich um die Pferde!«

Ich blickte der kaiserlichen Friseurin nach, die, die beiden Rappen an den Zügeln führend, ein paar Schritte zur Seite ging.

»Ihre weitläufige Bildung, Majestät, verblüfft mich.«

»Ja, glauben Sie denn, Herr Engländer, Wir seien dumm, nur weil Wir eine Frau sind? Philosophische

Literatur interessiert uns! Interessiert uns sehr! Zumal Karl Marx noch Unseren Lieblingsdichter Heinrich Heine persönlich kannte. Wie kommen die Manuskripte von *Das Kapital* respektive seiner unedierten Folgebände hierher nach Tirol?«

»Tja, das ist eine lange, traurige Geschichte, Majestät. Ich weiß nicht, ob es unserem Auftraggeber recht ist, wenn ich darüber berichte!«

»Sie werden sich doch dem Wunsch, ja dem Befehl der Kaiserin von Österreich nicht widersetzen wollen, Herr Engländer?«

Obwohl sie von unten zu mir emporblickte, fühlte ich mich wie ein unbotmäßiger, von seinem allmächtigen Schuldirektor gemaßregelter Schüler.

»Gewiss nicht, Majestät! Majestät haben recht! Mir bleibt keine andere Wahl. Außerdem wissen Majestät sowieso Bescheid. Eine Dame in Schwarz, die trefflich mit einem Schlagstock umzugehen versteht, dürfte alles berichtet haben. Ich sah sie gestern mit Ihnen sprechen, Majestät, und abends in Hüttlers Bierhaus beim Vortrag dieses Heigo von Tarkus. Wir sind sicher, dass sich die Manuskripte von Karl Marx derzeit in seinem Besitz befinden … unrechtmäßig in seinem Besitz befinden.«

Die Kaiserin dachte einen Moment lang nach. Offenbar begriff sie die Zusammenhänge und ahnte auch den Charakter meiner Rolle in dieser Affäre. Sie sagte aber nichts dazu.

»Wie konnte dieser von Tarkus überhaupt in ihren Besitz gelangen?«

»Also, die Manuskripte kamen dem Schwiegersohn von Karl Marx abhanden. Er hatte sie als Pfand für eine Schuld eingesetzt, erhielt sie aber nicht zurück, obwohl er das allfällige Geld dafür sofort zu zahlen bereit war. Das Pfand war weg, und mit ihm der neue Besitzer.«

»Und wo befinden sich diese wertvollen Stücke?«

»Auf diesem Schoss Runkelstein. Wir haben versucht, ihn aufzusuchen, doch sein Wohnsitz wird von einem Trupp rabiater Landleute abgeschirmt. Wir konnten nicht zu ihm vordringen.«

»Das interessiert Uns, Herr Engländer. Das interessiert Uns sogar sehr! Kommen Sie morgen Abend zum Diner auf Schloss Trautmannsdorf. Bei Meran.«

»Schloss Trautmannsdorf?«

»Traut-manns-dorf. Vor mehr als zehn Jahren, 1870, verbrachten Wir mit Unseren Töchtern Gisela und Marie Valerie einen Kuraufenthalt dort. Unserer Tochter Marie Valerie, die damals kränklich war, bekam der Aufenthalt außerordentlich gut. Seitdem gilt Meran als Kurstadt, und seitdem kommen auch wir immer wieder. Wir bewohnen derzeit die oberste Etage des Schlosses. Außerdem haben Wir hier die Möglichkeit, Unseren Bruder, den Herzog zu sehen.«

»Majestät haben einen Bruder?«

»Carl Theodor, ja. Er war General, ist aber jetzt ein Kollege von Ihnen.«

»Ein General? Kollege von mir? Ich fürchte, ich verstehe nicht ganz!«

»Er focht im Deutsch-Französischen Krieg 1871. Nach seinem Ausscheiden aus der Armee verschrieb er sich den Wissenschaften. Seit drei Jahren ist er Doktor der Medizin, hat sich auf Augenheilkunde spezialisiert und praktiziert abwechselnd in München, am Tegernsee und in Meran. Haben Sie nie von ihm gehört?«

»Bedaure sehr!«

»Wir haben drei Brüder, aber Gackel ist Unser Lieblingsbruder.«

»Gackel? Was ist das?«

»So nennen Wir ihn in der Familie.«

»Ah so! Ja …« Ich suchte verzweifelt nach einer halbwegs intelligenten Fortsetzung der Konversation. Kinder fielen mir ein. Kinder sind immer ein gutes Thema! »Die Landschaft ist einer Kaiserin fürwahr würdig, Majestät! Aber dieses Mal weilen Ihre Töchter nicht bei Ihnen? Ich werde nicht die Ehre und das Vergnügen haben, sie kennenzulernen?«

»Marie Valerie weilt, wie es ihre Gewohnheit ist, in Ungarn, wo sie geboren wurde. Nicht umsonst wird sie Unser ungarisches Kind genannt. Und Gisèle ist bekanntlich mit dem Prinzen von Bayern verheiratet. Seit zehn Jahren schon, und ihre Ehe ist mit drei Kindern gesegnet. Und ein viertes ist unterwegs.«

»Majestät sind schon Großmutter?«, entfuhr es mir. »*Parbleu*! Ich hätte nicht gedacht, dass eine so jugendliche Herrscherin …«

»Sie wollen Uns schmeicheln, lieber Doktor? Das wird Ihnen nicht gelingen! Auch Unser Sohn Rudolf wird bald Vater werden. Wir sind sehr stolz und glücklich darüber!«

»Verzeihen Sie, Majestät, ich wollte keineswegs …«

»Jajajaja, Doktor, Wir verstehen! Aber jetzt ist genug Süßholz geraspelt! Wir wollen alles über die Sache wissen. Bringen Sie am besten Ihren Freund mit, diesen Detektiv. Dann erzählen Sie Uns alles, und vielleicht haben Wir sogar eine Überraschung für Sie. Respektive für Doktor Engels. Fanny!«

Auf ihren Ruf hin kam Fanny, die in respektvoller Entfernung gewartet hatte, mit den beiden Pferden am Halfter herbei. Die Kaiserin schwang sich so elegant, wie sie sich herabgeschwungen hatte, in den Sattel hinauf, nickte zum Gruße und ritt davon. Fanny tat es ihr nach, allerdings grüßte sie nicht.

Reichlich verdattert blickte ich den beiden Frauen nach. Bedeutete diese Begegnung etwas Gutes oder Schlechtes? Ich hoffte, dass sie nur Gutes bescheren mochte. Ich musste unbedingt Holmes benachrichtigen! Aber wie? Er schien sich in die Reihen unseres Gegners eingeschlichen zu haben. Was sollte ich ihm mitteilen, ohne sein Incognito zu gefährden? So viele Probleme!

Als ich nach Bozen zurückgekehrt war, fragte ich erst bei Lisbeth nach einer Nachricht von Holmes. Sie hatte keine. Rasch schrieb ich eine für Holmes.

Kaiserin E. bittet Sie und mich morgen Abend zum Diner auf Schloss Trautmannsdorf in Meran. W.

Ein Telegramm gleichen Wortlautes schickte ich nach Meran ins Hotel.

Hoffentlich erreichen Holmes meine Nachrichten, dachte ich noch. Zur Sicherheit schickte ich an die Rezeption noch ein weiteres Telegramm des Inhalts, Holmes möge bitte umgehend mit mir Kontakt aufnehmen.

Tatsächlich klopfte es wenig später an meine Zimmertür. Es war Holmes, mit angeklebtem Backenbart. Er war ziemlich verärgert. »Watson, was haben Sie während meiner Abwesenheit getan?«

Um ein Haar hätte ich ihm erzählt, dass ich die Kaiserin beim Nacktbaden beobachtet hatte. Das verkniff ich mir gerade noch rechtzeitig.

»Ich habe die Kaiserin persönlich kennengelernt. Die Sisi. Und ihre Vertraute und Doppelgängerin Fanny Angerer. Sisi kennt und verehrt Karl Marx. Vielleicht nur, weil der ihren Lieblingsdichter Heinrich Heine gekannt hat, oder ein entfernter Verwandter von ihm war, was weiß ich. Vor allem aber auch, weil der Kaiser im Zorn die *Kapital*-Ausgabe ihres Sohnes aus dem Fenster geworfen hat. Auf jeden Fall will sie uns helfen. Und damit nimmt der Fall eine ungeahnte Wendung.«

»Das meine ich nicht. Sie scheinen jemanden umgebracht zu haben.«

»Was? Ich? Wen?«

»Einen alten Mann, der nach Fotochemikalien roch.« Er zog einen blutbesudelten Stofffetzen aus der Tasche. »Gehört das Ihnen?«

Ich erkannte die hineingestickten Initialen JHW, John Hamish Watson. »Wo haben Sie das her?«

»Von Ihrem Taschentuch abgeschnitten. Sie haben offensichtlich damit die Kopfwunde des alten Mannes verbunden. Leider ist dieser Mann jetzt tot.«

»Tot? Dieser Wanderlichtbildner ist tot? Aber … wie?«

»Ich war zugegen, als Tarkus' Leute einen leblosen Mann hereintrugen. Er sei in eine Felsspalte gestürzt, erzählten sie. Ich konnte aber schon an ihrem ironischen Tonfall erkennen, dass das nicht stimmte. ›Ist er tot?‹, fragte ich, den Arglosen spielend. Ich fühlte seinen Puls und untersuchte ihn so unauffällig wie möglich. Natürlich konnte ich auf den ersten Blick erkennen, dass er keineswegs durch einen Sturz zu Tode gekommen, sondern mit einer dünnen Schnur erwürgt worden war. ›Er hat seine Kopfwunde offenbar noch mit seinem Taschentuch verbunden‹, erklärte ich, um von meiner Erkenntnis abzulenken. Sie können sich meinen Schrecken nicht vorstellen, als ich um seinen Kopf geschlungen das von Ihnen bevorzugte Muster Ihres Taschentuches erkannte. Als gerade keiner hinsah, schnitt ich mit meinem Federmesser rasch die eingestickten Initialen ab.«

»Vielen Dank auf jeden Fall für Ihre Geistesgegenwart. Aber ich habe mit Pakfeifers Tod nichts zu tun!«

»Pakfeifer?«

»Veith Pakfeifer. Ein wandernder Fotograf. Der … der Tote offenbar.«

»Ach darum rochen seine Kleider nach Fotochemikalien! Was genau hatten Sie mit ihm zu schaffen?«

Ich berichtete von Pakfeifers Versuch, die Kaiserin mit einem *Fusil de Marey* heimlich beim Baden zu fotografieren, erwähnte aber nicht, dass ihm das gelungen war. Die beiden Fotos ins meiner Brusttasche überging ich ebenfalls geflissentlich.

»Pakfeifer hatte ein *Fusil de Marey* im Gepäck. Wissen Sie, so ein Dings zum Schießen serieller Aufnahmen. Sie haben mir damals einen Artikel aus dem Französischen übersetzt, erinnern Sie sich?«

»Natürlich erinnere ich mich!«

»Und dann kam ganz plötzlich eine schwarz gekleidete Gestalt und zog Pakfeifer ihren Schlagstock über den Kopf. Ich dachte, eingreifen zu müssen und bedrohte die Gestalt mit meiner Webley. Als sie mich anblickte, sah ich, dass das kein Mann, sondern eine sehr schöne Frau war. Sehr sportlich, denn ehe ich auch nur einen Finger rühren konnte, war sie im Unterholz verschwunden. Mit dem Fotogewehr. Ich war sehr überrascht, dieses fotografische Wundergerät bei einem abgerissenen, alten Wanderfotografen entdeckt zu haben. Ich verband dann den Alten und erfuhr seinen Namen. Ob das *Fusil de Marey* ihm gehörte, wollte er mir nicht sagen.«

Holmes nickte.

»Ich habe ihn dann laufen lassen«, schloss ich. »Was hätte ich mit ihm machen sollen? Die Dame mit dem Schlagstock hat dann, das konnte ich sehen, das Fotogewehr der Kaiserin überbracht. Die hat es einfach ins Wasser geworfen. Ich habe mir inzwischen überlegt, dass die Dame in Schwarz, um sie weiterhin so zu nennen, die Linse des Fotogewehres hat aufblitzen sehen. Vermutlich hat sie den Auftrag, heimliche Lichtbilder ihrer Herrin beim Licht-, Luft- und Sonnenbad zu verhindern.«

»Das erklärt die Sache. Aber wenn sie aufkommt, stecken wir beide tief in der Tinte.«

»Da sei Gott vor! Aber jetzt erzählen Sie, wie ist es Ihnen ergangen? Ich habe Sie gestern in der Entourage dieses von Tarkus gesehen.«

»Ich sah Sie ebenfalls sitzen. Gut, dass Sie sich nichts haben anmerken lassen! Es ist mir gelungen, in seinen innersten Zirkel vorzudringen. Ich machte ihm ein Angebot, das er einfach nicht ablehnen konnte.«

»Den falschen Gogol und Doktor Doyles Carlyle?«

»Genau!«

»Was hat er denn dafür bezahlt?«

»Umgerechnet etwa fünfhundert Pfund, faktisch aber noch nichts. Er sei momentan nicht flüssig und werde später zahlen, sagte er.«

»Wahrscheinlich mit Münzen, die er Ihnen in den Hals steckt.«

»Das wird er sich hoffentlich nicht trauen. Er hat mich als Bibliothekar angestellt. Und als eine Art Ehrenwache. Ich folge ihm auf Schritt und Tritt, aber für seine persönliche Sicherheit sind andere verantwortlich. Irgendwelche verkrachten Studenten. Nicht sehr vertrauenerweckend. Aber was sagten Sie? Die Kaiserin hat uns eingeladen?«

»Ja. Morgen Abend. Aber sagen Sie erst, was ist mit der Leiche von Pakfeifer?«

»Ich weiß es nicht. Von Tarkus gab seinen Leuten nur einen mir unverständlichen Befehl. ›Das Übliche!‹, verlangte er. Und schon trugen ihn seine willfährigen Leute fort. Ob sie ihn irgendwo verscharrt oder in einen Fluss geworfen haben, weiß ich nicht. Sollten seine sterblichen Überreste noch gefunden werden, wird auf jeden Fall Ihr segensreiches ärztliches Wirken zu seinen Lebzeiten ein Geheimnis bleiben.«

»Das wollen wir hoffen! Aber warum zum Teufel wurde Pakfeifer denn erwürgt? Mit einer Schnur wie ein in der Schlacht geschlagener Großwesir?«

»Eben! Er hat zwar keine Schlacht verloren, aber sich das teure *Fusil de Marey* abnehmen lassen. Und das ruht, wie Sie sagen, nun am Grunde irgendeines Tiroler Gewässers. So etwas bestrafen Tyrannen.«

»Ach so!«

»Und wie lernten Sie die Kaiserin kennen? Wieso hat sie uns eingeladen?«

Ich erzählte auch diese Geschichte noch einmal ganz ausführlich. Holmes hörte sich das ganz ruhig an, ohne mich zu unterbrechen.

Er dachte nach. »Ich kann nicht voraussagen, ob ich von Tarkus' Diensten für einen Besuch bei der Kaiserin entrinnen kann. Wenn nicht, entschuldigen Sie mich bitte irgendwie. Machen Sie es spannend. Ihnen wird etwas einfallen. Leben Sie wohl!«

Und mit diesen Worten war er verschwunden.

Am Nachmittag des folgenden Tages fuhr ich mit dem Zug von Bozen nach Meran. Am Bahnhof nahm ich eine Mietdroschke, die mich nach dem Besuch auch wieder zurückbringen sollte, nach Schloss Trautmannsdorf. Es war eine mühselige Fahrt bergan, denn das Schloss lag am östlichen Rand der Stadt, und man gelangte nur über mehrere Serpentinen dorthin. Dafür entlohnte der Ausblick über Meran die Mühen der Herfahrt. Ich blickte über das liebliche Tal, in das Meran eingebettet war.

Ich war überrascht, dass mich kein Diener, sondern eine Dienerin empfing. Es handelte sich eindeutig um die orientalische Schönheit, die dem alten Pakfeifer den Schlagstock über den Kopf gehauen hatte. Ihre Haare waren streng nach hinten gekämmt und zu einem kleinen Dutt geformt. *En face* betrachtet hätte man sie fast für einen hübschen, jungen Mann halten können, zumal sie auch einen vorzüglich geschneiderten Frack mit weißen Handschuhen trug. Sie verneigte sich vor mir, als ich meinen Namen nannte.

»Wenn der Herr mir folgen möchte«, lud sie mich dann ein, ohne eine Miene zu verziehen.

Ich wurde durch den Eingang über mehrere illuminierte Treppen ins oberste Stockwerk hinauf in ein riesiges Speisezimmer geführt, wo die Kaiserin bereits am Kopfende einer festlich eingedeckten Tafel Platz genommen hatte. Das Licht war so geleitet, dass das kaiserliche Haupt verschattet war. Dennoch lag ein zusammengeklappter Fächer neben dem Besteck – das wichtigste Utensil der echten Kaiserin. Die falsche, Fanny Angerer, war ebenfalls als Gast anwesend.

»Majestät, Doktor Watson!«, meldete mich die Dienerin an.

Ich verneigte mich tief.

»Doktor! Willkommen! Wenn Sie belieben, Platz zu nehmen! Aber sagen Sie, wo haben Sie Sherlock Holmes gelassen? Wir waren begierig ihn kennenzulernen! Ein wenig enttäuscht sind Wir schon, dass er Uns nicht die Ehre gibt. Aber es ist Uns eine Freude, wenigstens Sie empfangen zu dürfen.«

Ich wartete noch mit dem Platznehmen. Stattdessen verbeugte ich mich so tief ich konnte. »Zu gütigst, Majestät. Ich bin untröstlich, aber leider war mein Freund Sherlock Holmes nicht zu erreichen. Er ist unter einem Decknamen hinter dem Dieb der Manuskripte her. Er ist sogar zum Schein in dessen Dienste getreten und konnte der Einladung Ihrer Majestät nicht Folge leisten. Wir müssen, um es militärisch auszudrücken, getrennt marschieren, um hernach vereint siegen zu können. Majestät wollen gnädigst mit mir vorliebnehmen.«

Sie wies mir mit huldvoller Geste meinen Platz zu.

»Majestät müssen wissen«, erklärte ich, »ich habe etwas vorbereitet, wodurch Majestät Sherlock Holmes sehr gut kennenlernen werden. Als Freundin der Dichtkunst, als die Majestät bekannt sind, werde ich Ihnen, Ihre gnädige Erlaubnis vorausgesetzt, einen meiner Berichte über meinen Freund zu Gehör bringen, die ich in naher Zukunft zu veröffentlichen gedenke. Der Bericht, den ich in der Tasche trage, zeigt seine wunderbaren detektivischen Fähigkeiten. Majestät werden überrascht sein.«

Sie gebot mir mit einer Handbewegung, mich endlich zu setzen. »Dürfen Wir Ihnen übrigens Seba Baltamar vorstellen? Unsere Leibwächterin, Dienerin und Freundin. Wir glauben, Sie hatten bereits das Vergnügen.«

Seba Baltamar nickte mit ironischer Miene in meine Richtung.

»Ja, wir hatten das Vergnügen, Majestät. Leider war es allzu kurz.«

»Na dann! Seba, lass auftragen!«

Was auch immer Seba Baltamar berichtet haben mochte, die Kaiserin ließ sich nichts anmerken. Seba waltete ihres Amtes. Zwei Mädchen in weißen Schürzen trugen eine riesige Suppenterrine herein.

»Wir haben befohlen, Doktor, Ihnen kräftige Portionen zu reichen. Stören Sie sich bitte nicht daran, dass Wir selber sehr wenig essen.«

Die Mädchen füllten meinen Teller mit drei Kellen einer wunderbar klaren Suppe, deren verführerischer Duft sofort das Rindfleisch erkennen ließ, aus dem sie gemacht war. Die Kaiserin bekam nur eine einzige Kelle voll. Erst als sie zu essen begann, tat ich es ihr nach.

Sie passte sich meinem Tempo in perfekter Weise an. Obwohl ich sehr viel mehr Suppe bekommen hatte als sie, legte sie auf die Sekunde genau mit mir ihren Löffel in den leeren Teller.

Diese Prozedur wiederholte sie beim nächsten Gang, einer Speise, die ich wahrlich nicht an einer kaiserlichen Tafel erwartet hätte. Es handelte sich um weiße Würstchen, die in einer weiteren Suppenterrine schwammen. Ich bekam zwei Exemplare vorgelegt, die Kaiserin nur eines.

»Ein Gericht aus Unserer bayerischen Heimat, Doktor«, erklärte sie. »Die Haut wird mit dem Spitzmesser entfernt. Dazu wollen Sie sich bitte am süßen Senf bedienen.«

Sie wies auf die grauen Steinguttöpfchen vor unseren Tellern. Aus jedem Töpfchen ragte ein Löffelchen aus Horn. Außerdem wurde ein gewundenes Salzgebäck gereicht.

»Bretzeln«, erklärte die Kaiserin, brach ein Stück ab und steckte es in den Mund. Wieder tat ich es ihr nach. Nachdem ich, die Kaiserin diskret beobachtend, die Haut der Wurst mit dem Messer entfernt und einen dicken Klacks Senf auf die Wurst gegeben hatte, schnitt ich ein Stück ab und steckte es mit der Gabel zum Mund. Sofort begann ein wohlig süßer Geschmack dem Gaumen zu schmeicheln. Wieder gelang es der Kaiserin, in der Zeit, in der ich zwei Würste aufaß, lediglich eine einzige Wurst zu verzehren. Während ich das tat, stellten die Mädchen riesige, hohe Steingutkrüge, auf denen dicke, weiße Schaumkronen schwammen, vor der Kaiserin und mir auf.

»Bayerisches Bier in original bayerischen Maßkrügen. Mit einem schönen Feldwebel obendrauf. Das ist die Schaumkrone. Die gibt es bei Ihnen in England bekanntlich leider nicht. Aber sie gehört zum wahren Biergenuss dazu!«

»Erlauben Sie mir, meinen Maßkrug auf die Gesundheit Eurer Majestät zu erheben«, toastete ich.

»Auf den erfolgreichen Abschluss Ihrer Mission, Doktor.«

»Zu gütigst, Majestät!«

Ich wusste, dass in Bayern gern mit großen Schlucken getrunken wird, aber einen ganzen Liter oder wie viel der Krug fasste, auf einen Sitz zu trinken, das traute ich mich in Gegenwart der Kaiserin dann doch nicht. Elisabeth belehrte mich eines Besseren. Sie leerte »die Maß«, wie sie die Gefäße nannte, mit einem Zug. Notgedrungen tat ich es genauso. Das Bier enthielt unglaublich viel Kohlensäure. Es kostete mich enorme Mühe, nicht in Gegenwart der Kaiserin lauthals aufzustoßen. Die Kaiserin benutzte ihre Serviette, um das Malheur zu kaschieren, von dem auch sie nicht verschont blieb.

»Noch eins!«, bestellte sie.

Sofort bekam sie – und bekam natürlich auch ich – einen neuen Krug. Diese wurden auf die gleiche Weise geleert wie die ersten. Danach gab es eine Art Salat, der als »saurer Presssack« vorgestellt wurde, Äpfel aus Bozen und anschließend »Rochelt«, einen Tiroler Birnenschnaps.

Ich muss gestehen, die Getränke stiegen mir ziemlich zu Kopfe, und ich musste sehr gegen einen kleinen Rausch ankämpfen. Elisabeth schien das alles viel besser zu vertragen. Ihr Gesicht, soweit ich es erkennen konnte, rötete sich zwar ein klein wenig, aber sie zeigte keinerlei Anzeichen von Trunkenheit. Aber das Beste sollte noch kommen!

»›*Gut war's, die Suppen*‹ pflegt Unser kaiserlicher Gemahl zu sagen, wenn er gespeist hat. Ich hoffe, es hat Ihnen geschmeckt. Und nun darf ich Sie bitten, mir in den Salon zu folgen. Der Tabak ruft gebieterisch nach uns!«

Wir folgten ihr in ein Nebenzimmer, das ganz offensichtlich als Bibliothek sowie als Arbeits- und Wohnzimmer diente. Dies zeigten die in die Wand eingelassenen, gut gefüllten Bücherregale, der Schreibtisch und die behaglichen Sessel, die sich um einen niedrigen Rauchtisch voller Zigarrenkisten und Rauchutensilien gruppierten. Die Kaiserin ließ sich in einem Sessel nieder, ich nahm auf einem der beiden anderen Sessel Platz, den sie mir mit nachlässiger Geste zugewiesen hatte.

Seba Baltamar hielt ihrer Herrin eine geöffnete Zigarrenkiste hin. Elisabeth griff hinein, holte eine Zigarre heraus, schnitt persönlich die Spitze ab und steckte sich die Zigarre in den Mund. Seba gab ihr Feuer. Mit sichtbarem Genuss rauchte Elisabeth an.

»Bitte, Doktor, bedienen Sie sich!«, forderte sie mich auf.

Da ich wie mein Freund Sherlock Holmes ein begeisterter Raucher bin, ließ ich mir das nicht zweimal sagen. Einige Augenblicke später stiegen dicke, duftende Rauchwolken zur Zimmerdecke hinauf. Die Kaiserin seufzte wohlig.

»Schauen Sie nicht so entsetzt, Herr Engländer! Wir rauchen vor allem, um den Appetit zu dämpfen. Außerdem behandeln Wir das Leben als etwas ganz und gar Beschwerliches, über das Wir durch das Tabaktrinken hinwegkommen können. Und warum soll eine Frau nicht denselben Genuss dabei empfinden wie das Männervolk? Die Herren, mein Gemahl nicht ausgenommen, qualmen unablässig wie die Schlote!«

»Ich schaue mitnichten entsetzt, Majestät«, wagte ich zu widersprechen. »Ich erlaube mir nur, die unkonventionelle Art Ihrer Majestät zu bewundern!«

Während ich dies sagte, versuchte ich den naheliegenden Gedanken zu unterdrücken, dass die grauen Zähne der Kaiserin vielleicht auch von übermäßigem Tabakgenuss herrühren konnten. Da sie nicht mit ihrem Gemahl in ehelicher Gemeinschaft zusammenlebte, war niemand da, der sie davon abgehalten hätte.

»Da benutzen Sie ein wahres Wort, Doktor Watson!«, antwortete die Kaiserin. »Konvention! Es gibt kaum ein Wort, das Wir mehr hassen auf dieser Welt. Als Wir an den Wiener Hof kamen, war dies das Wort, das uns das Leben zur Hölle machte. Unsere Schwiegermutter, sie ging 1872 von Uns, Gott hab sie selig, erklärte Uns tagaus, tagein, welche Konventionen eine zukünftige Kaiserin zu beachten habe. ›Deine Pflicht ist es‹, erklärte Uns Schwiegermutter, ›ganz in Deinem zukünftigen Manne aufzugehen, ganz nach seiner Eigenart und seinen Wünschen Dich ihm zu widmen, sein Wohl immer vor Augen zu haben und Dich durch selbstsüchtige Gedanken nicht leiten zu lassen … Die Aufgabe der Frau ist es aber, im Eheleben Nachsicht zu üben und ein waches Auge für alles Gute und Schöne in ihrem Mann zu haben und die Schwächen, die er auch hat, durch ein Verkleinerungsglas zu sehen.‹«

Was sollte ich darauf antworten? »Vielleicht hatte die Mutter Ihres kaiserlichen Gemahls nicht ganz unrecht? Allerdings verstehe ich nicht viel von der Ehe. Ich bin vorerst noch unbeweibt.«

»Was kein Schaden ist. Gott hat den Menschen bekanntlich symmetrisch geschaffen. Von vorne gesehen besteht er aus zwei gleichen Hälften. Nur das Herz bildet eine Ausnahme. Es schlägt bekanntlich auf der linken Seite. Wenn sich zwei Liebende umarmen, berühren sie sich überall in einer vierfachen Symmetrie, nur an ihren Herzen nicht. Das sollte zu denken geben. Die Liebe zwischen Mann und Frau scheidet demnach aus. Aber das nur am Rande, Doktor! Wir haben Sie nicht eingeladen, um Fragen der Liebe zu erörtern, sondern aus einem anderen Grund. Zum einen sind wir neugierig, Doktor. Neugierig, weil Manuskripte des Doktor Marx verschwunden sind, zu denen Wir eine wenn auch geringe persönliche Beziehung haben. Neugierig auch, weil da eine Person involviert ist, die wir kennen. Ich meine diesen Agitator Heigo von Tarkus. Seba war so freundlich, seinen Vortrag über Karl Marx anzuhören, bei dem Sie, Doktor, wie Wir hören, ebenfalls zugegen waren. Und neugierig, weil alle Spuren nach Schloss Runkelstein führen. Sie müssen wissen, die Anlage wurde vor zwei oder drei Jahren von Feldmarschallleutnant Erzherzog Johann Salvator erworben. Inzwischen hat er sie Unserem Gemahl geschenkt. Runkelstein gehört also dem Kaiser. Im kommenden Jahr will er einen Umbau in Angriff nehmen. Wir fühlen uns dem Erzherzog über die familiären Bindungen hinaus sehr nahe, denn er ist weniger Soldat – das auch – als Künstler. Unser Gemahl überantwortete Gianni – also den Erzherzog – als jungen Mann der Obhut von Erzherzog Albrecht, aber der alte … Herr erkannte Giannis wahre Talente nicht. Gianni komponierte schon in jungen Jahren recht ordentlich. Sein erster Walzer wurde sogar von Johann Strauß persönlich aufgeführt. Allerdings musste Gianni aus Gründen der Staatsräson ein Pseudonym wählen. Ein Habsburger darf eben kein Künstler sein.«

»Das ist im englischen Königshaus nicht anders, Majestät!«

»Das wissen Wir, und Wir bedauern es außerordentlich, Doktor. Gianni liebt übrigens genau wie Wir das Meer. Am liebsten wäre er ein Forschungsreisender. Oder ein Pirat. Wir haben dafür das allergrößte Verständnis. Die Tatsache, dass Runkelstein faktisch Uns gehört, eröffnet die Möglichkeit, Ihnen zu helfen. Zunächst aber müssen Wir mehr erfahren. Erzählen Sie! Alles! Ganz genau!«

Und ich legte der Kaiserin die ganze Geschichte ausführlich dar. Weil sie mehr über Sherlock Holmes und seine Fähigkeiten erfahren wollte, beschloss ich, noch einmal die Geschichte vorzutragen, die ich schon im Hause Grumbach vorgetragen hatte. Erst einmal wand ich mich zum Schein, leistete Widerstand, wo längst kein Widerstand mehr bestand. Welcher Autor würde sich dem Wunsch einer Kaiserin widersetzen, eines seiner Werke anzuhören?

»Der Text enthält Passagen, die nicht für die Ohren der höchsten Dame im Lande geeignet sind. Es kommt darin«, ich senkte die Stimme zu einem Flüstern ab, »eine weibliche Person ohne Kleider vor.«

Sisis Reaktion war nadelspitz. »Ob etwas für Unsere Ohren geeignet ist oder nicht, entscheiden Wir gewöhnlich selbst, lieber Herr Doktor. Außerdem wissen Wir, wie das ist, ohne Kleider. Wir baden selber – und treiben Sport – nach dem Vorbild von Frauen, deren Konterfeis Wir auf Sizilien in antiken Mosaiken gesehen haben. Ihre Bekleidung besteht lediglich aus zwei Streifen Stoff. An den richtigen Stellen. Manchmal aus weniger. Ich hoffe, Sie verstehen, was Wir meinen!«

Ich fürchte, ich bekam rote Ohren, denn ich wusste nur zu gut, was sie meinte. Mühsam bewahrte ich die Fassung. »Ich … ich denke schon. Und außerdem musste ich in einem der Scrapbooks meines Freundes Sherlock Holmes einen für Majestät sehr despektierlichen Zeitungsbericht lesen. Mein Freund hat ihn aufbewahrt, weil er hier ein neuartiges Verbrechen vorliegen sah, ein Verbrechen der Zukunft, das man vorher nicht kannte, weil sich der Verbrecher neuartiger Technik bediente.«

»Sie meinen doch nicht etwa diese gefälschte Fotografie von Uns, Doktor? Das ist mehr als zehn Jahre her! 1872, wenn Wir nicht irren. Ein verschuldeter Spielzeughändler, der Kiwitz oder ähnlich hieß, klebte mein Porträt auf die Fotografie einer nackigen Laienspielerin und schickte das alles mit einer schriftlichen Geldforderung an Unseren Gemahl. Die Sache war so primitiv gearbeitet, dass der Betrug sofort bemerkt und der Mann nach einem Handschriftenvergleich festgesetzt und verurteilt wurde. Unser Gemahl war jedoch sehr ungehalten über die Angelegenheit.«

»Das kann ich mir vorstellen!«

»Und seitdem passt Seba auf, dass nicht womöglich heimlich echte Fotografien von den neuen Kleidern der Kaiserin angefertigt werden. Wenn Wir baden wollen, sucht sie die Umgebung zuallererst mit einem Fernglas ab. Als sie das Okular der Gewehrkamera dieses alten Mannes aufblitzen sah, lief sie sofort los und bereinigte die Sache.«

»Ich war zufällig in der Nähe und habe die Platzwunde des Mannes verarztet.«

Die Kaiserin ging nicht auf diese Bemerkung ein.

»Aber nun sprechen Sie endlich von Sherlock Holmes. Wir erteilen Ihnen gnädigst das Wort!«

Was sollte ich dagegen einwenden? Ich begann meinen Vortrag, bis ich schließlich der Kaiserin den ganzen Fall haarklein, mit allen Details geschildert hatte. Dieses Mal trug ich auch die Passage vor, in der Sherlock Holmes den Mörder im Duell durch den überraschenden Einsatz einer in England sehr ungebräuchlichen Waffe überwindet. Ich dachte für mich, dass gerade dieser Teil der Geschichte die Kaiserin als *sporting woman* interessieren würde.

XVI.

Miss Pittman sah noch einmal auf die Uhr.

»Ihr Zug wird in einer Viertelstunde in Paddington ankommen. Sie wohnt in Notting Hill. Ihr Name ist Eva Baird.«

»Dann sollten wir sie vielleicht zur Sicherheit abholen.«

»Ja, das wäre vielleicht gut.«

»Watson, holen Sie Ihren Revolver. Ich sage Mrs Hudson Bescheid für den Fall, dass die Botin in unserer Abwesenheit eintrifft. Von wo soll sie kommen, Miss Pittman?«

»Sie kommt mit der Great Western.«

»Das ist der Zug, der von Baker Street nach King's Cross weiterfährt! Auf geht's!«

Wir schafften es gerade noch rechtzeitig vor dem Einlaufen des Zuges in den Bahnhof.

Wir wollten gerade den Perron betreten, da hielt mich Miss Pittman am Ärmel zurück. »Kumar!«, flüsterte sie. Sie zeigte auf einen hochgewachsenen Mann offensichtlich indischer Herkunft in europäischer Kleidung, also mit Hut und Mantel. Allem Anschein nach hatte er sein Urumi-Schwert nicht bei sich. Rasch ließ Miss Pittman ihren Schleier herab. Da der Mann uns nicht kennen konnte, näherten wir uns möglichst unauffällig.

»Bleiben Sie hier«, befahl Holmes.

»Nein, ich komme mit!«, beharrte sie.

»Watson, Ihren Arm!«

Ich verstand sofort und bot Miss Pittman meinen Arm. Sie hakte sich bei mir ein. Nun wirkten wir wie ein Ehepaar, das die Schwiegermutter – seine oder ihre – abholen will. Wir schlenderten zum Scheine plaudernd den Bahnsteig entlang auf den Inder zu. Er sah sich zwar dauernd um, ob ihm jemand folgte, sah in uns aber offenbar keine Gefahr. Gerade fuhr mit einem Höllengetöse der Zug ein und kam unter abscheulichem Quietschen der Bremsen zum Stehen. Dutzende von Menschen entstiegen den Waggons.

Miss Pittman erkannte ihre Vertraute sofort. »Die Frau im blauen Mantel!«

Die Frau im blauen Mantel trug ein kleines Köfferchen in der Hand. Auch der Inder schien sie gesehen zu haben und begann, sich den Weg zu ihr durch die dem Ausgang zustrebenden Menschen zu bahnen. Als er die Dame in Blau erreicht hatte, versuchte er, ihr das Köfferchen aus der Hand zu nehmen, doch die Dame riss es hoch. Ich packte den Inder am Arm und versuchte, ihn von seinem Opfer wegzuziehen. Überrascht blickte er auf mich herab. Seine Augen waren schwarz und voller Wut.

Was dann folgte, hatte ich schon mehrfach erlebt. Er versuchte, mir die Stirn ins Gesicht zu rammen, doch ich stieß ihm blitzschnell mit beiden Händen den Knauf meines Spazierstocks unters Kinn. Die Kopfbewegung des Inders in Richtung auf mein Gesicht wurde abrupt abgebremst, und der Kopf flog in die entgegengesetzte Richtung. Im selben Moment hatte ihm Holmes die Spitze seines Spazierstocks von hinten in die rechte Kniekehle gestoßen. Nun ging der hochgewachsene Mann in die Knie. Ich schubste ihn ganz zu Boden.

»Haben Sie sich wehgetan, Mister Kumar?«, fragte ich besonders laut, wobei ich mich schützend vor Eva Baird schob.

Miss Pittman fiel der Dame im blauen Mantel um den Hals. »Eva!«

»Camilla!«

Angesichts des aufkommenden Tumults befand der Inder, dass wohl ein taktischer Rückzug nunmehr das Beste sei, zumal auch die Umstehenden neugierig wurden.

»Ein Inder-Fall«, kalauerte ich musikalisierend, als ich die fragenden Blicke der Neugierigen sah. Der Inder rappelte sich auf und rannte, zur Seite stoßend, wer in seinem Weg stand oder ging, davon.

Nachdem wir uns mit Eva Baird bekannt gemacht hatten, entschuldigte sich Holmes. Er wolle ein Telegramm aufgeben. »Warten Sie bitte mit den Damen auf mich, Watson! Ich bin sofort wieder bei Ihnen!« Es dauerte wirklich nur zwei oder drei Minuten, bis er mit uns den Rückweg antreten konnte.

»Wieso konnte denn der Inder wissen, dass und wann Miss Baird mit dem Manuskript unterwegs sein würde?«, fragte Miss Pittman. »Hat er Spione nach uns ausgeschickt?«

»Das ist nicht ausgeschlossen. Er verfügt sicherlich über Soldaten oder Veteranen, die solche Dienste für ihn verrichten können. Außerdem besteht ja die Möglichkeit, dass Nora Decker von ihrem nachmaligen Mörder zum Reden gezwungen wurde.«

»Das glaube ich nicht, Mister Holmes. Sie hat sich eher ertränken lassen als etwas über ihre Pläne zu verraten. Ihre Großmutter war eine Gurkha-Frau, wenn Sie verstehen!«

»Ich verstehe voll und ganz. Nun, wir werden es herausfinden, Miss Pittman!«

»Hoffentlich! Ich hätte nie damit gerechnet, dass Kumar ausgerechnet am Bahnhof angreifen würde.«

»Nirgendwo«, dozierte mein Freund, »kann man leichter einen Raub begehen als in einer dichten Menschentraube. Jeder mögliche Augenzeuge wird etwas anderes beobachten, und am Ende wird der Dieb entkommen, ohne dass jemand ihn aufhalten kann. Wir haben es ja erlebt.«

Als wir in der Baker Street ankamen, ließen wir uns im Wohnzimmer nieder. Mrs Hudson bewirtete die Damen mit Tee.

Gleich darauf erschien Inspector Hopkins mit zwei Constables. »Danke für Ihr Telegramm, Mister Holmes. Ich habe mich sofort auf den Weg gemacht! Was ist passiert?«

Nachdem Holmes ihn über die Geschichte von Chellammal Thirugnanasampanthamoorthy alias Nora Decker und die Ereignisse auf dem Bahnhof ins Bild gesetzt hatte, ergriff Hopkins die Initiative.

»Wir fahren sofort zum Oberst und nehmen diesen Kumar fest. Wegen des versuchten Raubes, dessen Zeuge Sie ja waren. Den Mord an Nora Decker werden wir ihm dann schon irgendwie nachweisen können. Das Manuskript wird Constable Phelps in mein Büro bringen. Es ist ein wichtiges Beweismittel. Sie wollten bei der Festnahme Kumars dabei sein, Mister Holmes?«

»Unbedingt. Watson, vergessen Sie nicht Ihre Webley. Aber nur für den Notfall. Ich werde mich mit etwas anderem ausrüsten. Einen kleinen Moment, bitte.« Er nahm seinen Mantel und verschwand in das Zimmer, welches ihm als Asservatenkammer diente. Ich nannte sie Rumpelkammer, aber

das ist eine andere Geschichte. Bei seiner Rückkehr hatte er einen langen, schmalen Gegenstand in die Manteltasche gesteckt. Was das war, konnte ich nicht erkennen und wusste auch nicht, was er vorhatte. Ich würde mich überraschen lassen müssen.

»Robeson, Sie begleiten die beiden Damen, wohin immer sie möchten. Ich mache Sie persönlich für ihre Sicherheit verantwortlich. Danach melden Sie sich im Yard.«

Constable Robeson salutierte und bedeutete den Damen mit einer einladenden Geste, vorauszugehen. Gott sei Dank versuchte keine von ihnen, eine Diskussion über diese Maßnahme anzuzetteln.

Nach einem kurzen Aufenthalt im Hof des Yards brachte uns eine Polizeikutsche zum Haus des Obersten, das wir trotz des vorabendlichen Verkehrs zügig erreichten. Auf ein großes Polizeiaufgebot musste Hopkins auf Anweisung seines Vorgesetzten verzichten. Die Sache sollte mit Diskretion bereinigt werden.

Das Haus des Obersten lag etwas außerhalb, aber noch im vornehmen Westend. Es handelte sich um ein kleines Backsteinhaus im Queen-Anne-Stil mit kleinteiligen Sprossenfenstern und einem geschwungenen Giebel. Es stand in einem von einer Backsteinmauer umgebenen, kleinen Garten mit schütterem Baumbestand. Hopkins ging über einen gepflasterten Hof voraus und zog energisch am Klingeldraht. Als hätte er uns hinter der Tür erwartet, öffnete ein weißhaariger Mann mit Schnauzbart. Er trug nicht den Frack eines Butlers, sondern eine altmodische Uniform ohne Dienstgradabzeichen. »Sir?«

»Inspector Hopkins von Scotland Yard. Wir möchten Oberst Decker sprechen. Ist der Inder Kumar im Hause?«

»Ich werde Sie melden, Sir.«

»Nein, Sie werden uns zu ihm führen. Sofort.«

»Wie Sie wünschen. Ich beuge mich der Staatsgewalt! Wenn mir die Herren folgen wollen!«

Leicht hinkend, aber für sein Alter sehr behände, führte er uns durch eine kleine Halle und von dort eine Treppe ins obere Stockwerk hinauf. Dort klopfte er an eine massive Tür.

»Machen Sie schon auf!«, befahl Hopkins.

Der Veteran öffnete. Wir traten ohne Umstände ein.

»Was erlauben Sie sich?«, fuhr uns ein etwa sechzigjähriger Mann an, dessen straffe Haltung selbst dem ungeübten Auge den ehemaligen Offizier verriet.

»Inspector Hopkins von Scotland Yard«, antwortete Hopkins. »Wir suchen den Inder Kumar. Ist er hier?«

»Was wollen Sie von ihm?«

»Ich stelle hier die Fragen, Herr Oberst«, knurrte Hopkins. »Kumar wurde heute bei einem versuchten Raub auf dem Bahnhof Paddington beobachtet. Ist er Ihr Diener?«

»Er ist in der Tat mein Diener. Aber wer will ihn in Paddington gesehen haben? Er war den ganzen Tag hier und hat das Haus nicht verlassen.«

»Dann lassen Sie ihn rufen! Oder läuten Sie nach ihm!«

Der Oberst drückte auf einen Klingelknopf, der aus der Deckenlampe hing.

Als ich jemanden die Treppe draußen hinunterpoltern hörte, riss ich die Tür, die der Veteran hinter uns geschlossen, wieder auf und sah Kumar an mir vorbei die Treppe hinunterhasten. Er hielt irgendetwas im Arm.

»Hopkins! Holmes!«, rief ich, »schnell!« Im nächsten Augenblick war Holmes schon an mir vorbei. Unten wurde die Haustür aufgerissen.

»Halt!«, rief Holmes.

Eine gutturale Stimme antwortete etwas in einer fremden Sprache.

Endlich hatte ich, wenngleich schwer atmend, die Haustür erreicht. Gleich darauf schlossen Hopkins, der Oberst und der Veteran zu mir auf. Kumar stand in geduckter Haltung im Garten und entrollte sein Urumi-Schwert. Er vollführte einige Bewegungen, als wollte er mit einer Peitsche nach meinem Freund schlagen.

»Vorsicht, Holmes!«, brüllte ich.

Holmes ließ sich nicht ablenken. Er wich mit eleganten Tänzelschritten zurück und holte den länglichen Gegenstand aus seiner Manteltasche. Es war ein australisches Krummholz. Ein Bumerang! Ich hatte gar nicht gewusst, dass mein Freund so etwas besaß. Noch viel weniger hatte ich gewusst, wie geschickt er damit umzugehen verstand. Er warf ihn, doch das Wurfholz flog weit an Kumars Kopf vorbei. Verdammt!, dachte ich enttäuscht und zog vorsichtshalber die Webley, um sie auf Kumar zu richten. Der grinste, sich in Sicherheit wiegend, ein sehr hässliches Grinsen, als der Bumerang mit sichelndem Geräusch über das Gebüsch zu seiner Linken hinweg im Garten verschwand. Dann machte er einen Ausfallschritt nach vorn. Wieder wich Holmes leichten Schrittes zurück. Einige Augenblicke später ertönte ein dumpfes Geräusch. Kumar ließ sein Schwert fallen, stürzte wie ein gefällter Baum nieder und kam auf den Bauch zu liegen. Holmes' Bumerang hatte ihn nämlich gar nicht verfehlt, sondern ihn nach einem parabolischen Kurvenflug punktgenau am Hinterkopf getroffen. Rasch ging Holmes auf den ohnmächtigen Mann zu, stieß mit dem Fuß das Schwert aus dessen Reichweite und hob die australische Waffe wieder auf.

»Tja, so ein wiederkehrender Bumerang ist ein gar nützlich' Ding!«

»Alle Achtung, Holmes! Sie sind immer für eine Überraschung gut! Das war meisterhaft.«

»Danke bestens, Doktor!«

»Auch ich danke Ihnen«, schaltete sich Hopkins ein und begann, Kumar mit einem Paar Handschellen die Hände auf den Rücken zu fesseln.

»Oberst Decker!«, erklärte er dabei. »Ich nehme Ihren Diener Kumar fest wegen versuchten Raubes auf dem Bahnhof Paddington, wegen des Versuchs, sich wie gesehen unter Gewaltanwendung der Verhaftung zu entziehen und wegen des Verdachts, Ihre frühere Gemahlin Nora Decker getötet zu haben. Inwieweit Sie in deren Tod verwickelt sind, werden weitere Ermittlungen ergeben. Die beiden Herren sind übrigens, um die Vorstellung nachzuholen, Sherlock Holmes und Doktor Watson. Ich will nicht vorgreifen, aber Sie sollten sich einen guten Anwalt suchen. Möglichst einen sehr guten! Habe die Ehre!«

Ich übersprang einige erläuternde Passagen.

Unter Aufbietung der letzten Eisenbahn-Aktien aus seinem Besitz versuchte Oberst Decker nach Kumars Verurteilung, Miss Pittman das Manuskript von Carmilla – Roman einer Frau abzukaufen – allein, Miss Pittman blieb hart. Ihr Buch erschien im Verlag von Leonard Smithers – jenes Smithers, der 1884 für Burtons das Erscheinen einer Übersetzung der Geschichten aus tausendundeiner Nacht angekündigt hatte. Als der Roman in dem fiktiven Lightcoat Publishing House in dem nicht minder fiktiven Ashton-in-Noode erschien und sofort zahllose Leser fand – die natürlich werbewirksam, vorgeblich unter dem Siegel der Verschwiegenheit, *genau informiert worden waren, um wen es darin ging – gab Decker sämtliche politischen Ambitionen auf und zog sich ins Privatleben zurück.*

Eva Baird ist heute die neue Frau an Camilla Pittmans Seite. Gemeinsam reisen sie durch die ganze Welt und halten Vorträge über Frauenrechte und die Freuden des Nudismus. Da beide attraktive Frauen sind, finden sie zahlreiche Zuschauer vor allem männlichen Geschlechts.

Außerdem machen mir die beiden unter dem gemeinsamen Pseudonym Pitt Baird literarisch Konkurrenz. Ihre sympathische Detektivin Miss Cynthia wird mit dem Slogan »Der weibliche Sherlock Holmes« beworben. Ich habe keinerlei Einwände dagegen, genieße ich doch die Ehre, stets der erste Leser der fertigen Manuskripte zu sein …

XVII.

Die Kaiserin hatte gebannt zugehört, ohne mich zu unterbrechen. »Ihr Freund, Doktor, ist ein Meisterdetektiv und ein rechter Tausendsassa. Einer, dessen Adleraugen nichts entgeht und der seinem Gewerbe mit außerordentlicher Gründlichkeit nachkommt. Sogar bei Fällen wie dem dieses Kiwitz. Und der Waffen zu gebrauchen versteht. Wir haben Vertrauen in seine Fähigkeiten. Allerhöchstes Vertrauen. Und Wir möchten Ihnen helfen. Um der Literatur willen. Und um … des Sturmvogels der Freiheit willen ebenfalls.«

In der Folge unterbreitete sie mir einen Plan, den sie gerade erst entworfen haben musste. Er war so kühn, dass ich Zweifel zu hegen begann, ob hier wirklich die Kaiserin von Österreich vor mir saß oder eher eine Abenteurerin vom Schlage Irene Adlers. Sie brannte offensichtlich darauf, sich mit blankem Rapier in eine wilde, verwegene Schlacht zu stürzen! So etwas hatte ich noch nie erlebt!

Nachdem wir Ort und Zeitpunkt eines Treffens am folgenden Nachmittag vereinbart hatten, wurde ich in Gnaden entlassen.

»Ich werde pünktlich sein«, versprach ich, »und wenn es mir gelingt, ihn zu informieren, werde ich Sherlock Holmes selbstverständlich mitbringen!« Ich verneigte mich tief.

»Sie können reiten, Doktor?«

»Keinesfalls so sicher wie Sie, Majestät, aber ich falle nicht vom Pferd. Jedenfalls nicht bei normalem Tempo!« Ich verneigte mich so tief ich konnte. »Auf morgen, Majestät! Wie verabredet!«

Bei meiner Rückkehr ins Hotel fand ich einen Brief vor. Er war, das zeigte die abgestempelte Briefmarke, mit der Post gekommen. Irgendein Angestellter oder eine Angestellte des Hotels hatte ihn in mein Zimmer gelegt. Ich öffnete den Umschlag. Die Zeilen stammten von Sherlock Holmes.

Lieber Doktor, stehen kurz vor dem Abschluss unserer Mission. Bitte bereiten Sie alles für eine eilige Abreise vor. Es grüßt Sie Ihr Schweizer Freund Schligg Uffdegger

Die Zeilen stammten zweifelsfrei von der Hand meines Freundes und waren auf Deutsch geschrieben. Die Unterschrift konnte sogar ich enträtseln, als ich sie mir laut vorlas. *Schligg,* das klang wie *Sherlock,* und *Uffdegger* – je nun! Es erinnerte mich an das deutsche Wort *aufdecken.* Und schon hatte ich verstanden. Aufdecken heißt auf Lateinisch *detegere.* Jemand, der etwas aufdeckt, ist ein Detektiv. Alles klar! Und sofort begann ich die Koffer zu packen. »Hans Inpagger« nannte ich mich dabei selber zum Spaß. Ich hatte das Prinzip verstanden. Beim Zusammenfalten unserer Wäsche lächelte ich leise vor mich hin.

Ich hinterlegte einige Zeilen bei der Hüterin unserer geheimen Poststelle, aber Holmes meldete sich nicht mehr bei mir. Natürlich nannte ich nicht den Ort, wo ich mit der Kaiserin verabredet war. Diesen zu nennen erschien mir zu gefährlich. Aber ich nannte einen Treffpunkt ganz in der Nähe und einen früheren Zeitpunkt. Zuerst wollte ich auf meinen Freund warten, dann wollte ich mich zum Rendezvous mit der Kaiserin begeben. Holmes stellte sich jedoch nicht ein. Hoffentlich war ihm nichts passiert! Und so musste ich dieses Abenteuer ohne meinen Freund bestreiten.

»Watson«, sollte mein Freund später resümieren, »das war ganz allein Ihr Fall!«

Je nun!

XVIII.

Die Kaiserin war pünktlich. Sie ritt ihren Rappen und trug ein dunkles Jagdkostüm. In ihrer Begleitung war Seba Baltamar in deren Herrenkleidung aus schwarzem Leder. Sie hatte ganz und gar nicht damenhaft einen Säbel umgeschnallt und trug einen weiteren in der Hand. Sie nickte mir freundlich zu, ebenso ein schnauzbärtiger Offizier in Kavallerieuniform mit roten Hosen. Er führte einen gesattelten Braunen am Zügel. Das würde wohl mein Reittier werden!

Die Kaiserin übernahm die Vorstellung. »Der Führer unserer Leibgarde, Oberst András Dohnányi von Michelstätt.«

»Oberst!«

Der Angesprochene nickt knapp.

»Und dies ist unser Gast Doktor Watson aus London.«

»Doktor! Ihr Pferd!« Er reichte mir den Zügel.

Ich ergriff ihn, stieg aber noch nicht auf.

»Der Oberst«, erklärte die Kaiserin, »hat mit seinen Leuten das Schloss Runkelstein weiträumig umstellt. Wir drei, Doktor Watson, reiten jetzt dorthin und fordern Einlass. Von Tarkus ist Ausländer. Wie sollte er es wagen, der Kaiserin von Österreich in den Weg zu treten? Und wenn er es doch tun sollte, wird der Oberst Mittel und Wege finden, ihn über seine Pflichten zu belehren. Aufsitzen!«

Obwohl ich lange nicht mehr geritten war, gelang es mir, wie ich fand, spielend, den linken Fuß in den Steigbügel zu stecken, mich hochzuhieven und das rechte Bein über das Hinterteil des Pferdes zu schwingen. Ich saß im Sattel, ohne auf der anderen Seite wieder heruntergefallen zu sein! Dem Himmel sei Dank, dachte ich. Das Pferd reagierte gehorsam und keineswegs ungehalten über den gelenksteifen Reiter, der da auf seinem Rücken Platz genommen hatte.

»Oberst Andrász reitet voraus!« Das war ein Befehl.

Die Kaiserin ritt hinter Andrász, dahinter kam Seba Baltamar und ich reihte mich hinter ihr ein. Die Kaiserin warf mir einen kurzen Blick über die Schulter zu, ob ich auch folgen konnte. Als sie sich vom Vorhandensein gewisser Reitfertigkeiten überzeugt hatte, drehte sie sich wieder um. Was sollte das denn werden?, fragte ich mich. Ich versicherte mich, dass sich meine Webley noch an ihrem Platz in meiner Jacke befand.

An einem Posten hielten wir kurz. Der Oberst wechselte einige Worte in einer Sprache, die ich für Ungarisch hielt. Zwei weitere Reiter schlossen sich uns an. Dann ging es weiter. Wir ritten vielleicht fünf Minuten durch den Wald, dann kamen wir auf einen steinigen Pfad, der direkt zum Schloss hinaufführte. Vor dem Tor hielten wir an. Oberst Andrász sprang ab und klopfte mehrfach heftig, mit wachsender Ungeduld, mit dem Säbelknauf an das Holz. Schließlich ging die ins Tor eingelassene Türe auf, und ein bärtiger Südtiroler erschien. Er trug genau dieselbe Kleidung wie die Burschen, die uns schon einmal gehindert hatten, zum Schloss vorzudringen. Er blickte erstaunt zu uns auf. Nach einem kurzen Moment des Zauderns verharrte er in aufrechter Haltung. Er war wohl kein Anhänger der Habsburger!

»Wir wünschen Heigo von Tarkus zu sprechen!« Die Kaiserin bellte die Worte fast. Kein Zweifel, sie war es gewohnt, Befehle zu erteilen.

»Hier ist kein Zutritt!«, lehnte der Südtiroler ab.

»Er wagt es?«, rief die Kaiserin. »Das Schloss gehört Unserem Gemahl, dem Kaiser. Dies ist eine außerordentliche Inspektion. Führe er Uns zu diesem von Tarkus!«

Weil Oberst Andrász drohend seinen blanken Säbel hob, gab der Südtiroler nach. Er winkte uns in den Schlosshof und wollte, als wir es passiert hatten, das Tor hinter uns schließen. Weil Andrász mit dem Säbel drohte, ließ er es aber offen. Zwei Kavalleristen folgten uns. Niemand sonst war zu sehen. Der Südtiroler wies auf einen Platz mit eingelassenen Ringen, an denen wir die Pferde hätten festbinden können, doch die blieben, als wir abgestiegen waren, gehorsam am Platze.

»Kummts! Eiiooh!«

Mit diesem Ruf warnte der Südtiroler offenkundig seine Komplizen. Irgendwo im Schloss fingen Hunde an zu bellen. Große Hunde, dem Klang des Gebells nach zu urteilen. Im nächsten Augenblick traten zwei Männer durch eine Tür ins Freie. Im ersten erkannte ich Heigo von Tarkus. Der seltsame Bart ließ keinen Zweifel zu. Der andere war ein junger Hüne in einer Art Uniformrock. Sein Bart war schütter, sein Kopfhaar aber ebenso wirr wie das seines Herrn und Meisters. Auf seinem Kopf saß schief ein Käppi in den Farben Violett, Weiß und Rot. Um den Leib trug er eine Schärpe in denselben Farben. An deren Ende war ein Säbel befestigt. So sahen gewöhnlich deutsche Burschenschaftler aus.

Hinter von Tarkus und seinem Begleiter traten noch zwei Bewaffnete durch die Tür, blieben aber neben dieser stehen.

»Heigo von Tarkus?«, fragte die Kaiserin.

»Zu Diensten, Majestät!«

»Wir sind hier, weil Sie etwas in Ihrem Besitz haben, was nicht Euch, sondern einem Doktor Friedrich Engels aus London, eigentlich aber der gesamten Menschheit gehört. Wir sind hier, um es seinem rechtmäßigen Besitzer zurückzuerstatten.«

»Euer Wunsch ist mir Befehl!«

Vielleicht war es der ironische Ton, mit der er dies sagte, vielleicht signalisierten auch schon sein ironisches Kopfnicken und die weit ausholende Geste mit der Hand und seine angespannte Körperhaltung, dass diese Zustimmung geheuchelt war. Oberst Michelstätt erging es offenbar nicht anders, denn er zog mit einem scharfen Geräusch seinen Säbel. Die Klinge blitzte.

»Rückzug decken!«, rief von Tarkus seinen Leuten zu, sprang zurück und war durch die Tür im Inneren des Schlosses verschwunden.

Ich zog so schnell ich konnte meine Webley.

»Zurück, Doktor!«, rief die Kaiserin. »Wir machen das!«

Von Tarkus' drei Begleiter zogen blank und stürzten nach vorn. Die Soldaten stellten sich ihnen mit gezückten Klingen in den Weg.

Die Kaiserin klatschte einmal kurz in die Hände. Seba Baltamar nahm den Säbel, den sie in der Hand trug, zog ihn aus der Scheide, ließ diese fallen und warf Elisabeth die Waffe, den Griff voran, zu. Die fing ihn geschickt aus dem Flug heraus auf und nahm, den linken Arm elegant weggestreckt, Grundstellung ein. Kein Zweifel, das hatten die beiden Damen oft und oft geübt. Die Kaiserin warf sich, einige Hiebe antäuschend, sofort nach vorn.

»Bring ihn zurück!«, rief sie ihrer Leibwächterin zu. Im nächsten Augenblick war Seba Baltamar im Gebäude verschwunden.

Ich wollte hinterher.

»Lassen Sie das, Doktor!«, rief mir die Kaiserin zu, die meine Bewegung gesehen hatte, obwohl sie sich gerade mit dem bärtigen Burschenschaftler einen heftigen Schlagabtausch lieferte. Von Michelstätt wich nicht von der Seite der Kaiserin, bereit, sich notfalls zwischen sie und ihren Gegner zu werfen. Das war jedoch gar nicht nötig. Obwohl Säbel viel schneller gefochten wird als Florett, führte die Kaiserin die Klinge eine ganze Klasse besser als der Bärtige. Bei diesem und seinen Kameraden handelte es sich, das sah ich nun, tatsächlich um Burschenschaftler, denn sie fochten wie bei einer Mensur. Holmes hatte mit der skeptischen Einschätzung ihrer Fähigkeiten recht gehabt! Ohne Rücksicht auf Körperdeckung paukten sie stur geradeaus auf den Kopf des Gegners beziehungsweise der Gegnerin zu, ohne jegliche Beinarbeit, die – das wusste selbst ich als sportlicher Laie – das A und O beim Fechten ist. Die Kaiserin hatte genauso leichtes Spiel wie ihre gut gedrillten Soldaten. Diese hielten ihre Gegner lediglich auf Distanz, um die Kaiserin zu schützen.

Elisabeth kostete es nicht einmal eine Minute, und der Säbel ihres Studenten fiel nach kurzem Flug mit blechernem Geklapper auf den gepflasterten Hof, um dort nach ein paar Aufschlägen zu liegen zu kommen. Blut tropfte aus einer schmalen Schnittwunde von seiner Hand.

Nun sah der Bärtige ein, dass er verloren hatte. Gesenkten Hauptes ließ er sich vor der Kaiserin auf die Knie sinken. Die berührte mit ihrer Waffe leicht die Schulter des Besiegten.

In diesem Moment schossen zwei kalbsgroße Hunde mit hellem Fell und dunklen Köpfen, Stachelhalsbänder um die kurzen, gedrungenen Hälse, unter Zähnefletschen und Gebell, mit sabbernden Lefzen auf den Hof, genau auf die Kaiserin zu. Diese Hunderasse kannte ich genau! Das waren Molosserhunde. Kriegshunde, wie sie schon Alexander der Große auf seinen Feldzügen mitgeführt hatte. Wenn die die kleine Kaiserin zwischen die Zähne nehmen würden, würde nicht viel von ihr übrig bleiben, denn diese Tiere wollen nur eines: beißen, Knochen brechen und nie wieder hergeben, was sie im Maul haben. Jedes hungrige Nilkrokodil wäre ein possierliches Schoßtier gegen sie, und mit Säbeln würde ihnen kaum beizukommen sein. Da hätte es schon eines Morgensterns, einer Streitaxt oder am besten einer mit krummen Hufnägeln, Glasscherben und Eisenfeilspänen geladenen

Postkutscherbüchse bedurft. Kaum hatte ich die Bestien erblickt, hatte ich auch schon meine Webley entsichert.

»Pardon!«, rief ich, ehe ich die Kaiserin, die Waffe vorgestreckt, zur Seite rempelte, um freies Schussfeld zu erlangen. Erst schoss ich dem einen Molosser in sein weit aufgerissenes Maul, dann dem anderen. Dieser hatte mich schon fast erreicht und war bereit, sich auf mich zu stürzen und mir sein mörderisches Gebiss in den Leib zu hacken. Auf die mörderische Wirkung meiner Webley auf diese kurze Distanz konnte ich mich jedoch verlassen! Die Wucht der Schüsse stoppte die Hunde mitten im Lauf. Die Tiere wurden von den Pfoten gerissen, schlugen einen Purzelbaum rückwärts und kamen dann auf dem Pflaster zu liegen. Tot waren sie aber noch lange nicht. Weil ihre Läufe und ihre Lefzen noch in aggressiver Bewegung waren, trat ich zu ihnen hin und gab jedem einen *coup de grâce* direkt in dem Kopf. Die Rückseiten ihrer Schädel zerplatzten wie aufgeschlagene Eier. Dann erst lagen sie still.

Die Kaiserin betrachtete das alles mit weit aufgerissenen Augen. Ich nickte ihr zu, sicherte die Webley und steckte sie ein. Dabei tat ich so, als wäre gar nichts passiert.

Da ihr Anführer aufgegeben hatte und die beiden Kriegshunde tot in ihrem Blut lagen, kapitulierten die beiden anderen Fechter ebenfalls, indem sie ihre Waffen senkten. Auf ein Zeichen von Oberst von Michelstätt wurden sie entwaffnet und von den siegreichen Soldaten umringt. Der Oberst steckte Daumen und Mittelfinger der rechten Hand in den Mund, um einen schrillen Pfiff ertönen zu lassen. Mehr Soldaten drängten sich in den Hof. Sie waren noch mit Festnehmen und Abführen beschäftigt, da kamen drei weitere Soldaten ohne Tritt auf den Hof geeilt. In der Mitte lief, von zwei Soldaten untergefasst, niemand anderer als mein Freund Sherlock Holmes. Hinter den beiden folgte, mit zwei Säcken bepackt, schwer atmend ein dritter.

»Endlich!«, rief ich. »Holmes!«

Ich wollte auf ihn zustürzen, doch das ging nicht. Die beiden Soldaten nahmen eine abwehrende Haltung ein. Als jedoch die Kaiserin, ihren Säbel noch immer in der Hand, vor sie trat, nahmen sie Habachtstellung ein. Holmes lächelte kryptisch. Er schien erfolgreich gewesen zu sein.

»Majestät«, meldete der eine Soldat, »dieses Individuum haben wir mit zwei Säcken aufgegriffen. Es entfernte sich gerade damit vom Schloss durch den Wald. Wir vermuten, er ist ein Dieb. Die Säcke …«

»Sie sind Herr Holmes?«, unterbrach die Kaiserin die Meldung. »Sherlock Holmes aus London?«

»Zu Diensten, Majestät!«, bestätigte mein Freund mit einer leichten Verneigung. »Ihr kennt Euch bereits, Watson?«, fragte er mich, gesenkten Blickes beiseitesprechend.

»Ich, äh, hatte die Ehre, jawohl.«

»Wir wissen über alles Bescheid, Herr Holmes«, erklärte die Kaiserin. »Korporal, die Säcke übergeben Sie Uns!«

»Melde gehorsamst das Ja!«, schnarrte der Unteroffizier und platzierte die Säcke zu Füßen der Kaiserin.

»Wir nehmen an, hierin befinden sich die inkriminierten Papiere des deutschen Philosophen. Nicht wahr, Herr Holmes?«

»So ist es in der Tat, Majestät. Sowie das Evangeliar von Lindisfarne, das ich ebenfalls wiederbeschaffen sollte. Aber das ist eine lange Geschichte. Ich war ein paar Tage lang *incognito* der Bibliothekar des Diebes, doch dann traf ein Brief aus London ein. Dadurch wurde meine Tarnung obsolet und ich musste mit meiner Beute eilends die Flucht antreten.«

»Den Arzt! Schnell!« Ein Soldat kam im Laufschritt in den Hof geeilt. Er trug Seba Baltamar auf den Armen, deren Blut vom Bein auf die Erde tropfte.

»Sie lag im Wald«, meldete der Soldat. »Allein. Der Kerl war weg!«

»Ins Schloss. Schnell! Ich bin Arzt!«, rief ich. »Majestät! Kommen Sie, Soldat!«

Brav trug er Seba Baltamar hinter mir her ins Haus.

»Küche?«, brüllte ich ein junges Mädchen an, das uns ziemlich kopflos entgegeneilte. Angstvoll zeigte sie mir den Weg. »Mitkommen!«, befahl ich. »Heiß Wasser!«, verlangte ich, ohne mich noch um eine korrekte deutsche Grammatik zu scheren. »Und Schnaps!«

Mit einer Armbewegung räumte ich einen Tisch voller Töpfe und Geschirr frei. Der Soldat legte die Verletzte darauf. Das Mädchen brachte einen Topf voller heißes Wasser vom Herd.

»So ein verfluchter *Schaygets*!«, schimpfte die Leibwächterin. »Der Halunke hat mir eine Handvoll Dreck ins Gesicht geschmissen. Ich konnte nichts mehr sehen. Und dann rammte er mir den Säbel ins Knie! Aber ich hatte …«

»Sch-sch!«, zischte ich, um sie zu beruhigen.

»Messer!«, herrschte ich das Dienstmädchen an. Sie reichte mir ein riesiges Küchenmesser. Nicht das, was ich brauchte, aber gut! In der Wunde in Sebas Knie steckte noch eine abgebrochene Säbelspitze. Ich schnitt die Hose über dem Stiefelschaft auf. »Handtuch!«

»Aber ich hatte meinen Degenbrecher …«

»Ja, ja, ich sehe!«

Ich stopfte der Verletzten ein Küchentuch zum Daraufbeißen in den Mund. Sachte drehte ich ihr den Parierdolch mit der kammartig eingekerbten Klinge aus der Hand, den sie noch immer umklammert hielt. Ich hatte gar nicht gewusst, dass solche altertümlichen Mordinstrumente noch verwendet wurden! So vorsichtig wie möglich begann ich die Untersuchung. Von Tarkus hatte ihr tatsächlich seinen Säbel in die Kniescheibe gerammt! Zorn übermannte mich! Wie konnte man das einem Gegner antun? Noch dazu einem weiblichen? Aber der tapferen Frau war es gelungen, die Klinge abzubrechen. Das musste ihr höllisch wehgetan, aber von Tarkus in die Flucht getrieben haben.

»Auf drei!«, kommandierte ich und griff die Säbelspitze. Sebas Körper spannte sich in Erwartung des Schmerzes.

»Eins, zwei!« Statt auf drei zog ich die Spitze schon bei zwei heraus. Alter Feldscher-Trick, aber wirksam! Seba fiel trotzdem in eine wohltätige Ohnmacht.

Es gelang mir, die Blutung sofort zu stillen, die Wunde zu desinfizieren und einen Verband anzulegen.

»Was ist mit ihr?« Das war die Kaiserin, die hinter mich getreten war und mir neugierig über die Schulter schaute.

»Majestät, das ist nichts für …« Ich brach ab, weil mir einfiel, dass es mir nicht zustand zu entscheiden, ob ein Anblick für die Kaiserin geeignet sei oder nicht. Außerdem wusste ich ja längst, dass ihr vermutlich vor gar nichts graute. »Ihr Bein wird vermutlich steif bleiben. Sie wird es für den Rest ihres Lebens nach sich ziehen. Ganz zu schweigen von der Ausübung von *sports* jeder Art!«

»*Merde*!«

Ich glaubte mich verhört zu haben.

Sie umarmte ihre Leibwächterin und drückte ihr einen Kuss auf die Stirn. Mir drückte die Kaiserin in aller Heimlichkeit diskret und dankbar den Arm. »Sie haben Uns in letzter Sekunde gerettet, Doktor. Das werden wir Ihnen nie vergessen!«

»Ach, es war nichts«, antwortete ich gelassen. »Wirklich gar nichts, Majestät!«

Sie lächelte. »Wir werden dafür sorgen«, versprach sie, »dass unsere Leibwächterin, die ihre Gesundheit für uns geopfert hat, in ihrem weiteren Leben keine Not leiden muss!«

»Zu gütigst, Majestät«, begann ich, »aber was mir schier den Verstand raubt, ist: Was wäre geschehen, wenn Sie bei dem Gefecht verletzt worden wären? Ich meine …«

»Sorgen Sie sich nicht um Uns, Doktor. Irgendwann wird Unsere Seele durch eine ganz kleine Öffnung in Unserem Herzen in den Himmel entgleiten. Wir sind alle in Gottes Hand!«

Dagegen ließ sich wenig einwenden.

Nachdem ich Seba Baltamars Knie fertig verbunden und mit einem großen Kochlöffel geschient hatte, folgte ich den Soldaten, die das Schloss eiligst durchkämmten. Sherlock Holmes führte sie in die Bibliothek, wo in einem Schrank ein gefesselter und geknebelter Mann saß. Holmes erklärte, um wen es sich da handelte.

»Dies ist Wilhelm, der andere Bibliothekar. Mein Aufpasser. Um die gestohlenen Manuskripte und das Evangeliar zu retten, musste ich ihn erst überwältigen und fesseln. Er erledigte auch die Post für von Tarkus. Er hatte mir einen Brief aus London vorgelesen. ›Sherlock Holmes wird in Brüssel etc. durch den Schauspieler Henry Irving vertreten‹, las er mir vor. ›Holmes und dieser Arzt Doktor Watson sind unterwegs nach Tirol, nennen sich aber Domaschnik und Yannik.‹ Wahrscheinlich ahnte Wilhelm, dass mit dem Detektiv aus London ich gemeint war. Meine Tarnung würde sicherlich nicht mehr lange Bestand haben. Ich musste sofort handeln! ›Von wem stammt denn der Brief?‹, fragte ich scheinbar leichthin. ›Cito Cabanossi. Keine Ahnung, wer das ist.‹ Natürlich wusste ich genau, wer das war. Ich hatte bereits geahnt, das Cabanossi mehr wusste und vorhatte, als er zugab, mich aber in der Eile nicht mehr um ihn gekümmert. Eine Unterlassung, für die ich mich selber hätte ohrfeigen können! ›Das muss sofort der Führer erfahren!‹, sagte ich, Schrecken in meine Stimme legend. Wilhelm nickte. Als er sich umdrehte, schlug ich ihn nieder. Da liegt er nun.«

Wilhelm wurde befreit und fortgebracht.

Es kam zu keinem weiteren Diner mehr mit der Kaiserin, aber der Abschied war sehr herzlich und persönlich.

»Wir haben Uns heute Nachmittag hervorragend amüsiert, Doktor Watson, und Sie haben Uns durch Ihr beherztes Eingreifen das Leben gerettet. Leider können wir Sie dafür nicht in den Adelsstand erheben oder zum K.u.k.-Rittmeister ernennen, aber wir können Ihnen einen paar Tropfen kaiserliches Herzblut schenken. Das hier haben Wir selber verfasst. Wir dichten sehr oft. Unser großes Vorbild ist Heinrich Heine. Ohne ihn könnten wir gar keine Gedichte schreiben. Dieses fiel Uns heute Nacht ein. Bitte nehmen Sie es, Doktor Watson, als Zeichen des Dankes einer Kaiserin. Zur Erinnerung!« Sie überreichte mir ein zusammengerolltes und gesiegeltes Blatt Papier.

»Majestät … kaiserliche Hoheit …«, stotterte ich. Ich weiß nicht, was ich sagen soll. Geruhen Sie meinen untertänigsten Dank entgegenzunehmen!«

»Schon recht! Das geht sich schon aus. Wenn Wir dann eines Tages in der Kapuzinergruft ruhen, lesen's dies kleine Gedichtchen noch einmal und denken's an die unglückliche Kaiserin Elisabeth. Und vielleicht sprechen Sie sogar ein kleines Gebet für Unser Seelenheil. Vielleicht hilft Uns das, in einer anderen, besseren Welt glücklicher zu sein als Wir hier auf Erden waren. Behalten Sie es zur Erinnerung! Möge es Ihnen helfen, Uns und auch den armen Erzherzog Gianni ein klein wenig besser zu verstehen!«

Ich hatte etwas Ähnliches kommen sehen und überreichte die Niederschrift der Geschichte, die ich dem kaiserlichen Ohr zu Gehör gebracht hatte. Sie nahm sie huldvoll an, gab sie aber sofort Oberst von Michelstätt weiter. »In Unsere Gemächer!«

Der Oberst schob die Blätter in seine Uniformjacke.

»Der Dank der Kaiserin sei Ihnen gewiss, Doktor. Und nun leben Sie wohl! Und auch Sie, Herr Sherlock Holmes! Wir wünschen Ihnen Gottes Segen und allzeit Erfolg im Kampf für Recht und Gesetz! Die Welt braucht und verdient Männer wie Sie beide!«

Wir verbeugten uns tief. Als wir uns wieder aufrichteten, war die Kaiserin verschwunden, als wäre sie nie da gewesen.

Die Soldaten setzten gefangen, was sich an Menschen im Schloss befand. Danach rückte die Gendarmerie an, die die Leute verhörte, das Diebesgut einpackte und Protokolle über Protokolle ausfertigte – natürlich ohne die Anwesenheit der Kaiserin zu erwähnen.

Für uns hieß es am nächsten Tag Abschied nehmen von Südtirol und seinen lieblichen Gärten. Natürlich machten wir vor unserer Abreise noch der treuen Lisbeth und ihrem Vater unsere Aufwartung. Der alte Schragnagel kam uns mit einer teuren Zigarre in der Hand förmlich entgegengetanzt. Er hatte sie erst halb geraucht und wurde nicht müde, ihr wunderbares Aroma zu loben. Lisbeth hatte ihren Florin in einem Kistchen teurer Importzigarren angelegt und seine stinkenden Tabakvorräte einfach in die Talfer ausgeleert. Kein anderes Geschenk hätte ihrem Vater eine größere Freude bereitet. Wir dankten ihr noch einmal für ihre diskrete Hilfe, auch wenn wir sie kaum in Anspruch nehmen mussten. Zwei weitere Florins – einen von mir und einen von Holmes – wollte sie zunächst gar nicht annehmen. Erst nach längerem Zureden schob sie die Münzen in eine verborgene Tasche ihres Rockes. Dabei sah sie sich nach ihrem Vater um, doch der schwelgte noch immer in seiner Tabakwolke und bemerkte von unserer geheimen Transaktion nichts. Während sie Holmes mit großer Zurückhaltung lediglich die Hand schüttelte, umarmte sie mich zum Abschied wie einen lieben Verwandten.

»Es war richtig spannend mit Euch ... mit Ihnen«, meinte sie, bevor wir ihr kleines Geschäft verließen.

Heigo von Tarkus war übrigens spurlos verschwunden und blieb es zunächst auch. Er tauchte erst ein paar Jahre später in der Türkei wieder auf, aber das ist eine andere Geschichte.

XIX.

Nach einer ereignislosen Rückreise vom Kontinent, über die ich infolge ihrer Ereignislosigkeit kein Wort verlieren muss, und einem kurzen Stopp bei Mrs Hudson zum Umziehen fuhren wir in einer Pferdedroschke, nun wieder standesgemäß in Frack und Zylinder, in 122, Regent's Park Road, vor Friedrich Engels' Wohnhaus vor, einem feudalen, vierstöckigen Gebäude mit einem umlaufenden, schmiedeeisernen Balkongeländer über dem Erdgeschoss und einem Zaun mit lanzenartigen Spitzen um den schmalen Vorgarten. Hier lässt es sich leben!, dachte ich für mich.

Wir stiegen die Treppe zum linken Eingang hinauf. Holmes betätigte den Klingelzug. Als hätte sie hinter der Tür gewartet, öffnete uns sofort eine kleine, freundliche Dame mit gescheiteltem Haar. Das musste die frühere Haushälterin von Karl Marx sein, die nach dessen Tod bei Friedrich Engels Arbeit und Lohn gefunden hatte.

»Mister Holmes, Doktor Watson!«, begrüßte sie uns mit hartem, deutschem Akzent. »Ich bin Lena Demuth, die Haushälterin. Seien Sie herzlich willkommen! Wir haben Ihr Telegramm erhalten und Sie schon sehnlichst erwartet. Treten Sie näher! Frederick erwartet Sie im Salon. Wenn Sie mir bitte folgen möchten! Ach!« Bevor sie die Tür hinter uns schloss, blickte sie suchend die Straße hinauf und hinunter. »Haben Sie kein … äh … Gepäck?«

»Keine Sorge, Frau Demuth«, antwortete Holmes mit mildem Lächeln. »Das wird in wenigen Minuten gebracht. Wir haben für allerhöchsten staatlichen Schutz gesorgt.«

»Sie müssen wissen, mir liegt sehr am Herzen, was Sie uns bringen werden, Mister Holmes. Ich … ich darf vielleicht sagen, dass ich es war, die die Manuskripte in Karls Nachlass entdeckt hat. Ich wäre untröstlich gewesen, wenn sie verloren gegangen wären. Dieser Eddi! Der Schlag soll ihn treffen!«

Für eine Hausangestellte redete sie sehr viel und sehr offen. Außerdem schien sie über den seltsamen Casus genau Bescheid zu wissen. Wahrscheinlich, dachte ich, ist das bei Sozialisten so Brauch.

Lena Demuth führte uns die Treppe hinauf in den ersten Stock, wo Dr. Engels bereits mit unübersehbarer Nervosität unseres Eintreffens harrte. Im Aschenbecher lag, noch qualmend, eine halb ausgedrückte, gerauchte Zigarre, und er hatte sich ein Glas Cognac genehmigt. Es war noch halb voll, der Stopfen lag noch neben der Kristallkaraffe auf dem Rauchtisch.

»Dem Himmel sei Dank, meine Herren!« Vor lauter Erregung vergaß er, uns korrekt zu begrüßen. »Wo …?«

»Wird in wenigen Minuten geliefert, Doktor Engels. Der Kurierdienst des K.u.k.-Außenamtes wird pünktlich zur vollen Stunde …«

Es läutete.

Holmes blickte, den Vorhang einen schmalen Spaltweit zur Seite schiebend, aus dem Fenster. Ein Wagen fuhr vor.

»Ja, das wird er sein!«

Frau Demuth rannte wie ein aufgeregter Backfisch nach unten. Wir nahmen derweil Platz, lehnten aber Getränke jeder Art, die Engels anbot, erst einmal ab. Dann ertönten Schritte auf der Treppe. Frau Demuth riss die Tür auf. Engels sprang wieder auf. Zwei livrierte Männer trugen eine Holzkiste in den Raum.

»Österreichisches Außenministerium, Kaiserlich-königlicher Kurierdienst«, meldete der Ältere und blickte fragend in die Runde.

Dr. Engels deutete mit einer fahrigen Handbewegung an, man möge doch die Kiste abstellen und öffnen. Der ältere Mann kniete sich mit einem Nicken hin. Der jüngere holte einen Schraubendreher aus der Uniform und reichte ihn dem Kollegen hinunter. Der drehte mit geradezu quälender Langsamkeit, im vollen Bewusstsein der Bedeutsamkeit seines Auftrages, die Schrauben aus dem Deckel. Es waren neun Stück. Bis die neunte *»heraußen«* war – so die Ausdrucksweise des Mannes beim Fallen der letzten Schraube –, schien Engels schier vor Ungeduld zu vergehen.

»Das ist wie Geburtstag und Weihnachten zusammen«, erklärte er. »Ich fühle mich ehrlich gesagt wie ein Kind vor der Bescherung. Lenchen!« Er legte den Arm ganz unstandesgemäß um seine Haushälterin und drückte sie kurz. Es hätte nicht viel gefehlt, und er hätte sie geküsst. Frau Demuth sah lächelnd zu seinem Rauschebart hinauf. Dann verschwand ihr Lächeln und sie ließ sich in ihre Rolle als Haushälterin zurückfallen. Sie hob ein Handglöckchen und läutete. Sofort erschien ein Mädchen, die Kuriere in Empfang zu nehmen. Frau Demuth überreichte dem älteren einen Geldschein aus ihrer Schürzentasche. Daraufhin ließen sich die beiden unter vielen Dankesbekundungen und Verbeugungen hinausbegleiten.

Als sich die Tür hinter ihnen geschlossen hatte, blickten Engels und Frau Demuth in die Kiste. Dann schauten sie sich erstaunt an. Weil es unhöflich gewesen wäre, selber einen Blick zu riskieren, bezähmte ich notgedrungen meine Neugier.

Engels griff tief in das Behältnis und zog mit erstauntem Gesichtsausdruck einen länglichen Gegenstand daraus hervor.

»Öha!«, stieß er hervor.

Ich musste schlucken. Das war ja mein Schmetterlingsnetz! Ich musste es an dem Platz vergessen haben, von dem aus ich die Kaiserin beim Baden beobachtet hatte.

»Ach, das! Das, äh, gehört mir«, stotterte ich, vermutlich mit schamroten Ohren. »Ich hatte es im Wald bei Bozen vergessen. Darf ich?« Ich streckte die Hand aus.

Kopfschüttelnd, voller Unverständnis legte Engels den Stab hinein.

Eilends versteckte ich das Netz hinter meinem Rücken. Holmes' Lippen umspielte ein mokantes Lächeln, er sagte aber nichts. Ich war blamiert! Die Kaiserin hatte alles gewusst, aber nichts gesagt! Ausgesprochen nobel von ihr, aber für mich eben doch sehr, sehr peinlich!

Engels blickte erneut in die Kiste. Nun erst hob er andächtig die beiden Kästen heraus und stellte sie vorsichtig auf den Tisch.

»Ja! Sie sind es! Unbeschadet! Mister Holmes! Wir … und die Bewegung sind Ihnen zu immerwährendem Dank verpflichtet. Ihre Verdienste sind unermesslich.« Er schüttelte uns die Hände. Erst Holmes, dann mir, dann wieder Holmes.

»Lenchen, den Champagner! Das muss gefeiert werden! Und dann müssen die Herren erzählen. Alles! Und danach wird gegessen. Ist der Hirsch fertig? Wir haben nämlich zur Feier des Sieges ausnahmsweise einmal jagen lassen!«

»Ich frage den Koch! Aber nicht ohne mich anfangen!«

Im Nu war sie verschwunden. Potztausend!, dachte ich, für eine Hausangestellte nimmt sich Frau Demuth ja eine Menge heraus! Holmes lächelte weiter unbeteiligt.

Dann erschien Frau Demuth mit einem silbernen Sektkühler; das Hausmädchen trug vier Champagnerflöten auf einem Tablett. Vier?, fragte ich mich, trinkt die Haushälterin etwa mit? Sie trank mit. Und wie! Dr. Engels und Frau Demuth waren derart enthusiasmiert, dass die erste Flasche im Nu geleert war. Wir als Gäste hielten uns natürlich zurück.

Schließlich hatte sich unser Gastgeber etwas beruhigt. Wir nahmen wieder in den Sesseln Platz.

Dann begann Holmes zu berichten. »Tja, ich muss zu meiner großen Schande gestehen, dass ich für mich nur einen geringen Beitrag an der Wiederbeschaffung der *Kapital*-Manuskripte leistete. Es gelang mir, mich als

Schweizer ausgebend und ein paar interessante, wenngleich gefälschte Manuskripte zum Kauf offerierend, Arbeit als Bibliothekar bei Heigo von Tarkus zu finden. Ich sollte seine Bibliothek ordnen. Natürlich war es mir ein Leichtes, die Manuskripte zu entdecken. Außerdem fand ich das Lindisfarne-Evangeliar, welches ich im Auftrag des Besitzers ebenfalls wiederbeschaffen sollte. Leider war mir ein zweiter Bibliothekar als Aufpasser beigesellt. Ich musste also vorsichtig sein. Den Kontakt mit Doktor Watson, der im Hotel geblieben war, musste ich leider abbrechen, aber ich muss festhalten, dass er unabhängig von mir, voller Tatkraft und Ideenreichtum …«

»Und einer riesigen Portion Glück«, fügte ich hinzu.

»Nun, vielleicht auch das, aber vor allem mit Tatkraft und Ideenreichtum half, den Fall auf spektakuläre Weise von der anderen Seite her zu lösen. Sie haben gesehen, dass der kaiserlich-königliche österreichische diplomatische Kurierdienst die inkriminierten Manuskripte anlieferte. Wir verdanken das niemand anderem als Kaiserin Elisabeth von Österreich persönlich, die nicht nur die Manuskripte eigenhändig mit dem Säbel in der Hand zurückerobern half, sondern auch für ihren sicheren Rücktransport nach England sorgte. Die Rückkehr der Manuskripte ist also sozusagen dem Klassenfeind in eigener Person zu danken!«

»Wie jetzt? Die Kaiserin hat …? Beim Essen können Sie alles erzählen! Alles! Kommen Sie!«

Er führte uns in ein festlich gedecktes Speisezimmer. Nach der Suppe, bei einem wunderbaren Hirschbraten und sündteurem Burgunder berichtete ich, wie ich die Kaiserin kennenlernte. Die Episode mit dem Bad im Waldsee gab ich sehr verknappt wieder, erwähnte aber den Angriff auf den Wanderlichtbildner, bei dem ich, wie ich betonte, mein Schmetterlingsnetz vergaß. Ich erzählte weiter, wie sich die Kaiserin als große Liebhaberin der Literatur im Allgemeinen zu erkennen gab und als geheime Opponentin der Politik ihres kaiserlichen Gemahls im Besonderen. Ich vergaß auch nicht, ihre Bemerkung zu erwähnen, der Kaiser habe ein Exemplar des *Kapitals* aus dem Besitz seines Sohnes Kronprinz Rudolf mit eigener Hand aus dem Fenster geworfen.

Schließlich schilderte ich das kurze Gefecht mit von Tarkus' akademischer Leibwache, die weder gegen Sisi noch gegen deren militärische Entourage die geringste Chance gehabt hatte. Die Episode mit den Hunden malte ich nicht weiter aus. Ich wollte mich nicht als Held aufspielen.

»Sie haben von Tarkus kennengelernt, meine Herren, *respectivement* eine seiner Veranstaltungen besucht. Mir ist bis heute noch nicht klar geworden, wozu er Karls unveröffentlichte Manuskripte brauchte.«

»Von Tarkus ist eine komplexe Persönlichkeit, Doktor Engels. Er ist hochgebildet und sehr intelligent, dabei auch fromm, aber vor allem eitel und machthungrig. Er träumt von einem Reich unter dem Symbol des Blitzkreuzes, einer Art Internationale, wie Sie, Doktor Engels, und Karl Marx sie dereinst leiteten. Das Blitzkreuz soll die Einheit symbolisieren, über Ländergrenzen hinweg und ohne Einschränkungen durch Nationalitäten oder Religion.«

»Verzeihen Sie, Mister Holmes, ich verstehe noch nicht ganz. Was versteht dieser von Tarkus unter diesem Blitzkreuzlertum? Sozialismus? Oder etwas anderes?«

»Ich glaube, daran laboriert er noch. Das äußerliche Ziel der Blitzkreuzler ist es, eine politische Organisation, eine transnationale Union zu bilden. Irgendwann einmal. Freilich dürfte es vor allem eine Diktatur werden, denn es handelt sich um den Nukleus einer neuartigen Verbrecherorganisation, die sich selbst durch ihre Verbrechen finanziert. Erpressung, vor allem der Herrschenden, Raub, Mord, was Sie wollen. Was die Erpressung betrifft, so beschäftigte er mehrere Fotografen, die inkriminierende Aufnahmen von wohlhabenden Menschen machten. Ehrbare Männer in den Armen ihrer Geliebten oder verheiratete Frauen mit ihren Liebhabern. Die mussten dann zahlen, damit diese unrühmlichen Affären nicht öffentlich wurden. Oder Geschäftsleute! Sie mussten dafür bezahlen, dass ihre Geschäftsräume nicht abbrannten. Manche, die Widerstand leisteten, oder erfolglose Untergebene ließ er grausam bestrafen. Diesen Fotografen etwa, der diese wertvolle französische Maschinenkamera verloren hatte, ließ er einfach erdrosseln. Einem Hausmädchen, das ein Tablett mit Geschirr hatte fallen lassen, verbrannte er zur Strafe genüsslich die Hand in kochendem Wasser. Eine seltsame Mischung aus Bosheit, Gelehrsamkeit und juveniler Angeberei! Wie gesagt, sehr unausgegoren das Ganze.

»Ja, aber was denkt man dort?«

»Das ist die Frage. Das Weltbild dieses von Tarkus ist äußerst diffus. Eklektizistisch würde ein Philosoph das wohl nennen. Zweifellos ist er Macchiavellist, aber der Gedanke einer Internationale fasziniert ihn gleichermaßen. In einem fort führt er das Wort Grenzüberschreitung im Munde. Vom Anspruch her würde ich ihn als wissenschaftsgläubigen Vernunftmenschen charakterisieren. Als Vernunftidioten, besser gesagt.«

»Vernunftidiot! Gut gesagt!«

»Sonst ist er ein Wirrkopf. Jedes Mittel scheint ihm recht, um alte Herrschaftsformen zu überwinden. Er hasst den Islam, aber auch Juden. Für die scheint sein Internationalismus nicht zu gelten. Zweifellos schmiedet er auch Pläne für kriegerische Auseinandersetzungen. In seiner Büchersammlung fanden wir unter anderem zahlreiche Zeitungen wie die *Neue Oder-Zeitung*, in der Sie mit Karl Marx über den Krieg schrieben.

»*Bien! La guerre!* Das verstehe ich! Aber warum hat er die anderen Manuskripte ... die vom *Kapital* ... sagen wir: an sich gebracht?«

»Welches Motiv hat eine Elster? Sie stiehlt eben. Oben auf dem Blitzkreuz müsste eigentlich ein solcher Vogel sitzen. Wahrscheinlich, doch das ist nur eine Arbeitshypothese, will er seine Referenzwerke im Original besitzen. Es käme seiner Eitelkeit entgegen. Auf jeden Fall hat dieser Mann unglaubliche Mengen an wertvollen Büchern zusammengeraubt. Was wir fanden, trug unter anderem Stempel der Kaiserlichen öffentlichen Bibliothek in Sankt Petersburg, der Königlichen Bibliothek zu Berlin, unserer *British Library* und vieler anderer Bibliotheken. Das Lindisfarne-Evangeliar wollte er verkaufen. Darüber existiert eine Korrespondenz mit einigen Sammlern. Allerdings hatte offenbar noch keiner den

Zuschlag erhalten. Irritierend ist freilich seine Sammlung an, nennen wir sie, spektakulärer Literatur. Ich spreche nicht nur von Alexandre Dumas, sondern auch von Jules Verne. *Zwanzigtausend Meilen unter den Meeren* schien er besonders zu lieben, denn er besaß mehrere Ausgaben davon in verschiedenen Sprachen. Ich hatte ja mehrere Tage lang Gelegenheit, ihn zu beobachten. Sein auffallendster Charakterzug ist seine Sprunghaftigkeit. Er denkt nichts wirklich zu Ende. Gerade windet er sich noch auf Knien, um den Herrgott um Vergebung seiner Sünden anzuflehen, dann stürzt er zum Schreibtisch, um seine Weltherrschaftspläne niederzuschreiben. Sie können sich sicher vorstellen, dass dieses Verhalten das Vorgehen gegen ihn enorm erschwert. Kaum hatte ich mir eine Strategie zurechtgelegt, da durchkreuzte er sie auch schon wieder. Wegen seiner Sprunghaftigkeit war er ein schlechter Organisator. Seine Leibwache bestand aus verkrachten Studenten ohne jegliche militärische Erfahrung und Disziplin. Jeder machte, was er wollte. Ohne jeden Plan. Außerdem trieb sich im Schloss eine hässliche, dummdreiste Weibsperson mit üppig wucherndem Damenbart herum, die den ganzen Tag keifte und schimpfte und mit jedermann Streit anfing.«

»Seine Geliebte?«

»Schlimmer. Viel schlimmer! Seine Mutter!«

»Das erklärt manches. Sicherlich auch seine Vorliebe für bärtige Frauen, die ans Kreuz geschlagen werden.«

»Ja, wahrscheinlich. Beim Essen phantasierte er dann stundenlang über das neu zu gründende Weltreich unter dem Blitzkreuz. Es war manchmal kaum auszuhalten! Leider ist er seit seinem Verschwinden nicht mehr aufgetaucht. Sonst könnten wir ihn näher zu all dem befragen. Aber ich bin sicher, dass wir in Zukunft noch einiges von ihm hören werden. Ich denke nicht, dass er so schnell seine Pläne aufgibt. Spätestens in ein paar Jahren wird er sich wieder zu Wort melden. Vielleicht mit seinen alten Ideen vom Reich unter dem Blitzkreuz, vielleicht mit neuen. Wir können froh sein, dass er vorerst von der Bildfläche verschwunden ist.«

»Von mir aus kann er verschwunden bleiben«, warf ich ein. »Wenn ich mir vorstelle, was er der Leibwächterin der Kaiserin angetan hat! Der Molosser hätte ihn beißen sollen!«

»Es wäre nicht unverdient gewesen!«

Dr. Engels berichtete in der Folge von Abenteuern, die Henry Irving als Holmes' Doppelgänger in Trier, Brüssel und einigen anderen Städten des Kontinents zu bestehen hatte. Wie Holmes schon vorausgesagt hatte, jagte Irving von einer Stadt in die andere, von einer falschen Spur zur nächsten. Telegrafische Lösegeldforderungen aus verschiedenen Ländern – Belgien, dem Reich, Frankreich – wurden gestellt, aber die Übergabe in letzter Sekunde immer wieder abgesagt.

»Ich wusste es, dass der Dieb kein Interesse an der Rückgabe der Manuskripte hatte.«

»Sie hatten recht, Mister Holmes, so verdammt recht!«

Das Meiste, was nun noch zu besprechen war, ist nicht mehr von Belang. Nach dem Essen rauchten wir – dieses Mal ohne Helene Demuth – in Dr. Engel's Arbeitszimmer noch eine Zigarre. Schließlich zog Engels ein Scheckheft aus der Außentasche sowie einen *Fountain Pen* aus der inneren Brusttasche seines Jacketts und stellte erst einen, dann einen zweiten Scheck aus. Den ersten überreichte er Holmes.

»Wie vereinbart, Mister Holmes.«

Mister Holmes warf einen flüchtigen Blick darauf und steckte ihn mit einem kurzen, dankenden Kopfnicken ein. Dann wandte sich Engels mir zu.

»*Maintenant, monsieur le docteur...*« Er reichte auch mir einen Scheck. Beim Anblick der Summe erschrak ich.

»Aber ... aber ... Das ist viel zu viel!«

»Nein, nein, Doktor! Nehmen Sie ruhig! Sie haben es sich verdient. Es war im Grunde Ihr Fall. Mister Holmes ist dem Dieb auf die Spur gekommen und hat die Manuskripte geborgen, aber Sie haben durch Ihr Eingreifen und die Kampfeslust der Kaiserin den Dieb in die Flucht geschlagen. Ich weiß das sehr zu schätzen.«

Ich dankte Engels, beschämt ob der unerwarteten Höhe meines Honorars, das gar nicht vereinbart gewesen war. Wir tauschten noch einige Höflichkeiten aus, dann verließen wir diesen großen, hochgebildeten und großzügigen Mann und seine Haushälterin. Wir sollten uns nie wiedersehen, obwohl Engels doch nur um die Ecke wohnte. In den folgenden Jahren bis kurz vor seinem Tod im Jahre 1895 widmete er sich außer seiner unermüdlichen politischen Tätigkeit der Herausgabe der beiden Folgebände von *Das Kapital*. Zum Teil mit Hilfe von Lena Demuth schaffte er es tatsächlich, das unleserliche Gekritzel des Philosophen zu entziffern. Schon 1885 erschien der zweite Band, *Der Zirkulationsprozess des Kapitals*, aber erst 1894 der dritte: *Gesamtprozess der kapitalistischen Produktion*. Überflüssig zu erwähnen, dass er Holmes und mir jeweils ein handsigniertes Exemplar in die Baker Street schickte. Überflüssig auch zu erwähnen, dass ich die Bücher nie mehr als nur anlas. »Verschreib es deinen Patienten als Schlafmittel«, empfahl meine Frau, nachdem sie einmal hineingesehen hatte. Wo sie recht hat, hat sie recht, meine herzenskluge kleine Mary! Es ging mir nämlich nicht anders!

Der Duke of Devonshire – der Besitzer des Lindisfarne-Evangeliars – schickte ebenfalls einen üppig dimensionierten Scheck. Heute gehört das unersetzliche Buch der *British Library*.

Nachzutragen bleibt ferner das Schicksal von Seba Baltamar, deren Bein leider trotz meiner Bemühungen und der Bemühungen meiner österreichischen Kollegen, trotz mehrerer Operationen und zahlloser Kuraufenthalte in Bad Ischl und anderswo, steif blieb. Die Kaiserin veranlasste jedoch in nobelster Solidarität die Erhebung ihrer Freundin in den Adelsstand und stiftete eine Ehe mit Oberst Andrász Dohnányj von Michelstätt. Weil Seba Baltamar zwar katholisch getauft, aber jüdischer Abkunft war, quittierte der den Dienst, um sich fortan auf seinen ungarischen Gütern der Pferdezucht und seinen Kindern zu widmen, von denen, wie man im Adelskalender nachlesen kann, im Laufe der Jahre eine stattliche Anzahl zur Welt kam.

Tja, und dann gab es da immer noch die Fotografien von diesem Wanderfotografen Veith Pakfeifer. Obwohl ich mir nicht sicher war, ob sie nicht vielleicht in Wahrheit Fanny Angerer zeigten, habe ich es nie übers Herz gebracht, sie dem Feuer meines Kamins zu überantworten. Nicht auszudenken, was meine Mary gedacht hätte, hätte sie sie zufällig gefunden! Darum versenkte ich sie auch nicht in meiner Armeekiste, sondern steckte sie einfach zwischen die Seiten der dickleibigen Biographie, die ich ein Jahr nach dem Tod der Kaiserin erwarb. Der Titel lautete *Elizabeth, Empress of Austria. A Memoir.* Autor war ein gewisser Edward de Burgh. Das weiß ich noch genau, denn ich hatte das Buch – wegen der Bilder, denen es als Versteck diente – oft in der Hand. Leider besitze ich das Buch heute nicht mehr. Vorsichtshalber hatte ich mein Exlibris nicht hineingeklebt, denn ich wollte jederzeit leugnen können, der Besitzer des Buches und vor allem der Fotografien zu sein. Man wird ja älter. Ich hatte seinen kostbaren Inhalt völlig vergessen und es wohl irgendwann einmal verliehen, aber an wen – das weiß ich heute nicht mehr. Ich mag auch niemanden, der es sich ausgeliehen haben könnte, danach fragen. Das wäre mir gar zu peinlich. Möglicherweise geriet das Buch in einen Karton mit Literatur, die ich vor einem Umzug aussonderte und einer Bibliothek spendete. Das ist ebenfalls möglich, aber keinesfalls gewiss. Auf jeden Fall sind die Fotografien unwiederbringlich verloren. Vielleicht taucht *Empress of Austria* irgendwann einmal in der Wühlkiste eines Bouquinisten auf, ein Interessent findet es, erwirbt es für ein paar Pennys und entdeckt zu Hause den Schatz. Vielleicht ist es ein Geistlicher, der die Bilder entsetzt als Teufelszeug fortwirft oder sie verbrennt. Oder er ist kein Geistlicher, erkennt ganz undogmatisch die abgebildete Dame, bringt die Fotografien zu einem Auktionshaus und verdient ein hübsches Sümmchen, mit dem er nicht gerechnet hat. Es sei ihm von Herzen gegönnt! Nur gut, dass mein Name weder auf den Fotokartons noch in dem Buche steht. Es wäre gar zu peinlich. Nicht nur für mich – auch für die Kaiserin, die es nicht verdient hat, auf diese Weise bloßgestellt zu werden.

Nachzutragen bleibt abschließend auch noch das Gedicht, das die Kaiserin mir gnädigst zu schenken geruhte. Es trägt den Titel *Der Leichenzug* und ist in einer zierlichen, korrekten Handschrift auf ein Blatt Büttenpapier geschrieben. Unter der Überschrift steht die Widmung *Für Dr. med. John H. Watson,* und darunter der Name der Verfasserin: *Elisabeth.* Mehr nicht. Und fürsorglich hatte sie einen im Wiener Dialekt gehaltenen Ausdruck gleich ins Englische übersetzt (und dabei sogar den Reim beibehalten).

Gar zu gerne hätte ich einmal das lyrische Gesamtwerk der Kaiserin kennengelernt, doch das ist nicht möglich. Es darf erst, so hat sie im Jahre 1890 verfügt, im Jahre 1950 veröffentlicht werden. Das werde ich leider nicht mehr erleben.

Zeitlebens war ich jedes Mal aufs Neue tief berührt von dem kleinen Text, denn ich ahnte, dass die Dichterin mit dem verstorbenen Dichter nicht Heinrich Heine oder irgendjemand anderen meinte, sondern sich selbst.

Vielleicht hat sie auch dichtend frühen Todesvorahnungen nachgegeben. Am 9. September 1898 hielt sich die Kaiserin im Hotel *Beau-Rivage* in Genf auf. Vor jenem Hotel rammte ihr der italienische Anarchist Luigi Lucheni eine angespitzte Feile ins Herz. Eigentlich hatte er den Prinzen von Orléans töten wollen, doch dieser war in Abänderung seiner ursprünglichen Reisepläne nicht am Ort seiner geplanten Ermordung erschienen.

Die Kaiserin war so fest korsettiert, dass sie von dem Stich zunächst nichts spürte. Sie erhob sich wieder, bedankte sich freundlich bei allen, die zu ihrer Hilfe herbeigeeilt waren, und sprach mit ihrer Begleitung noch zehn weitere Minuten über das Attentat. Erst auf einem Dampfer brach sie zusammen. »Aber was ist denn mit mir geschehen?«, sollen ihre letzten Worte gewesen sein. In ihrem Hotel erlag sie schließlich ihrer Verletzung.

Bis zu ihrem Tod hatte das Blatt gerahmt in meinem Schlafzimmer in der Baker Street gehangen, später in meiner ehelichen Wohnung und dann, nach dem Tod meiner lieben Mary, wieder in der Baker Street. Als die Zeitungen Elisabeths Tod von der feigen Hand des Meuchelmörders gemeldet hatten, nahm ich das Blatt aus Pietät von der Wand und packte es zu meinen Manuskripten und Erinnerungsstücken in meine alte Militärkiste. Damals entschied ich, dass es nach fünfzehn Jahren endlich Zeit sei, über den Fall, der 1883 mit dem Verschwinden der Marx-Manuskripte so vergleichsweise harmlos begonnen hatte, einen schriftlichen Bericht abzufassen – wohl wissend, dass ich ihn zu Lebzeiten wohl nie würde veröffentlichen dürfen. Noch lebte ja der verwitwete österreichische Kaiser, und seine verewigte Gemahlin hatte ihm ja nicht uneingeschränkt Ehre gemacht. Trotzdem machte ich mich ans Werk.

Noch heute sehe ich die Kaiserin vor meinem geistigen Auge, wie sie damals gut gelaunt, ich möchte fast sagen mit unbeschwert jungmädchenhaftem Vergnügen und diebischer Freude, etwas Unziemliches zu tun, im Kreise ihrer Freundinnen und Bedienten an ihrer Zigarre zog.

Der Leichenzug

An einem düsteren Regentag,
Als ich unter Langweile litt,
Begegnete ich einem Leichenzug,
Und aus Langweile schritt ich mit.

Zwei Rosse schleppten in schwarzen Schabracken,
Ihren fetten Kohldampf im Bauch,
Und senkten voll Demut die Nacken –
Genau wie wir Menschen auch.

Es gab heuer keine Leichenmusik,
Und sicher begrub man den Toten nackt.
Acht Hufe nur, klack und klick, klack und klick,
Klopften monoton einen Takt.

Eine Zeit lang schlurfte ich schweigend mit,
Dann erwachte Neugier in mir.
Ich fragte den Herrn, der neben mir schritt:
»Bitt' schön, wen begraben's denn hier?«

Ich schaue in ein überraschtes Gesicht.
»Ja, Sie«, sagt der Herr, »san Sie bled?«, *[are you mad?]*
Und fährt dann fort: »Ja, wissen's denn nicht?
Man begräbt heute den Poet!«

XX.

ACKNOWLEDGEMENTS

Mein eher zufälliger Besuch mit meiner Frau im Trierer Karl-Marx-Haus im Frühjahr 2016 und der damals bereits seine Schatten vorauswerfende zweihundertste Geburtstag des großen Denkers 2018 ließen den Gedanken an einen Roman reifen, in dem sich Karl Marx und Sherlock Holmes begegnen, wenn möglich sogar in Trier. Eine kurze Recherche ergab jedoch *malheureusement*, dass bereits zwei Autoren vor mir auf eine ähnliche Idee gekommen waren. Der eine war der jüdisch-amerikanische Schriftsteller und Hörspielautor David Zane Mairowitz (*1943) – der Erfinder des sowjetischen Ermittlers Jewgenij Marlow – mit seinem Hörspiel *Sherlock Holmes und der Fall Karl Marx*. Holmes – gesprochen von Ulrich Matthes – erweist sich darin im Fiebertraum als Anhänger des Idealismus und damit als Opponent des Materialisten Karl Marx; in dieser Geschichte klaut der Anarchist Michail Bakunin (1814-1876) das Manuskript des ersten *Kapital*-Bandes.

Der zweite Vorgänger war der Soziologe Lewis Samuel Feuer (1912-2002), ebenfalls ein amerikanischer Jude und in seinen Jugendjahren ein bekennender Marxist, mit dem Roman *The Case of the Revolutionist's Daughter. Sherlock Holmes meets Karl Marx* (1993, keine deutsche Übersetzung). Feuer erwies sich als derart profunder Kenner der Materie, dass ich von vornherein von jedem Versuch absah, ihm Konkurrenz machen oder sein Werk gar irgendwie toppen zu wollen. Marx kommt bei Feuer zu Holmes, weil seine Tochter Eleanor »Tussy« verschwunden ist. Sie lebt schon zu Marxens Lebzeiten heimlich mit Dr. Edward Aveling zusammen. Diese Fiktion war dank einer gewissen familiären Geheimnistuerei von Tussy und dank einer etwas unklaren Überlieferungslage möglich.

Gegen den Wunsch von Ralf Kramp, der gerne einen lebenden Marx gehabt hätte, beschloss ich, meinen Roman erst nach Marxens Tod beginnen zu lassen, zumal mir, wie sich bei forschender Lektüre nach und nach zeigte, der polyglotte Friedrich Engels als Person nähersteht als der pekuniär ewig Not leidende Marx in seinen g'schlamperten Verhältnissen mit seinem unehelichen Sohn. Und so setzte ich den Weg fort, den ich in meinen früheren Holmesiaden begonnen hatte, nämlich meine Geschichten an den Büchern anderer Leute festzumachen, sie also in einem rein literarischen Raum anzusiedeln. *Im Reich des Cthulhu* (2008) etwa griff ich gleich mehrere *lost cases* Doyles auf und führte sie auf eine gemeinsame phantastische Ursache zurück. Gleichzeitig polemisierte ich in dem Roman gegen Howard Philipp Lovecraft, dessen untergangssüchtige Hauptfiguren ich noch nie hatte leiden können. *Der Werwolf* (2011) spielt mit verschiedenen Horrormotiven und führt Holmes in den Roman *Der dritte Mann* beziehungsweise in die

Abwasserkanäle Wiens sowie zu Karl Landsteiner, dem Entdecker der Blutgruppen. *Der Golem von Prag* (2016) schließlich ist eine Auseinandersetzung mit dem Werk Kafkas und unterstellt Kafka einen gescheiterten Versuch, sich als Autor einer Detektivgeschichte zu profilieren. *Das Erbe von Karl Marx* nun erzählt eine fiktive Episode aus dem Leben von Eleanor »Tussy« Marx und ihrem moralisch fragwürdigen Lebensgefährten Dr. Edward Aveling, dem ich einfach einmal unterstellt habe, er hätte beim Glückspiel viel Geld verloren und kurzerhand die Manuskripte der beiden letzten Bände von *Das Kapital* verpfändet. Wer sich wie Aveling von seiner langjährigen Lebensgefährtin pflegen lässt, während ihn ein Unterleibsabszess fast umbringt, wer danach heimlich, noch dazu unter falschem Namen, ein kleines *Flitscherl* vom Theater heiratet, und wer sich dann nicht einmal wundert, wenn die hochintelligente und sensible, betrogene Lebensgefährtin Eleanore Marx Gift nimmt und stirbt, dem ist auch ein solcher Unterschleif durchaus zuzutrauen. Die Geschichte der posthumen Wiederbeschaffung zweier Marx-Manuskripte enthob mich also des vermutlich frustrationsträchtigen Versuches, mit Feuers profundem, in lebenslanger Arbeit erworbenen Detailwissen über Karl Marx und den Frühkommunismus direkt konkurrieren zu müssen.

Relativ früh, noch vor allen weiteren Details, war auch die Idee zu einem »Roadmovie« geboren. Es sollte eine Schnitzeljagd quer durch Europa werden. Die Idee konkretisierte sich durch einen Urlaub in Bozen. Südtirol schien mir das perfekte Setting für den Showdown. Außerdem lockte mich die Idee, Sherlock Holmes einmal mit Romy Schnei…, äh, Kaiserin Sisi zusammentreffen zu lassen. Und die entstand so: Am Fuße der Kaskaden von Schloss Trautmansdorf in Meran, wo sich Sisi der Überlieferung nach besonders gerne aufhielt (obwohl es die wundervollen Gärten unterhalb des Schlosses damals noch gar nicht gab), sitzt seit nunmehr fünfzehn Jahren eine unbekleidete Badende aus Bronze, die sicherlich nicht unabsichtlich eine gewisse Ähnlichkeit mit Romy Schneider hat. Das gab mir die Idee ein, die in der Sisi-Literatur immer wieder erwähnte Neigung der Kaiserin zur Freikörperkultur – sei sie nun wahr oder nur gut erfunden – ein bisschen zu übertreiben. Ein gefälschtes Erpresser-Foto mit dem Kopf Sisis auf dem Rumpf einer nackten Laienspielerin jedenfalls gab es und deutet in die nämliche Richtung. Überhaupt schienen mir die Kaiserin und ihre Schwestern bei näherer Beschäftigung eine Art ziemlich ungenierte habsburgerinterne Oppositionszelle darzustellen. Und so setzte sich Puzzleteil um Puzzleteil zum Bild einer nadelspitzen Sisi zusammen, die so gar nichts mehr von der filmischen Mozartkugel an sich hat, die Romy Schneider in ihren Filmen spielte – von der Sisi in Luchino Viscontis *Ludwig II.* (1972) einmal abgesehen. Aus dem Faktenmaterial über die permanent aufmüpfige Kaiserin mit ihrem Fitnesswahn, ihrer rastlosen Reisewut und ihren vielfältigen sportlichen Aktivitäten entstand so eine Sisi, die vielleicht nicht ganz so war wie dargestellt, die aber *cum grano salis* so hätte sein können. Besonderer Wert wurde hierbei auf ihre Ausdrucksweise gelegt. Eine eigens geschaffene Kunstsprache sollte zu einer zwischen Statusbewusstsein als Kaiserin, Künstlertum und Emanzipationsstreben hin und her gerissenen Frau des 19. Jahrhunderts passen. Denk- und Ausdrucksweisen aus dem 20. oder 21. Jahrhundert sollten unbedingt vermieden werden.

Wie gesagt, dieser Roman ist in einem literarischen Raum angesiedelt. Neben den Manuskripten zu den beiden Abschlussbänden des *Kapital* bilden die Detektiv-Dagobert-Geschichten von Balduin Groller einen literarischen Bezugspunkt. Detektiv Dagobert, der Anfang des 20. Jahrhunderts durch eine mehrbändige Reclam-Ausgabe bekannt wurde, wurde als »der österreichische Sherlock Holmes« beworben. Es lag einfach auf der Hand, dass Holmes und Watson, wenn ich sie denn noch einmal nach Wien schicke, auch den Detektiv Dagobert kennenlernen müssen.

Allerdings, so muss ich gestehen, hat mich Balduin Grollers Detektiv nie so begeistert wie Sherlock Holmes und Doktor Watson. Das liegt vor allem am Fehlen wirklich sinistrer Bösewichte sowie einer Dr.-Watson-Figur. Dagobert berichtet stets allein im Rauchsalon des Ehepaars Grumbach von seinen Abenteuern, wo Violet Grumbach kaum mehr als eine Stichwortgeberin fungiert. Einmal, als er außerhalb Wiens ermittelt, wird er niedergeschlagen und treibt hilflos in einem Boot liegend einen Fluss hinunter. Sonst sind Dagoberts Fälle weder bedrohlich noch gar gefährlich, und eine drohende, gesellschaftliche Desavouierung – und eine solche muss Dagobert meist verhindern – wirkt heutzutage auf fast niemanden mehr einschüchternd. Aber als Informationsquelle über die Zustände in der K.u.k.-Monarchie schien mir Detektiv Dagobert genau die richtige Adresse.

Meine Dagobert-Interpretation verdankt übrigens einiges dem Aufsatz *Im Panikraum des Liberalismus* von Clemens Peck. Peck arbeitete die Unterschiede zwischen Holmes und Trostler heraus und ermöglichte die Gestaltung dieser Begegnung.

Ach so: den Schrattler, den Frau Violet kredenzt, gibt es wirklich. Allerdings war Othmar Schratt (*1954) kein Schauspielkollege Violet Grumbachs, sondern ist aktuell Ensemblemitglied am Landestheater Niederösterreich in St. Pölten. Sein Pflaumenbrand schmeckt wirklich unvergleichlich gut! Er soll übrigens ein Verwandter von Katharina Schratt (1853-1940) sein, die mit Sisis Billigung langjährige Geliebte Kaiser Franz Josefs war.

Die Geschichte, die Dr. Watson im Hause Grumbach und später noch einmal – dieses Mal mit dem finalen Duell am Ende – der Kaiserin höchstselbst vorträgt, heißt *Das Urumischwert* und gehört in meinen geplanten Erzählband, in dem es Holmes immer wieder mit dem ungarischen Grafen Gabor Nudasz zu tun bekommt.

Die Worte der Kaiserin Sisi über das Rauchen, welches über die Unannehmlichkeiten des Lebens hinweghilft, stammen übrigens nicht von Sisi, sondern von Robert Musil. Die Quellen bleiben also in Österreich.

Die Ermahnung »Deine Pflicht ist es, ganz in deinem zukünftigen Manne aufzugehen« usw., die ich der Kaiserin beziehungsweise ihrer Schwiegermutter in den Mund gelegt habe, stehen in Wirklichkeit in einem Brief von Vater Becker an seine Tochter Paula Modersohn-Becker (Christa Murken-Altrogge, S. 24). Die Worte der Kaiserin über die asymmetrische Liebe zwischen

Mann und Frau entnahm ich Henning Boëtius' Lichtenberg-Roman *Der Gnom* (1989) S. 53. Das ihr untergeschobene Gedicht im Heine-Ton stammt natürlich von mir selber und entstand bereits 1981. Gedichtet hat ihre Majestät übrigens tatsächlich, oft gar nicht mal schlecht.

Die Bademode, welche sie und ihre Gespielinnen trendsettig vorführen, behauptet meine Kaiserin von ihrer Trauminsel Sizilien aus der *Villa Romana del Casale* mitgebracht zu haben. Schon 1881 hatte Luigi Pappalardo dort 1881 Teile des Mosaikbodens im Speisezimmer (Triclinium) auszugraben begonnen. Die Villa war schon 1761 wiederentdeckt, aber erst im 20. Jahrhundert wurden die Mosaike mit den heute weltberühmten Bikini-Mädchen gefunden. Wer weiß, ob Luigi Pappalardo nicht damals doch schon heimlich ein wenig weitergebuddelt hat und sie wieder zuschüttete, nachdem er der umtriebigen Kaiserin die sexy jungen Damen gezeigt hatte? Dies mag vielleicht mit der offiziellen Chronologie der Ausgrabungen nicht ganz übereinstimmen, würde aber inhaltlich ganz gut passen, denn schließlich ließ Sisi sich später im Jahrhundert auf Korfu in tiefer Antikenverehrung den Palast *Achilleion* einrichten. Möglich ist alles und – warum eigentlich nicht?

Der Erzherzog Gianni – Johann Salvator (1852-1890) – war in der Tat eine Art Seelenbruder Sisis, denn auch er wollte im Grunde seines Herzens etwas ganz anderes sein, als ihm seine Zugehörigkeit zur Habsburger-Dynastie erlaubte. Als Komponist musste er sich Johann Traunwart nennen, denn ein Angehöriger des Herrscherhauses, gar der Urenkel vom Großherzog der Toskana Leopold II. als Musiker? Unvorstellbar! 1889 trat er unter Verzicht auf sämtliche Titel offiziell aus dem Kaiserhaus aus, nannte sich Johann Orth, heiratete in London die Wiener Tänzerin Milli Strubel und erwarb in Hamburg ein Kapitänspatent. Er kaufte sich den Frachtdampfer *Santa Margareta* und stach mit einer Ladung Zement in London mit dem Ziel Valparaíso in Chile in See. Im Juli 1890 soll die *Santa Margareta* mit ihm und Milli Strubel, die ebenfalls an Bord war, vor Kap Hoorn untergegangen sein. Sein Tod gilt bis heute als ungeklärt, doch hatte die kreuzfahrtaffine Kaiserin Sisi sicherlich ihre Freude an dem unbotmäßigen Künstlersoldaten mit seinen maritimen Träumen.

Die tapfere (fiktive) Leibwächterin Seba Baltamar hieß in meiner ursprünglichen Konzeption Seba Baal-Thamar. Baal-Thamar war der Ort einer Schlacht der Israeliten gegen die Kinder Benjamins (Richter 20, 33). Im Zuge einer allmählichen sprachlichen Metamorphose wurde schließlich Seba Baltamar daraus, nicht zuletzt, weil das sehr ungarisch klingt und Sisi eine starke Affinität zu Ungarn hatte. Ihre dritte, in Ungarn geborene Tochter nannte sie bekanntlich »das ungarische Kind«. Es gibt mehrere Frauen namens Tamar in der Bibel, und alle sind in böse, zum Teil mörderische Geschichten verwickelt (vgl. Genesis, 1 Moses 38, und 2. Buch Samuel 13, 1-22). Das hebräische Wort *tamar* heißt Dattelpalme, der Name lässt sich aber, wenn man will, sogar ungarisch etymologisieren: *balta* ist die Axt. Na also, passt doch!

Das Sherlock-Holmes-Double Henry Irving (1838-1905) ist eine historische Person. Von Conan Doyle stammt tatsächlich ein Text über Thomas Carlyle, der durchaus als Grundlage für die Neuschöpfung eines fiktiven zusätzlichen Kapitels von *On Heroes and Hero Worship and the Heroic in History* (1841, dt. *Über Helden, Heldenverehrung und das Heldentümliche in der Geschichte,* 1853) über den Detektiv als Helden gedient haben könnte. Kosma Prutkow, der meiner Fiktion nach einen gefälschten Gogol-Text geliefert haben soll, lautete das gemeinsame Schriftsteller-Pseudonym von Alexej Konstantinowitsch Tolstoj (1815-1875) sowie der Vettern Alexander, Alexej und Vladimir Schetschuschnikow. Alexej Tolstoj war ein Cousin des großen Lew Tolstoj und ist heute noch bekannt durch seine Vampir-Geschichte *Semja Wurdalaka* (1884, dt. *Die Familie des Vampirs/des Wurdalaken,* 1923). Von dem Autorenkollektiv namens Kosma Prutkow stammen übrigens meist parodistische Texte aus der Mitte des 19. Jahrhunderts.

Tarkus, der Name des Bösewichts, ist der gleichnamigen Langspielplatte von Emerson, Lake and Palmer aus dem Jahr 1971 entlehnt. Wieso ich ihn zum Esten machte? Weil *tarkus* auf Estnisch Weisheit bedeutet! Passt doch ebenfalls gut! Aber ein präfaschistischer Führer mit ausgeprägtem Bücher-Tic? Geht das? Geht! Einmal gab es in Deutschland einen Politiker mit globalen militärischen Ambitionen aus Braunau am grünen Inn, der seinen Generälen allen Ernstes die Lektüre von Karl May empfahl, frei nach dem Motto »Mit Winnetou und Old Shatterhand reiten heißt siegen lernen!« (Vgl. Ryback, *Hitlers Bücher*).

Und der Countertenor Concito Cabanossi? Oder der fiktive Sachbuchautor Claude-Pierre Gautier? Kein

Kommentar! Übersetzet beziehungsweise übertraget wörtlich oder googelt, so werdet Ihr wissen! Viel Vergnügen mit dieser Marx-Engels-Sisi-Holmes-Räuberpistole!

Bitburg, im Januar 2018
Klaus-Peter Walter

XXI.

Verwendete Literatur:

Detlef Blum: *Wenn man im Himmel nicht rauchen darf, gehe ich nicht hin. Vom Genuss des Tabaks,* Berlin 2000 (AtV 1685)

Henning Boëtius: *Der Gnom. Lichtenberg-Roman,* Frankfurt am Main 1989 (Eichborn)

Estelle Ellis, Caroline Seebohm, Christopher Simon Sykes: *Mit Büchern leben. Buchliebhaber und ihre Bibliotheken.* Hildesheim 1997 (Gerstenberg)

Lewis S. Feuer: *The Case of the Revolutionist's Daughter. Sherlock Holmes meets Karl Marx,* Buffalo, New York 1983

Richard Friedenthal: *Karl Marx. Sein Leben und seine Zeit,* München, Zürich 1981 (Piper)

Balduin Groller: *Dagobert Trostler,* Berlin, Darmstadt, Wien 1967 (DBG)

Brigitte Hamann: *Elisabeth. Kaiserin wider Willen,* Wien 1982 (Amalthea)

Helmut Hirsch: *Engels,* Reinbek bei Hamburg ^{11}2002 (rm 50142)

Rolf Hosfeld: *Karl Marx,* Reinbek bei Hamburg 2011 (rm 50718)

Panajotis Kondylis: *Theorie des Krieges. Clausewitz – Marx – Engels – Lenin,* Stuttgart 1988 (Klett-Cotta)

David Zane Mairowitz: *Sherlock Holmes und der Fall Karl Marx,* Hörspiel, WDR 2001, 58:36 Minuten

Ludwig Marcuse: *Heine,* Reinbek bei Hamburg [5]1966 (rm 41)

Christa Murken-Altrogge, *Paula Modersohn-Becker. Leben und Werk,* Köln 1980 (Du Mont)

Clemens Peck, Florian Sedlmeier (Hrsg.) *Kriminalliteratur und Wissensgeschichte. Genres – Medien – Techniken,* Bielefeld 2015 (Transcript Verlag)

Timothy W. Ryback: *Hitlers Bücher. Seine Bibliothek - sein Denken.* Köln 2010 (Fackelträger).

Chushichi Tsuzuki: *Eleanor Marx. Geschichte ihres Lebens 1855-1898,* Berlin 1981 (Colloquium Verlag)

https://digipress.digitale-sammlungen.de/title/list/N?sort=sortIndex

KBV KRIMINALROMAN

Franziska Franke

**SHERLOCK HOLMES
UND DIE
SPUR DES YETI**

Taschenbuch, 312 Seiten
ISBN 978-3-95441-387-4
10,95 EURO

Seine Indien-Reise führt Sherlock Holmes nach Simla im Himalaya-Vorgebirge, wo sein Freund David Tristram ein kleines Anwesen geerbt hat. Dass dessen Verwandter Edward Tristram ausgerechnet in der Hauptstadt von Britisch Indien, die für ihr kühles Wetters berühmt ist, an einer Tropenkrankheit gestorben sein soll, stößt bei Holmes auf Skepsis.

Kurz darauf wird der Bergsteiger Elliott Roundtree ermordet, der mit Edward Tristram Ausflüge ins Gebirge unternommen hat, um den Yeti zu fotografieren. Holmes' berufliches Interesse ist nun endgültig geweckt. Es stellt sich heraus, dass das Mordopfer Tibetisch lernte, weil es beabsichtigte, das geheimnisvolle Reich auf dem Dach der Welt zu bereisen. Etwas, das Europäern strengstens untersagt ist! Um Licht in die dunkle Angelegenheit zu bringen, müssen sich die beiden Ermittler auf die gefährliche Reise nach Tibet begeben.

»Ein exzellent recherchierter, historischer Kriminalroman mit Köpfchen, der auf billige Effekthascherei verzichtet.«
(LITERRA zu »Sherlock Holmes und das Geheimnis der Pyramide«)

Jaschinski & Marley (Hg.)

(UN)GELÖST

Taschenbuch, 392 Seiten

ISBN 978-3-95441-315-7

11,95 EURO

Unvergessene Kriminalfälle – endlich aufgeklärt!

Von Lizzie Borden bis Rosemarie Nitribitt –
Jetzt wird erzählt, was wirklich geschah.

Sie denken sich die perfidesten Morde aus und planen das perfekte Verbrechen – Krimiautoren. Doch können sie auch solche Fälle aufklären, an denen selbst BKA, FBI und Scotland Yard scheiterten? Ob Lizzie Borden, Rosemarie Nitribitt oder der Vampir von Bielefeld – zum ersten Mal nehmen sich dreiundzwanzig namhafte deutsche Krimiautorinnen und -autoren die ungelösten Rätsel der Kriminalgeschichte vor und präsentieren ihre ganz persönlichen Auflösungen!

Für Sie ermitteln: Mechtild Borrmann, Michael Böhm, Wolfgang Brosche, Andrea Gehlen, Jule Gölsdorf, Sascha Gutzeit, Christiane Güth, Naomi Jaschinski, Regine Kölpin, Ralf Kramp, Tatjana Kruse, Cornelia Kuhnert, Mirjam Phillips, Jürgen Reitemeier, Raiko Relling, Manfred C. Schmidt, Jürgen Siegmann, Wolfram Tewes, Sabine Trinkaus, Uwe Voehl und Marcus Winter.

Erkennungsdienstlich behandelt und kriminaltechnisch zusammengestellt von Robert C. Marley und Christian Jaschinski.

Mit einem Vorwort von Deutschlands berühmtestem Profiler Axel Petermann.

KBV KRIMINALROMAN